생각의 근육을 키우는

질문하는 소설들

—— 카프카 / 카뮈 / 쿤데라 깊이 읽기 ——

생각의 근육을 키우는
질문하는 소설들

초판 1쇄 인쇄 2018년 6월 25일
초판 1쇄 발행 2018년 7월 05일

지은이 조현행

펴낸이 강기원
펴낸곳 도서출판 이비컴

디자인 디자인상상
일러스트 김두경
마케팅 박선왜 원보국

주 소 서울시 동대문구 천호대로81길 23 수하우스 201호
전 화 02)2254-0658 **팩 스** 02-2254-0634
메 일 bookbee@naver.com
출판등록 2002년 4월 2일 제6-0596호
I S B N 978-89-6245-157-3 03800

「이 도서의 국립중앙도서관 출판예정도서목록(CIP)은 서지정보유통지원시스템 홈페이지
(http://seoji.nl.go.kr)와 국가자료공동목록시스템(http://www.nl.go.kr/kolisnet)에서
이용하실 수 있습니다.(CIP제어번호: CIP2018019670)」

생각의 근육을 키우는

질문하는 소설들

조현행 지음

──── 카프카 / 카뮈 / 쿤데라 깊이 읽기 ────

이비락 樂

프롤로그 자유를 얻기 위한 기술

———— 거창하게 들릴지 모르지만, 이 책을 시작하기에 앞서 '인문학이 무엇인가'에 대해 한번 짚어보고 싶습니다. 인문학이란 영어로 'liberal arts'라고 합니다. 'liberal'은 우리말로 '자유'라는 뜻을 가지고 있습니다. 'arts'는 예술이라는 뜻도 있지만 기술이라는 뜻도 있지요. 이 두개를 합치면 '자유기술'이 됩니다. 다시 말해 'liberal arts'는 '자유롭기 위한 기술' 또는 '자유를 얻기 위한 기술'이라고 할 수 있습니다. '자유'는 인간에게 중요한 의미를 지닙니다. 어느 것에도 구속받지 않고 얽매이지 않으며 자신이 원하는 대로 생각하고 행동할 수 있다고 믿을 때 인간은 존재로서의 행복을 느낄 수 있기 때문입니다. 그런데 이런 '자유'는 삶에서 거저 주어지는 것이 아니라 그것을 얻는 기술이 필요한 것임을 'liberal arts'의 의미에서 알게 됩니다. 지금 시대에 '자유를 얻기 위한 기술', 그것은 바로 '생각하는 기술'이라고 감히 말하고 싶습니다. 인문학적 사고를 한다는 것은 인간이 인간답게 살아가기 위해서 스스로 생각하고 행동할 줄 아는 정신의 근육을 키우는 일인 것입니다.

———— 인간은 자유롭기 위해서 '생각하는 기술'을 배워서 익혀야 합니다. 그런데 생각을 하기 위해서는 먼저 필요한 것이 있습니다. 바로 질문입니다. 사고라는 행위는 질문을 전제로 합니다. 질문 없이는 생각이 촉발되기 어렵기 때문입니다. 던져진 질문에 대해 좋은 답을 찾기 위해 궁리하고 탐색하는 과정이 바로 사유의 과정입니다. 여기서 특히 강조하고 싶은 것은 '좋은 질문'의 중요성입니다. 질문 없이는 사고가 없다고 했는데, 이는 '좋은 질문'이 '좋은 사유'을 유도한다는 말로도 이해할 수 있습니다. '좋은 질문'은 우리의 사유를 넓고 깊게 확장시킵니다. 나쁜 질문은 별로 유익하지 않은 사고를 하게 할 뿐입니다. '좋은 질문'은 사물과 현상의 핵심을 관통하는 질문이요, 은폐된 것의 존재를 드러내는 질문이며, 그럼으로써 인간과 세계에 대해 깊이 있는 인식에 도달하게 하는 질문입니다. '좋은 질문'이란 보이지 않는 부분을 드러내어 그 의미를 밝혀주고, 사물이 주변과 맺는 관계를 통합적으로 생각하게 하는 역할을 합니다.

———— 소설은 수많은 질문을 품고 있습니다. 훌륭한 소설에서 우리는 의미 있는 질문을 발견하고 이끌어 낼 수 있습니다. 판단하건대, 소설만큼 인간과 세계에 대해 다양한 질문들을 포기하지 않고 끈질기게 던지는 장르도 없습니다. 소설에 숨어 있는 질문들을 찾아내는 여정에 동참하는 것은 사유의 과정에 첫발을 내딛는 일입니다. 질문은 소설가만 던지는 것은

아닙니다. 소설을 읽는 독자들도 얼마든지 질문을 만들어 가질 수 있습니다. 소설가가 던진 질문을 찾아내어 그에 대해 답을 해보는 일, 소설가가 미처 하지 못한 질문을 던져서 자신의 사유를 가다듬고 진전 시키는 일, 모두 두말할 것 없이 우리가 '자유롭기 위한 기술'을 습득하는 일입니다. 그러므로 소설을 읽고 '좋은 질문'을 발견하고 또한 만들어 내는 일은 삶에 있어서 꼭 필요한 정신의 연장을 만들어 가지는 일이 됩니다.

> "사고의 기능은 문제를 푸는데 있는 것이 아니라 문제를 발견하고 상상하며, 보다 깊은 문제로 발전시켜 가는 데 있다."
> – Wertheimer, 심리학자

───── 스스로 문제를 발견하고, 사유를 깊이 있게 정립하는 일은 지금 우리에게 주어진 시대적 요구이기도 합니다. 문제를 잘 풀어내는 사람이 주목 받던 시대는 이미 지나갔습니다. 주어진 문제만 풀다가 생을 마감하는 사람이 되고 싶지 않다면, 지금부터 소설을 읽고 직접 문제를 만들어 사유하는 능력을 키우는 일은 꼭 필요한 시대적 요구입니다. 이 책은 바로 소설을 읽고 질문을 찾아내고, 질문을 던지고, 대답하고, 실천한 사유의 여정을 담은 책이라 할 수 있습니다. 부끄럽지만 치열하게 생각하고 기록했습니다. 이렇게 말하면 꼭 다음과 같은 질문을 던지는 사람이 있을 줄 압니다. "그렇다면, 당신은 완전한 자유를 얻었습니까?"라고요. 저의 대답은 이렇습니다. "그럴 리가요! 삶의 자유를 얻는 다는 것이 그렇게 호락호락한 일은 아닙니다. 하지만 분명히 말할 수 있는 것은 여기에 나오는 소설을 읽기 전보다는 읽은 후인 지금, 딱 그 만큼의 자유를 얻었다는 점입니다. 자유라는 것은 내가 스스로 쟁취해서 얻는 양 만큼 오롯이 내 것이 된다고 자신 있게 말할 수 있습니다. 진정한 자유는 생각하는 사람만이 오롯이 누릴 수 있다는 귀한 사실을 하나 깨달았다고 말입니다."

2018년 4월
또 다른 자유 여행을 준비하며
수리산 자락에서 더행

1장

프란츠 카프카

인간은 묻기 위해 책을 읽는다 – 카프카의 삶과 문학

- 그림자는 태양을 가릴 수 없다 『변신』 읽기
- 미궁에서 빠져나오기 『소송』 읽기
- 혼돈 속에서의 투쟁 『성』 읽기

/ 카프카에 관하여

"우리는 오직 우리를 깨물고 찌르는 그런 책만 읽어야 할 거야. 만약 우리가 읽는 책이 주먹으로 쳐서 우리의 두뇌를 일깨우지 않는다면 무엇 때문에 책을 읽겠는가? 자네가 쓴 대로 책이 우리를 행복하게 하기 위해서라고? 맙소사, 만약 책이 전혀 없다고 해도 우리는 행복할 수 있을 거야. 그러니까 우리를 행복하게 해주는 그런 책은, 필요하다면 우리 스스로 쓸 수 있을 거야. 그러나 우리에게 필요한 것은, 우리에게 큰 고통을 가져다주는 재앙 같은, 우리가 우리 자신보다 더 사랑했던 누군가의 죽음과 같은, 모든 사람으로부터 숲속으로 추방된 것 같은, 자살과 같은 느낌을 주는 그런 책이지. 책이란 우리 마음속에 있는 얼어붙은 바다를 깨는 도끼여야 해."

– 오스카 폴락에게 보내는 편지

인간은 묻기 위해 책을 읽는다
_ 카프카의 삶과 문학

▚ 외톨이, 조용히 책을 읽는 아이

카프카는 1883년 체코에서 독일어를 사용하는 체코계 유대인 상인 헤르만 카프카와 율리에 카프카 사이에서 장남으로 태어났습니다. 카프카의 할아버지는 프라하 근처의 유대인 거주지역에서 대대로 정육점을 하면서 일가를 이루어 살았습니다. 그러다가 체코 프라하의 도시계획에 따라 더는 유대인 거주지역에서 자유롭게 살 수 없게 되자 아버지 헤르만 카프카는 가족을 모두 데리고 체코의 구시가 광장에 잡화상을 열고 터를 잡습니다. 장사수완이 좋았던 아버지는 밤낮으로 가게에 매달려 일을 했고, 사업은 날로 번창합니다.

카프카는 유대인으로 태어났지만, 성장하면서 유대인으로서의 정체성은 형성하지 못했고 체코에 살았지만 진짜 체코인은 아니었습니다. 독일어를 사용했지만 독일인도 아니었지요. 당시 체코에서 주류 계층에 진입하여 성공하기 위해서는 독일어가 필수였기 때문에 아버지는 카프카에게 독일어를 배우게 했습니다. 이렇듯 그 어느 곳에도 완전히 소속되지 못한 카프카는 언제나 '이방인'이었고 외톨이였습니다.

부모님은 장사로 너무나 바빴기 때문에 어린 카프카를 잘 돌봐 줄 수 없었습니다. 카프카는 늘 부모님의 사랑에 목말랐지만, 바쁜 부모님은 어린 카프카에게 충분한 사랑과 관심을 주지 못했어요. 부모님을 대신한 사람은 가정부였습니다. 그렇지만 가정부가 부모님의 빈자리를 충분히 대신할 수는 없었습니다. 천성적으로 조용한 성격이었던 카프카는 늘 외롭게 지냈고 혼자 있을 때는 주로 책을 찾아 읽곤 했습니다. 책은 어린 카프카에게 큰 위안이 되어주었습니다. 카프카의 문학적 감수성은 이때부터 싹을 틔운 셈입니다.

어린 시절 카프카의 독서열은 대단했습니다. 흥미진진한 탐험과 모험 이야기를 특히 좋아했던 카프카는 손에 한 번 책을 들면 날이 어두워지는지도 몰랐으니까요. 카프카는 점점 더 책에 깊이 빠져들면서 자신만의 내면의 세계를 구축해갔습니다. 하지만 아버지 헤르만 카프카는 카프카가 책에 매달리는 것을 몹시 못마땅해했습니다. 아버지는 카프카가 학교 숙제도 미룬 채 밤늦게까지 책을 읽을 때면 강제로 카프카의 방 불을 꺼버리기도 했습니다. 소심했던 카프카는 화가 많이 났지만, 아버지에게 반항할 수는 없었습니다. 하지만 아버지의 일방적인 행동이 얼마나 부당한지, 또 아버지의 행동이 자신의 고유성을 얼마나 짓밟는지를 다음과 같이 일기에 적고 있습니다.

"가령 밤중에 흥미진진한 이야기를 읽고 있는 소년에게 '너무 늦었다.', '눈 나빠질라', '늦게 자면 아침에 일어나기 힘들다', '그런 형편 없고 어리석은 이야기는 아무런 가치도 없다'라고 말했을 때 나는 거기에 분명하게 반박할 수는 없었다. 하지만 그렇게 하지 않은 것은 이 모든 것이 조금도 생각해볼 만한 가치가 없다는 이유 때문만은 아니었다. 왜냐하면 모든 것은 무한하거나 불확실한 것으로 흘러들어가므로 그것은 무한한 것과 동일하게 받아들여질 수 있기 때문이었다. 시간은 무한했다. 그러므로 너무 늦었다는 것은 있을 수 없었다. 나의 시력은 무한했다. 밤도 무한했다. 그러므로 아침에 일어날 것을 걱정할 필요도 없었다. 나는 책을 어리석음과 현명함으로 구별하지 않고, 그것이 나를 감동 시키는가 그렇지 않은가에 따라서 구별했다. 그런데 그 책은 정말 감동적이지 않았던가. 이 모든 것을 그런 식으로 표현할 수는 없었지만, 그 결과 나는 더 읽게 해달라고 부탁하기가 싫어지거나 아니면 허락 없이 더 읽어야겠다는 결심을 하게 되는 것이었다. 이것이 나의 고유성이었다. 사람들은 가스를 꺼버려 등불 없이 나를 남겨두었고 그로써 나의 고유성은 억압당했다. 그들의 설명은 "모두 잔다. 그러니 너도 자야한다"는 말이었다. 그것은 나도 알고 있었기 때문에 납득할 수 없으면서도 그것을 믿지 않을 수 없었다. 그래서 나의 마음에 어떤 고통이 남게 되었다. 이 고통은 아무리 보편성을 끌어댄다 해도 무디게 할 수 없었다. 오늘 밤만은 세계의 어느 누구도 나만큼 꼭 책을 읽고 싶어 하는 사람은 없을 거라는 믿음을 버릴 수가 없었다. 이것에 대해서만은 그 어떤 보편성도 나를 반박할 수 없었다. 나는 슬픈 마음으로 잠을 자러 갔다. 그리하여 증오의 싹이 트기 시작했다. ……이렇게 공공연하게 드러나는 고유성마저도 부당한 평가를 받는다면, 나 자신이 약간 떳떳하지 못하다고 인정하기 때문에 숨기고 있는 고유성은 얼마나 더 나쁜 상황에 놓여 있겠는가."

- 『카프카 평전』, 일기 中

카프카는 책을 읽지 못하게 하는 어른들의 행동이 자신의 고유성을 억압한다고 말하고 있습니다. 아마도 이때부터 카프카와 거대한 세상과의 싸움이 시작된 것인지도 모릅니다. 카프카는 세상이 어린아이에게 강요하는 관습 즉, "밤에는 자야 한다, 눈 나빠진다, 다른 아이도 잔다, 그러니 자야 한다."와 같은 견고한 틀과 싸움을 시작했던 것입니다. 당연히 카프카는 자신을 가둬둔 틀을 깨고 나와 자유로워지기를 원했습니다. 그의 작품은 이러한 세상에 대한 투쟁과 자유의 획득으로 이어집니다. 나아가 카프카의 싸움은 세상과의 싸움만을 의미하지는 않습니다. 카프카의 싸움은 세상과의 싸움에서 자꾸만 나약해지지 않는 자기 자신과의 싸움이요, "자신의 편협과 게으름에 대항"하는 싸움이라 할 수 있습니다.

▪▪ 넘을 수 없는 산, 아버지

카프카의 인생에서 아버지는 중요한 위치를 차지합니다. 카프카는 아버지와 평생을 걸쳐 갈등을 합니다. 결국 둘 사이는 좁혀지지 않는데요. 문학과 글쓰기를 하고 싶은 카프카와 경제적 성공을 거두어 사회의 주류가 되기를 바랐던 아버지의 생각에서 너무 큰 차이가 났기 때문입니다. 그래서 더욱 카프카는 아버지로부터 도망치려고 글쓰기를 했는지도 모릅니다. 카프카는 일기에서 다음과 같이 적었는데요.

> "아버지로부터 나를 보호하기 위해 내 주변의 벽을 쌓았는데 나중에 보니 내가 그 안에 갇혀 버렸다."
>
> – 카프카의 일기 中

카프카는 아버지라는 거대한 산을 넘어서서 진정한 자유를 느끼고 싶었고, 그 길로 갈 방법은 오로지 글쓰기밖에 없다고 생각했습니다. 카프카는 일기에서 글쓰기 이외에 "다른 어떤 것도 나를 결코 만족시킬 수 없을 것"이라고 말했는데요. 글쓰기가 카프카에게 갖는 의미가 어느 정도인지 짐작할 수 있는 대목입니다. 글쓰기는 카프카에게 자신을 지켜내는 생존 방식이었습니다. 그는 '살기 위해서 쓰는' 사람이었습니다. 그러다 보니, 어느새 문학은 카프카의 전부가 되어 있었습니다. 카프카는 자신을 가리켜 "온전히 문학 그 자체"라고 말합니다.

> "나는 문학적 흥미를 가지고 있는 것이 아니라 문학으로 이루어져 있으며, 다른 어떤 것도 아니며 다른 어떤 것일 수도 없습니다."
>
> – 카프카의 일기 中

■ 확실한 건 고뇌뿐

그렇다면 카프카의 문학은 어떤 것이었을까요? 카프카는 세상을 어떻게 바라보고, 무엇을 말하려고 했을까요? 흔히들 카프카 작품의 특징으로 해석의 다의성을 말하곤 합니다. 카프카 소설은 이렇게 저렇게 대입해보아도 여러 가지로 해석할 수 있다는 이유입니다. 또 그것은 뚜렷한 해석으로 모이지 않는다는 점에서 카프카 소설은 애초에 해석이 불가능한 소설이라는 의견도 있습니다. 대개의 소설이 그러하겠지만, 특히 카프카 소설을 두고 하나로 수렴되는 주제로 말하기는 어려운 것이 사실입니다.

저는 이러한 카프카 문학의 특징이 오히려 그의 문학의 정수를 압축해서 설명해주고 있다고 생각합니다. 카프카 문학은 바로 이 세계가 그만큼 '복잡하고 다양한 의미망들로 연결되어 있다'라는 것을 보여준다는 사실입니다. 카프카가 보기에 이 세계는 복잡한 것들로 미로처럼 연결되어 있습니다. 그래서 이 세계에서 길을 찾기는 어렵고, 어떤 길이 맞는 길인지도 알지를 못합니다.

카프카가 보기에 이 세계는 불확실한 것들로 가득 차 있는데, 특히 인간이라는 존재가 그렇습니다. 인간의 내면은 알 수 없고 이해할 수 없는 것들로 이루어져 있어요. 그래서 인간이 쉽게 휩쓸리고, 주체적이지 못한 행동을 하는 것도 당연한 일인지도 모릅니다. 이러한 인간들이 관계를 맺고 작동시키는 이 세계는 그래서 더욱 불확실할 수밖에 없습니다. 그러므로 인간들이 만들어낸 법, 규범, 제도들과 같이 질서에 의해 작동되는 것들도 사실은 이렇게 불확실한 기반 위에서 유지되고 있는 것입니다. 사정이 이러한데도 인간들은 이 세계가 불확실하게 흘러간다는 사실을 잘 모릅니다. 카프카는 모든 문제는 여기서 발생한다고 생각합니다. 인간은 '불확실성'이라는 감옥에서 그 사실을 전혀 인식하지 못한 채 하루하루를 살아가고 있습니다.

"모든 것이 허위의 깃발을 올리고 항해하니, 한 단어도 진실과 일치하지 않아요. 예컨대 나는 지금 집에 가요. 그렇지만 단지 그렇게 보일 뿐예요. 실제로는 특별히 나를 위해 설치된 감옥으로 올라가는 거예요. 이 감옥은 정말 보통 시민의 집과 유사하고 나를 제외하고는 누구도 감옥으로 인식하지 않기 때문에 더욱 견고하죠. 그 때문에 탈출시도는 차츰 줄어들죠. 눈에 보이는 사슬이 없다면, 사슬은 끊어질 수 없는 법이에요. 따라서 감금은 아주 평범한 일상의 존재, 지나치게 안락하지는 않은 일상의 존재로 체계화해 있어요. 모든 것이 튼튼한 재료로 만들어지고 견고한 것처럼 보이죠. 그런데 그것은 지옥으로 추락하는 승강기예요. 사람들은 승강기를 보지 못하죠. 그러나 눈을 감으면 승강기가 자신들 앞에서 굉음을 내고 쏴쏴 소리를 내는 것을 듣게 되죠."

– 『카프카와의 대화』, 中

인간과 세계의 '불확실성'은 카프카 소설에 잘 드러납니다. 소설 『변신』에서 성실했던 직장인 그레고르는 알 수 없는 이유로 벌레가 되어 가족에게 버림을 받습니다. 카프카든, 독자든, 비평가든 그가 왜 벌레가 되었는지 누구도 잘 알지 못합니다. 그레고르 자신도 그 이유를 알지 못하죠. 소설은 이렇게 인간이 벌레가 되는 '변신'이라는 테마로 지금 인간이 처한 현실을 설명합니다. 인간은 알 수 없고, 이해할 수 없는 일들이 끊임없이 일어나는 상황 속에서 한순간에 '벌레'가 되는 상황에 부닥칠 수 있습니다.

그레고르는 '벌레'가 되자마자 가족에게 버림받습니다. 가정에 충실했던 사람이라면, 그레고르와 같이 가족을 위해서 희생을 했던 사람이라면, 그에게 불행이 닥쳤을 때 그 가족에게 보살핌을 받아야 마땅할 것이라고 생각하겠지만 소설은 이를 빗나갑니다. 우리가 원하는 이야기는 불행이 닥친 그레고르를 가족들이 책임지고 끝까지 보살펴주는 것입니다. 소설은 사람들이 보편적으로 가질 수 있는 가족관계에 대한 기대를 져버립니다. 가족과 경제력이라는 관계도 간단하지 않아요. 복잡합니다. 카프카는 더 날카롭게 이야기합니다. '가족이라도 다른 가족 구성원에게 피해를 끼치거나, 쓸모가 없어지면 내다가 버릴 수도 있는 것이 인간이라는 존재다.'

이렇게 카프카는 인간과 세계에 대해서 깊이 파고들어 가는 작가입니다. 그 과정에서 불편한 부분을 건드립니다. 카프카는 특히 '인간이라는 존재' 자체에 대해 관심이 많습니다. 이러저러한 상황에서 인간이 어떤 존재일 수 있는지에 대해 물고 늘어집니다. 카프카에게 확실한 것은 아무것도 없습니다. 그에게 "확실한 것은 인간과 세계를 탐구하는 고뇌"뿐입니다.

▪️ 카프카가 보는 '인간'

카프카는 기본적으로 인간이라는 존재를 다음과 같이 바라봅니다.

> "원시민족들은 불안함과 암흑에 사로잡혀 나무와 돌로 만든 다양한
> 우상 앞에 무릎을 꿇어요. 그렇지만 진보 덕분에 우상 숭배가 줄어
> 들어서 나무와 돌 값이 떨어졌어요. 우리는 우리 자신을 우상화하
> 죠. 그러나 그 때문에 우리는 점점 더 강하고 심하게 불안의 그림자
> 에 사로잡히고 휘둘리죠."
>
> — 『카프카와의 대화』, 中

신이 부재한 시대에서 인간은 진보의 과정을 거쳐 왔습니다. '근
대적 인간'이라고 해도 무방합니다. 근대적 인간이란 과학과 문명이
깔아놓은 트랙 위로 걸어온 인간입니다. "진보 덕분에 우상 숭배를
하지 않지만, 대신에 자신을 우상화하는 인간"이라 할 수 있습니다.
그런데 문제는 인간들이 바로 자신을 높이 떠받드는 데서 생겨난다
고 카프카는 생각합니다.

여기에서 카프카는 자신을 그저 "사건을 보는 사람"으로 규정
합니다. 다시 말해, 카프카 자신은 "선동자도 피선동자"도 아니며 작

가로서 인간과 세계에 대해 자세히 관찰하고 거기서 본 것을 그대로 써내는 사람이라며 자신을 낮춥니다. 카프카가 작가로서 자신을 어떻게 규정하고 있는지 잘 드러나는 대목입니다. 작가는 독자보다 우월한 위치에서 무엇인가 큰 깨달음과 확실한 대안을 제시하는 것이 아니라, 이 세계를 더욱 자세히 들여다보고, 본 것을 그대로 증언하는 존재입니다. 그래서 우리는 카프카에게 이 세상에 대해 "확실한 것"을 제시해 줄 것을 기대하는 것이 아니라, 카프카가 본 세상을 보면서 내가 보지 못했던 부분을 확인하고, 또 다른 것을 보기 위해 시도할 따름입니다.

> 나는 그저 사건을 볼 뿐예요. 인물들은 전혀 중요하지 않아요. 비평가가 배우들과 함께 무대 위에 설 때, 그 어떤 비평가가 배우들의 업적을 제대로 평가할 수 있겠어요? 간격은 존재하지 않죠. 그 때문에 모든 것이 불확실하고, 모든 것이 동요하죠. 우리는 몰락하는 허위와 망상의 늪에 빠져 있어요. 이 늪에서 무자비한 괴물이 태어나죠. 이 허위와 망상은 기자의 렌즈에 다정하게 미소를 보내면서 동시에 이미 수백만 명을 마치 성가신 벌레라도 되는 것처럼 짓밟으며 지나갔어요.
>
> —『카프카와의 대화』, 中

▞ 스스로 부단히 만들라

"모든 인간은 자신의 마음에서 진실을 부단히 만들어 내지 않으면 안 됩니다. 그렇지 않으면 인간은 멸망해요. 진실이 없는 삶은 불가능하죠. 어쩌면 진실은 삶 자체일지도 몰라요."

– 『카프카와의 대화』, 中

카프카의 말에 동의한다면, 이 세계는 불확실성으로 가득 차 있으므로 "진실"을 찾을 수 없거나, 힘들어요. 그 어디에서도 진실을 찾을 수 없어요. 그래서 카프카는 이 시대 인간들은 "어둠에 잠겨있다"고 생각합니다. 그렇다면 어떻게 해야 할까요. 카프카는 이에 대한 유효한 힌트를 하나 주고 있습니다. 그것은 '진실을 찾기 힘들다면, 스스로 진실을 만들어라'라는 것인데요. 더 구체적으로 말한다면, "자신의 감각을 통한 직접적인 체험"을 통해서 진실을 만들어 가지라고 말합니다. 그것은 몸으로 부딪히고, 심장과 머리를 통해 흘러나와야 합니다. 이것이 카프가가 말하는 "진실"을 찾는 길입니다. 카프카는 "진실"을 찾는 방법이 무엇이냐는 질문에 다음과 같이 말합니다.

"우리는 체험으로 진실을 알 수 있습니다. 우리가 다양한 이름을 붙이고 다양한 사고 구조로 극복하려는 사실은 우리의 혈관·신경·감각을 관통하죠. 이러한 사실은 우리 안에 존재하죠. 어쩌면 바로 그 때문에 우리가 이 사실을 통찰할 수 없을지도 몰라요. 우리가 실제로 파악할 수 있는 것은 비밀, 어둠이에요. 거기에 진실이 거주하죠."

– 『카프카와의 대화』, 中

앞서서 말했듯이, 카프카는 자신을 가리켜 "문학 자체"라고 했습니다. 그는 "진실"은 스스로 부단히 만들어 내야 한다고도 했습니다. 그러면서 카프카는 인간과 세계는 모호성과 불확실성으로 가득 차 있다고도 했지요. 이 모든 카프카의 말들을 연관 지어 본다면 이렇게 정리할 수 있습니다. "내가 인간과 세계의 불확실함의 진실을 증명하는 증거가 되겠다." "다른 그 무엇도 아닌, 자신이라는 실존 그 자체로 인간과 세계의 진실을 증명"하겠다는 겁니다. 이것이 카프카의 삶이요, 문학입니다. 자, 이제 계속 이어질 카프카의 소설 『변신』, 『소송』, 『성』을 차례로 읽으면서 카프카의 세계에 들어가 봅시다.

변신

"인생은 우리 머리 위에 있는 별의 심연처럼 엄청나게 위대하고 오묘합니다. 인간은 자신의 개인적인 작은 구멍으로만 인생을 들여다볼 수 있어요. 그때 인간은 보는 것보다 더 많은 것을 느끼죠. 그 때문에 인간은 그 구멍을 무엇보다도 깨끗하게 유지해야 합니다."

– 프란츠 카프카

그림자는 태양을 가릴 수 없다
_『변신』읽기

▣ 현실과 환상 넘나들기

"어느 날 아침 그레고르 잠자가 불안한 꿈에서 깨어났을 때 그는 침대 속에서 한 마리의 흉측한 갑충으로 변해 있는 자신의 모습을 발견했다."

카프카의 소설 『변신』의 첫 문장입니다. 여러분은 이 첫 문장을 읽고 어떤 생각이 들었나요? '멀쩡하던 남자가 느닷없이 벌레로 변한다……. 환상이로군. 소설에서나 가능한 일이야!'라는 생각이 들기도 했을 텐데요. 현실에서 결코 이해할 수 없는 일들을 가능하게 하는 것은 '환상의 세계'에서나 가능한 법이니까요. 현실이건 소설이건 간에 우리는 대개 '말이 되는 이야기'를 믿으려고 합니다. 그래서 독자는 소설을 읽을 때 현실과 환상을 구분해서 읽는지도 모릅니다. '소설에서 가능한 일'이라는 것을 전제하고 읽으면 수월하게 이해하고 넘어갈 수 있으니까요.

그런데 만약 소설의 내용이 현실과 환상의 구분이 모호한 경우라면 어떨까요? '이 이야기가 현실인지 환상인지 도통 알 수 없고, 환상이야기 같은데 현실을 비추는 경우'라면, 독자는 헷갈리기 마련입니다. 카프카의 소설 『변신』이 바로 이런 경우에 해당합니다. 카프카는 이 소설에서 현실과 환상의 경계를 간단하게 허물어 버리고 이쪽과 저쪽을 아무렇지 않게 넘나듭니다. 독자들이 『변신』을 읽으면서 받는 기이한 느낌은 여기에서 비롯됩니다. 『변신』의 시작은 환상적인 사건으로 열었으나, 그 다음에 전개되는 이야기는 너무나도 현실적입니다. 소설은 독자를 현실과 환상의 경계가 없는 세계로 끌어들이고 그 속에서 유영하게 만드는데요. 이렇게 카프카의 소설을 읽기 위해서는 먼저 현실과 환상의 경계에 쳐놓은 빗장을 푸는 일부터 시작해야 합니다. 카프카는 이렇게 말합니다. "사물들 너머를 바라보아야 합니다. 그러면 사물들과 더욱 가까워질 수 있습니다." '이건 현실이고 저건 환상이다'라는 구분 자체를 없애고 자유롭게 넘나들 때, 우리는 보다 한 차원 깊은 인식의 지평에 이르게 될 것입니다. 자, 그럼 왜 그러한지 소설 속으로 더 깊이 들어가 봅시다.

'인간에서 벌레'로의 변신은 그야말로 충격적입니다. 출장 영업사원인 그레고르는 매일같이 반복되는 고된 회사 일에 치여 집에 들어오면 그대로 푹 쓰러져 자기 바쁩니다. 그날도 비몽사몽 한 상태에서 깨어났습니다. 그런데 한 마리의 '갑충'으로 변해 버린 자신을 발견하게 된 상황인겁니다. 현실에서 이해할 수 없는 일이 일어났습니다. 그렇다면, 이건 '환상이야, 꿈이야'라고 생각하고, 툭툭 털고 일어나면 그만입니다. 꿈에서 깨어 현실로 유유히 돌아와 전과같이 살아가면 되지요. 그런데 '이건 꿈이야'라고 내뱉으려는 순간, 카프카는 "이건 꿈이 아니야"라고 못을 꽝 박아버립니다. 그레고르가 벌레가 되어버린 사건은 단순한 꿈이 아니라 현실에서 벌어진 명백한 사실이며, 이 사건은 그레고르의 삶을 좌우할 것을 암시합니다. 환상으로 시작한 소설이 현실에 직접적으로 개입하는 이러한 상황이 오히려 더욱 현실적으로 읽히는 부분입니다.

"'이게 대체 어찌된 일일까?' 그는 생각했다. 꿈은 아니었다."

벌레가 된 그레고르의 반응도 흥미롭습니다. 자신이 벌레가 되었다는 사실은 보통의 사람이라면 한 바탕 소동이 일어날법한 일입니다. 그런데 그레고르는 전혀 당황하는 기색이 없습니다. 시종일관 아무렇지도 않은 듯이 행동합니다. 심지어 그레고르는 늦게 일어나서 출근을 하지 못하게 될 것을 걱정하기까지 합니다. 당혹감을 감추지 못하는 것은 오히려 독자 쪽입니다. 현실에서 비현실적인 일이 벌어졌지만, 그레고르는 현실적인 이유로 그 충격을 일단 회피하는 모습을 보여주고 있습니다. 그레고르는 또 그 충격의 강도가 어느 만큼인지도 감각하지 못하고 있습니다. 이러한 그레고르의 모습은 현대인들과 많은 부분이 닮아있습니다. 해야만 하는 일들로 빈틈없이 돌아가는 일상을 사는 현대인들은 자신에게 일어나는 크고 작은 사건이나 변화에 둔감하거나 혹은 일단 회피하려고 합니다. 바쁘게 살아가고 있지만 정작 자기 자신에 대해서는 깊이 생각하지 못합니다. 나 자신이 벌레로 변한 그레고르와 다를 바가 없다는 생각이 들게 되면, 이제 소설은 내가 직면한 현실이 됩니다. 이렇게 소설 『변신』은 환상의 소재로 현실을 이야기합니다. 카프카가 소설 『변신』에서 환상과 현실을 이렇게 절묘하게 조화시키고 있다는 점이 놀랍습니다.

■▪ 그러므로, 문학

여기서 잠시 문학의 효용에 대해 한 마디 하고 넘어가겠습니다. "문학은 인간이 가질 수 있는 상상력의 원천이다."라는 말은 널리 알려져 있습니다. 현실에 발을 딛고 사는 인간은 늘 현실 바깥의 세계가 궁금한 법입니다. 그래서 현실 바깥의 세계에 대한 호기심과 궁금증의 끈을 놓지 않고 끊임없이 그 세계로 넘어가고자 합니다. 현실 바깥의 세계를 우리는 환상의 세계라고 말합니다. 현실에서 환상으로 넘어갈 때 사용하는 방법이 '상상하기'입니다. 인간은 상상을 통해 알 수 없는 그 세계를 그려보면서 호기심을 충족시키죠. 어쩌면 상상을 할 수 있는 능력은 현실 바깥의 세계를 그려 볼 수 있게 하는 인간이 가진 유일한 권능일지도 모릅니다. 인간은 상상을 하면서 답답한 현실을 벗어나 자유를 만끽하기도 하고, 도달하기 어려운 세계가 어떤 세계인지 그려보기도 합니다. 인간은 상상을 통해서 현실을 견딜 수 있는 힘을 얻을 수 있고, 또 다른 세계를 설계할 수 있으며 그리하여 마침내 지금과는 달라진 세계에서 살아 갈 수 있는 동력을 얻을 수 있습니다.

'상상하기'가 필요한 이유가 여기에 있습니다. 현실은 '살아가는 순간' 그 자체이므로 상상을 허용하지 않습니다. 그러므로 우리의 상상이 가능한 곳은 언제나 현실의 바깥부분이 될 수밖에 없습니다. 바로 현실의 바깥 부분에 문학이 자리합니다. 문학은 '상상하기'로 작동합니다. 그러면서 현실을 드러내고 보여줍니다. 그렇게 문학은 인간의 상상력을 촉발시키고 견인합니다. 강조하자면, 인간은 '상상하기'를 통해 현실을 더 잘 살 수 있는 지혜를 얻는 것입니다. 이 세계가 현실만 가능하다고 한다면 인간의 삶은 얼마나 삭막할까요. 우리의 삶에서 '상상하기'가 잘려나간다면, 인간은 현실에 갇혀 권태와 무기력의 바다에서 빠져나오지 못하게 될지도 모릅니다.

▪️ 인간 인 듯, 인간 아닌, '벌레인간 그레고르'

다시 소설로 돌아옵시다. 그레고르는 벌레가 되었으나 벌레는 아닙니다. 외관만 벌레이고 정신이나 감정 상태는 인간 그대로입니다. 그레고르는 인간인 듯, 인간이 아닌, 벌레인간입니다. 벌레와 인간 사이에 있는 인간인데요. 인간이 벌레가 되었다는 설정은 그레고르가 인간으로서의 자아를 상실했다는 것을 말합니다. 또 인간으로서도, 또 벌레로서도 어디에도 편입되지 못하는 그가 완전히 소외된 존재라는 의미를 갖습니다.

흥미로운 점은 시종일관 무덤덤한 태도를 보이던 그레고르가 벌레로 변한 자신의 모습을 자세히 관찰하기 시작한다는 점입니다.

'벌레가 되었다는 사실'보다는 '벌레의 신체적 특징'이 그레고르의 관심을 더욱 *끄*는지 그는 자신의 모습을 자세히 들여다보기 시작합니다. 이는 그레고르가 바쁘게 살던 그 전 생활에서는 결코 시도해 볼 수 없는 행위였습니다.

"그는 철갑처럼 단단한 등껍질을 대고 누워 있었다. 머리를 약간 쳐 들어보니 불룩하게 솟은 갈색의 배가 보였고 그 배는 다시 활 모양 으로 휜 각질의 칸들로 나뉘어 있었다. 이불은 금방이라도 주르륵 미끄러져 내릴 듯 둥그런 언덕 같은 배 위에 가까스로 덮여있었다. 몸뚱이에 비해 형편없이 가느다란 수많은 다리들은 애처롭게 버둥 거리며 그의 눈앞에서 어른거렸다."

자신을 들여다보는 일은 어쩌면 이렇게 존재를 탈바꿈해야 가 능한 일인지도 모릅니다. 벌레가 되어서야 그레고르는 자신의 존재 를 비로소 인식하기 시작했습니다. 자아를 상실한 그레고르는 말하 자면 '텅 빈 인간'입니다. 그래서 벌레가 되었는지도 모릅니다. 그렇 다면 어떻게 해야 할까요? 그렇습니다, 상실된 자아를 찾기 위해서 는 자신을 먼저 자세히 들여다보고 관찰하는 일부터 시작해야합니 다. 카프카는 인간이 자신을 관찰하는 일이 얼마나 중요한 일인지를 아래와 같이 설명합니다.

"침착하게 참아내야 합니다. 침착하게 악과 괴로움을 이겨 내야 합 니다. 피하지 마세요. 그 반대로 자세히 관찰해야 합니다. 수동적으로 자극을 받지 말고 능동적으로 이해해요. 그러면 당신은 이 문제들을 초월하게 될 거예요. 인간은 자신의 궁지를 뛰어넘어야만 위대해 질 수 있습니다."

-『카프카와의 대화』, 中

그러나 그레고르의 작은 시도는 성공을 거두지 못합니다. 인간이 벌레가 되었고, 그제 서야 변해버린 흉측한 몸을 관찰하면서 자아를 인식하기 시작했지만 그레고르가 놓인 현실은 만만치가 않습니다. 당장 가족들부터 그레고르를 멀리하니까요. 결국 그레고르는 쓸쓸히 죽음을 맞이합니다. 여기까지가 소설의 전반적인 내용입니다. 소설『변신』은 이렇게 그레고르를 통해 현대인이 놓인 만만치 않은 현실을 드러내면서 그 안에서 이러지도 저러지도 못하는 무력한 한 인간을 보여주고 있습니다. 자, 그렇다면 그레고르가 어떤 과정을 거쳐 죽음에 이르게 되는지, 그 과정에서 폭로되는 현실들은 무엇인지 따라가 보도록 하죠.

■ 절망의 심연에서

먼저, 카프카는 이 세계를 어떻게 바라보고 있을까요? 소설『변신』에서 말하는 바이기도 하지만, 카프카가 바라보는 이 세계의 모습은 그리 희망적이지는 않습니다. 더 정확하게 말해, 그는 이 세계가 작동되는 원리가 인간을 속박하고 억압하며 그리하여 인간은 자유를 잃어간다고 판단하고 있습니다. 소설 『변신』은 100여 년 전에 쓰였지만, 지금 시대의 현실과 대입하여 읽어도 어긋남이 없는 이유가 여기에 있습니다. 그때나 지금이나 상황은 비슷합니다.

> "우주는 마치 심연처럼 열려 있어요. 이 깊은 구멍 같은 심연에서 우리는 매일 개인 행동의 자유를 점점 더 많이 잃어가고 있어요. 앞으로 우리는 우리 정원 밖으로 나가기 위해서는 특수한 통행증을 소지하지 않으면 안 될 거예요. 세계는 게토로 변했어요. 세계는 넓어지지만, 우리는 좁은 서류의 협곡으로 내몰리죠. 확실한 것은 우리가 잠시 앉는 의자뿐이죠. 모든 사람이 본래 미궁인데도 자로 재듯이 살고 있어요. 책상은 포르크루스테스의 침대예요. 그러나 우리는 고대의 영웅들이 아니에요. 이 때문에 우리는 고통을 겪지만 그저 희비극적 인물에 지나지 않죠."
>
> ─ 『카프카와의 대화』, 中

카프카가 보기에 이 세계에서 자유를 잃은 인간들은 자신의 존재를 파악하는 방법도 모르고, 또 자신을 지켜나가는 법도 알지 못합니다. 자신을 돌아보지도 못하고, 인간과 세계가 어떻게 연결되어 있는지 생각하려 하지 않습니다. 한마디로 인간은 고립무원의 상태에 빠져있습니다. 지금 시대는 인간이 자신의 존재를 지키고 잘 가꾸어 나갈 수 없거나 혹은 힘든 시대입니다. 그 원인의 하나로 카프카는 과학의 발전에 의한 '자본'의 확장을 꼽고 있습니다. 과학의 발전은 물질의 풍요를 가져 왔지만, 상대적으로 인간의 내면적 성장은 이루어 내지 못하고 있습니다. 이 소설을 읽기 위해서는 자본주의에 관한 이야기를 빼놓을 수 없는데요. 지난 100년 동안 자본주의는 가히 놀라울 만큼 성장하고 그 보폭을 넓히고 있습니다. 자본주의는 결국 패망할 거라는 마르크스의 말을 비웃기라도 하듯이 지금시대에서 자본주의의 손이 미치지 않는 영역은 없어 보일 정도입니다. 자본주의는 모세혈관과 같은 연결망으로 아주 촘촘히 인간의 의식, 행동, 제도, 질서들에 그 영향력을 뻗어 나가고 있습니다. 자본은 인간과 세계의 모든 영역에 관여하고 지배합니다. 카프카는 이러한 현상을 크게 염려하고 있습니다. 결국 '자본'의 원리가 인간과 세계를 잠식하여 인간이 지닌 근본적인 속성들을 잃어버리게 하는 것이 아닌가 하는 걱정이 이만저만이 아닙니다. 그렇다고, 인간은 이 세계를 떠나서 살 수는 없습니다. 야인으로 돌아가 현실의 바깥에서 살아가기에는 '자본'의 뿌리가 인간의 삶에 너무 깊이 박혀있기 때문입니다. 그래서 카프카는 절박하게 고민합니다. '자본주의의 포화 속에서, 인간이 지닌 가치를 잃지 않으면서 존재할 수 있는 방식'을 마련해 보자. 이것이 카프카가 던지는 묵직한 질문이 아닐까 생각합니다.

▪▪ 감당하기 힘든 '쓸모' 없음

"〈변신〉은 결코 고백이 아니에요. 비록 그것이 어떤 의미에서는 비밀 누설이기는 하지만. 〈변신〉은 무서운 꿈이며, 무서운 표상입니다. 꿈은 현실을 폭로하는데, 그 현실의 배후에는 표상이 남아 있어요. 이러한 사실이 삶의 섬뜩한 점이죠. 이러한 사실 때문에 예술은 충격을 주죠."

– 『카프카와의 대화』, 中

카프카는 소설 『변신』이 현실 배면에 깔린 어떠한 비밀을 누설하고 있다고 말합니다. 그것은 앞서 이야기했듯이, '자본'이 인간을 어떻게 변모시키는지에 대한 비밀일 것입니다. 소설을 통해, 그 비밀을 알아차리자는 것이지요. 그러기 위해서, 먼저, 그레고르의 삶이 어떠한지 좀 살펴봅시다.

"그 동안 우리 부모를 생각해서 꾹 참아왔지만, 만일 참지 않았더라면 나는 진작 사표를 냈을 거고 사장 앞으로 다가가 그의 면전에 대고 평소에 품고 있던 내 생각을 속 시원히 내뱉어 주었을 텐데. 그러면 사장은 틀림없이 책상에서 굴러 떨어졌을 거야! 그렇지만 아직 희망을 완전히 접은 것은 아니야. 우리 부모가 그에게 진 빚을 다 갚을 만큼 내가 언제고 돈을 모으게 되면 꼭 그렇게 해주고야 말겠어."

그레고르는 "업무에서 받는 스트레스, 불규칙하고 형편없는 식사, 결코 진실하게 이루어질 수 없는 인간적 교류" 등으로 모래알과 같은 삶을 이어갑니다. 매일 매일 만신창이가 된 기분입니다. 그렇다고 직장을 포기할 수는 없습니다. 직장을 때려치우면, 아들로서 집안의 가장 역할을 할 수 없기 때문입니다. 직장을 포기하고 인간이기를 선택하면 가족을 부양하지 못했다는 죄책감이 그를 괴롭힐 것입니다. 이렇게 그레고르는 자신보다는 가족을 먼저, 더 소중히 생각하는 인물입니다. 그러는 과정에서 그레고르는 자신의 존재를 잃어버렸습니다. 그레고르는 자신이 어떤 존재인지 알지 못합니다. 그저 가족을 위해 열심히 일하는 존재일 뿐입니다. 자아를 상실한 인간 그레고르가 벌레가 되어버렸다는 사실은 어쩌면 당연한 일일지도 모릅니다.

그레고르는 인간에서 벌레가 되었습니다. 이는 자본주의 사회에서 하루아침에 '쓸모없는 존재'가 되었다는 것을 의미합니다. 그렇다면 '쓸모없는 존재'는 어떤 인간을 두고 하는 말일까요. 그것은 그레고르가 벌레가 되기 전과 후의 모습을 비교해 보면 알 수 있습니다. 벌레가 되기 전 그레고르는 열심히 일해서 가족의 부양을 책임지는 역할을 합니다. 그레고르는 가족에게 '기둥' 같은 존재입니다. 그럼으로써 그레고르는 가족에 대한 권력을 획득합니다. '돈=권력'이라는 등식이 성립합니다. 하지만 고단한 회사 생활에 그레고르는 너무도 지쳐있습니다. 이제 그만 하고 싶지만, "부모가 사장에게 진 빚을 다 갚을 때"까지는 계속해서 회사에 나가야만 합니다. 돈을 벌지 못하면 권력은 없어지고, 그러므로 '쓸모없는 존재'가 됩니다. 이것이 그레고르가 지닌 인간으로서의 '쓸모'입니다. 이 세계에서 '쓸모없는 인간'은 '벌레'와 같은 존재가 되는 것입니다. 기준은 간단합니다. 경제적으로 도움을 주는 존재인가, 아닌가라는 것이죠.

프란츠 카프카

이는 현대사회에서 직업 활동을 하지 않는 사람들이나 경제력을 갖추지 못한 사람들을 바라보는 사회적 시선을 떠올린다면 금세 이해가 됩니다. 돈을 잘 벌면, '쓸모 있는 인간'을 넘어 훌륭하고 대단한 사람이 되고, 돈을 잘 벌지 못하거나, 돈을 잘 벌 수 있는 능력을 갖추지 못한 인간들은 무능력하고, 게으른 인간으로 즉, '쓸모없는 인간'으로 간단하게 판단해 버리는 사회적 시선이 그러합니다. 인간을 이해하고 판단하는 기준이 오로지 '돈'이라는 기준 하나로 수렴되는 것입니다. 그리하여 이 시대에 '쓸모없음'은 경멸의 이유가 됩니다. '쓸모없는' 사람은 경멸받아 마땅한 존재가 됩니다. 그것은 경멸의 타당한 근거로 작동됩니다. 자본주의적 인간에게 타인의 '쓸모없음'은 참아내기 힘든 요소들입니다. 다른 건 몰라도, 사람들은 무능한 인간을 감당하기 힘들어 합니다. 카프카는 자본주의 작동원리가 인간의 의식을 얼마나 단순하게 만들어 타인을 판단하게 하고, 황폐화 하는지 100년 전에 이미 꿰뚫어 보았던 것 같습니다.

▪▪ '벌레'라는 외관

카프카는 인간을 '벌레'에 비유했습니다. 좀 더 정확히 말하면, 인간이 '벌레와 같은 존재'라는 것입니다. 인간이 정말로 '벌레'가 되는 것은 불가능하지만, '벌레 같은 인간'이 되는 예는 많습니다. 이제 더 '쓸모가 없다'라는 이유로 그레고르를 벌레 취급하는 가족들이 어떤 의미에서는 진짜 벌레일 수도 있습니다.

카프가가 보기에 소설에서 보인 '벌레' 이미지는 인간이라는 존재를 감싸고 있는 외관일 뿐입니다. 껍데기입니다. 실제로 벌레에게 껍질은 생명을 담보하는 물질입니다. 벌레의 껍질은 단단하지만, 그 안은 전부 점액으로 이루어져 있습니다. 벌레는 다리 하나가 잘려나가도 살 수 있지만, 껍질이 없이는 단 한 순간도 살 수 없습니다. 벌레에게는 그렇습니다. 그런데 인간의 껍질 즉 외관은 목숨을 좌우하는 것은 아닙니다. 진짜 인간은 외관 그 안에 있습니다. 그런데 사람들은 외관을 보고 그 사람의 모든 것을 판단합니다. 사람들의 눈에는 그레고르가 흉측한 벌레로만 보일 뿐입니다. 사람들은 그 안에 있는 것을 볼 수 있는 눈을 갖추지 못했어요. 가족도 예외가 아닙니다. 가족들은 벌레가 된 그레고르를 보고 충격을 받고 그의 방에 들어오려고 하지 않습니다. 그래서 인간들은 자신의 외관을 가꾸는 데 공을 들이나 봅니다. 타인에게 거부당하지 않기 위해서입니다. 카프카는 "진실을 숨기고 있는 외관을 부수어 버리라"라고 다음과 같이 말합니다.

"진리란 인간이 살아 있는 그 순간에 가장 접근하기 쉬운 법이죠. 오직 그 순간에 진리를 얻거나 잃을 수 있죠. 진리가 숨기는 것은 오직 분명한 것, 즉 외관뿐이에요. 외관을 부수어야만 해요. 그러면 모든 것이 분명해지죠."

– 『카프카와의 대화』, 中

프란츠 카프카

▚ '저것'과 함께 살 수 없어요.

인간과 벌레는 근본적으로 소통하기 어려운 존재들입니다. 대화를 나누거나 감정을 교류할 수 없어요. 그레고르가 벌레가 되었다는 것은 두 대상이 서로 소통할 수 없음, 혹은 소통의 불가능성을 의미합니다. 그러나 그레고르는 인간에서 벌레가 된 존재입니다. 벌레로 변한 지금의 상황에서는 인간들과 소통할 수 없지만, 그들의 대화를 들을 수 있고 감정을 느낄 수 있는 존재입니다. 그레고르는 여동생이 연주하는 바이올린 소리를 들으며 생각합니다.

"이렇게도 음악에 감동을 받는데도 그가 과연 동물이란 말인가? 그에게는 마치 자신이 열망하던 미지의 어떤 양식(糧食)에 이르는 길이 열리는 것 같았다."

이렇게 그레고르는 가족에게 조차 '감당하기 힘든 존재'가 되어버렸습니다. 인내심의 한계에 다다른 여동생 그레테는 벌레 그레고르에게 아래와 같이 외칩니다.

"저는 저런 괴물 앞에서 오빠의 이름을 입 밖에 내고 싶지 않아요. 그러니까 제가 말씀드리고 싶은 건 오직 한 가지, 우리가 저것에서 벗어나야 한다는 거예요. 우리는 그 동안 저것을 돌보고 참아내기 위해 인간으로서 할 수 있는 일은 다 해봤어요. 우리를 조금이라도 비난할 수 있는 사람은 아무도 없을 거예요."

그레고르에서 '저것'으로 바뀌는 순간입니다. 그레고르는 인간에서 '저것'으로 간단하게 사물화되었습니다. '이것'이나 '저것'이나 매한가지입니다. 가족에게 이제 그레고르는 아무 의미 없는 물건일 따름이죠. 그레고르가 벌레로 변하지만 않았더라도 그는 자신을 몰아내는 가족들에게 저항할 수 있었을 것입니다. 그러나, 벌레의 외관을 한 그레고르에게 이제 자신을 가두는 방을 빠져나갈 방법은 없습니다.

▪▪ '변신'하는 인간들

사실 '변신'은 그레고르에게만 해당하는 것은 아닙니다. '변신'은 그의 가족들에게서도 나타나고 있는데요. 그들의 변신은 그레고르가 '벌레'가 되기 전과 후의 달라진 모습에서 확인할 수 있습니다. 그레고르의 아버지는 힘이 없고 지쳐있습니다. 아버지는 특별히 하는 일이 없이 "지팡이를 들고 산책을 합니다." 그레고르가 회사 생활을 하면서 집안의 기둥이 된 후로 아버지가 가졌던 가정의 경제권은 그레고르에게 넘어갔습니다. 그러나 그레고르가 '벌레'가 된 이후로 아버지는 자신이 가졌던 가정에서의 막강한 권력의 힘을 되찾습니다. 그리고 그 힘을 그레고르를 내쫓아버리는데 사용합니다. 그레고르가 살아남기 위해서는 아버지를 넘어서야 합니다. 그러나 그레고르는 아버지가 먹이로 던져준 사과에 맞아 결국 죽음을 맞이합니다.

프란츠 카프카

여동생 그레테도 벌레가 된 오빠 그레고르 위에 군림하려 합니다. 그레고르가 '벌레'가 되기 전 그레테는 집안에서 '쓸모없는 어린애' 취급을 받았습니다. 그러나 오빠가 '벌레'가 되어버리자 그녀는 오빠에게 자신이 할 수 있는 모든 권한을 행사합니다. 그레테에게는 "어느새 부모에게 맞서서 그레고르에 관해서라면 어떤 문제든지 정통한 사람처럼 행세하는 버릇"이 생겨났습니다. 오빠의 방에서 가구를 빼내는 일, 더 이상 먹이를 넣어주지 않는 일, 더 이상 '저것'과 살 수 없다고 선언하는 일 등 그녀는 그레고르에 대한 지배력을 확장해 갑니다.

"얼마 전까지만 해도 그녀는 집 안에서 쓸모없는 계집아이였기 때문에 부모님은 걸핏하면 그녀에게 화를 내기 일쑤였다. 그러나 이제는 달랐다. 여동생이 그레고르와 방을 치우는 동안 아버지와 어머니는 둘이 함께 방문 앞에서 기다리고 있을 때가 많았다."

아버지와 그레테는 그레고르가 다시는 저항할 수 없다는 사실을 확인하고 그에게 권력을 행사합니다. 그들이 권력을 차지하는 방식은 그레고르의 약함에서 비롯된 것입니다. 그들의 권력은 원천적으로 저항을 할 수 없는 자에게만 부릴 수 있습니다. 그를 통해서 희열을 느끼는 것이지요. 자신보다 힘이 약한 대상을 상대로 한 권력 확보방식은 그 대상에게 가하는 폭력이 되어 그를 죽음으로 내몰 수도 있습니다. 어머니 또한 그레고르에게 가해지는 폭력을 적극적으로 막아내지는 못하고 권력의 뒤로 숨어버립니다. 카프카는 그레고르 가족이 보여주는 행동을 통해 인간이 얼마나 잔인하고 어리석은 존재인지를 상기시킵니다.

▪️ 그림자는 태양을 가릴 수 없다

벌레 인간 그레고르가 죽자 가족들은 소풍을 가는 것으로 소설은 마무리됩니다. 가족들은 하루를 푹 쉬면서 산책을 하며 보내기로 합니다. 가족들은 그레고르를 가차 없이 내쳐 버렸습니다. 카프카의 전언은 '세상에 믿을 사람 하나 없다'라든지 '이제 가족도 믿지 말자'가 아닙니다. 그가 강조하는 것은, 이 세계는 쓸모가 없어진 가족을 망설임 없이 내다 버리고도 양심의 가책을 느끼지 않는 구조로 촘촘히 작동되고 있어서, 인간은 쉽게 그러한 '자본'의 굴레 속에 얽혀들어 인간의 가치를 상실해 버리는 선택을 할 수 있다는 의미입니다. 또 자신도 모르게 그 연결망에 스스로 관여할 수도 있는 것입니다. 인간은 이러한 자본주의의 은폐된 부분을 자각하려 하지 않는다면 그것에 희생될 수밖에 없습니다.

카프카는 "그림자는 태양을 가릴 수 없다"라고 일갈했습니다. 아무리 '돈의 영향력'이 커져 인간 세계를 장악한다고 한들, 결국 그것은 인간 세계의 진실을 대신할 수 없습니다. 그 진실을 지키는 일은 깊이 있는 사유를 통해 가능한 일입니다. 그러기 위해서 인간은 자신의 자아를 텅빈 상태로 놔두면 안됩니다. '텅빈 인간'은 그 자본의 작동구조에 무참히 이용될 수밖에 없습니다.

"부란 무엇입니까? 어떤 사람에게는 낡은 셔츠 한 벌도 부예요. 그러나 어떤 사람은 천만금이 있어도 가난하죠. 부는 아주 상대적인 것이며 불만족한 것이죠. 그것은 결국 특수한 상황에 지나지 않아요. 부는 인간이 소유하고 있는 물건들에 의존한다는 것을 의미하죠. 그리고 인간은 새로운 재산, 즉 새로운 의존에 의지해서 이 물건들이 사라지지 않게 하죠. 부는 구체화한 불확실성에 지나지 않아요."

– 『카프카와의 대화』, 中

깊이 읽기 위한 질문
『변신』

1. 여러분은 그레고르와 같이 세상에서 소외되어 '벌레와 같은 존재가 된 기분'을 느낀 적이 있나요? 경험이 있다면 나눠 봅시다.

2. 그레고르는 가족을 위해 열심히 살아가는 생활인입니다. 그는 연로하신 부모님과 어린 동생을 보살펴야 한다는 책임감으로 힘든 직장 생활도 마다하지 않는데요. 그런 중에 그레고르는 벌레가 되어버린 자신을 발견합니다. 여러분은 그레고르가 벌레가 된 이유를 무엇이라고 생각하십니까?

3. 그레고르는 아버지가 던진 사과가 살 속에 박히는 심한 부상을 당합니다. 그런데 누구도 빼내줄 엄두를 내지 못했기 때문에 사과는 여전히 살 속에 남아 곪아터지게 됩니다. 이후 그레고르는 음식을 거의 먹지 않습니다. 식욕이 당기지 않았기 때문입니다. 결국 그레고르는 몸을 움직일 수 없을 정도로 쇠약해져 죽음을 맞이합니다. 그레고르가 죽음에 이르게 된 가장 큰 이유는 무엇이라 생각하십니까?

프란츠 카프카

소송

"진리에 도달하는 길은 프로그램을 갖고 있지 않아요. 오직 끊임없이 인내하며 헌신하는 모험만이 유효할 뿐이죠. 진리에 도달하는 특별 처방이 있다면 그것은 이미 굴복이고 불신인 동시에 오류의 시작이에요. 우리는 모든 것을 인내하며 불안에 떨지 않으면서 수용해야 해요."

– 프란츠 카프카

미궁에서 빠져나오기
_ 『소송』읽기

■▪ 펠리스와의 만남

　　　　　　펠리스 바우어는 카프카의 삶과
문학에 지대한 영향을 끼친 인물입니다. 그녀는 친구 막스브로트의
먼 친척뻘 되는 쾌활하고 명랑한 아가씨인데요. 막스브로트의 집에
서 그녀를 처음 만난 카프카는 그녀에게 묘한 매력을 느낍니다. 이
후로도 펠리스의 모습은 카프카의 머릿속에 자꾸만 떠오르는데요.
카프카는 일기에서 그녀를 처음 보았을 때의 느낌을 다음과 같이 쓰
고 있습니다.

"공허함을 드러내는 뼈가 불거진 텅 빈 얼굴. 거의 주저앉다시피 한
코. 다소 매력 없는 금발. 강한 턱. 나는 앉으면서 처음으로 그녀를
좀 더 자세히 바라보았고, 다 앉았을 때에는 이미 확고한 판단을 내
리고 있었다."

－『카프카 평전』, 이주동, 소나무

일기에서 알 수 있듯이 펠리스는 남자를 단번에 매혹시킬 만큼 아름답지는 않았던 것 같습니다. 그럼에도 카프카는 그녀가 자아내는 신비한 분위기, 강인한 인상에서 풍기는 매력에 이끌렸던 것으로 보입니다. 이후 카프카와 펠리스는 엄청난 양의 편지를 주고받습니다. 카프카는 펠리스에게 오전에 편지를 쓰고 또 오후에 편지를 쓸 정도였습니다. 펠리스의 어머니는 매일 써대는 편지 때문에 딸의 건강이 염려되어 편지 쓰는 일을 말렸다는 일화도 있습니다.

이렇게 카프카와 펠리스는 편지를 주고받으며 정신적 교류를 이어나갑니다. 카프카는 펠리스에게 자신의 문학 세계를 설명하고 그녀가 이해해 주기를 바랐습니다. 문학은 자신에게 삶의 일부가 아니라 전부이며, 글쓰기를 통해서 자신이 존재하고, 또 그렇게 삶이 유지될 수밖에 없다는 사실을 카프카는 그녀에게 열렬히 설명했습니다. 하지만 펠리스는 보통의 평범한 여성이었습니다. 결혼하고 가정을 이루어 행복한 삶을 꾸려가는 것이 인생의 주된 목표였던 펠리스는 여러모로 카프카의 생각과 생활방식이 맞지 않았고 이해되지 않는 부분도 많았습니다. 카프카의 문학과 예술의 세계를 받아들이고 이해하기에 펠리스의 정신세계는 카프카와 다른 부분이 있었던 것입니다. 그래도 펠리스는 카프카의 충실한 조력자가 되기 위해 노력했습니다. 하지만 카프카는 개인의 평안한 삶과 가족보다는 자신의 문학과 글쓰기가 먼저였고, 또 자신의 신체적인 나약함, 글쓰기에 대한 사명감, 우울증, 불안 등으로 보아 결혼생활을 원만히 이끌어갈 자신이 없었습니다. 문학과 삶에 대한 각자의 견해차를 좁히지 못한 그들은 관계가 악화되어 결국 파혼을 하고 맙니다. 그리고 이후로도 카프카와 펠리스는 한 번 더 약혼하고 또다시 파혼의 과정을 겪게 됩니다. 이렇게 카프카는 글쓰기에 방해가 되는 것들은 철저하게 배제하면서 삶을 만들어나갔다고 볼 수 있습니다. 그런데도 펠리스와의 파혼은 카프카에게 적잖은 충격으로 다가왔습니다. 소설『소송』은 카프카가 파혼의 순간을 떠올리며 쓴 작품입니다. 파혼에서 오는 좌절감과 죄책감을 소설로 형상화한 것이죠.

■▘ 느닷없는 체포

카프카는 소설『소송』을 집필할 때 1장인「체포」를 쓴 다음 바로 마지막 장인「종말」을 썼습니다. 그리고 난 후 중간 부분을 채워나가는 글쓰기 방식을 취했습니다. 이렇듯 처음과 끝을 미리 완성한 다음 소설을 써 나갔다는 것은 무엇을 의미할까요? 그것은 적어도 소설이 형식적인 측면에서 볼 때 처음과 끝이라는 내용 구조를 명확히 갖추고 있다는 의미가 됩니다. 실제로 소설의 첫 장에서 주인공 요제프 K는 체포되고 마지막에 처형되는 것으로 소설은 끝이 납니다. K는 체포되었고 결국 마지막에 죽습니다. 이렇게 소설은 사건을 순차적으로 진행하는 전통적인 소설기법을 보여주고 있습니다. 그런데 흥미로운 점은 이 작품에 대한 해석은 소설이 갖는 형식과는 달리 굉장히 다양하게 뻗어 나올 수 있다는 점입니다. 그 이유는 소설의 중간 부분에서 비롯되었다고 볼 수 있습니다. 소설의 중간 부분은 요제프 K가 처형에 가까워지는 과정에서 벌어지는 일들을 그로테스크하게 형상화하고 있습니다. 타락한 법원 사람들과의 대화, 그 실체를 알 수 없는 법원(법), 아무런 도움도 되지 않는 변호사와 여자들과의 관계 속에서 K는 자신의 소송사건에서 한 발짝도 앞으로 나갈 수가 없습니다. 기이한 사건들이 연속적으로 이어지면서 소설은 점점 미궁 속으로 빠져듭니다. 처음에 대수롭지 않게 여겼던 소송 사건이 참혹한 결과를 낳게 된 이유도 주인공이 그 미궁에서 빠져나오지 못했기 때문입니다.

소설『소송』은 내용으로만 보자면 간단한 서사구조입니다. 하지만 이미 알고 있듯이 카프카의 작품은 그렇게 간단치 않습니다. 이렇게 쪼개고, 저렇게 갖다 붙여도 어느 하나 명쾌한 해석에 이르기 어려운 것이 카프카 작품의 특징입니다. 그러니, 카프카 작품을 간단하게 해석하고 정리하려는 기대는 애초부터 접고 시작하는 것이 좋을 듯합니다. 카프카는 그의 연인 펠리스에게 소설의 원고를 보내준 후 그녀에게 소감을 묻곤했습니다. 그리고 자신의 의견을 말해줍니다. "책을 읽고 어떤 의미를 발견했나요? 내 말은 직접적인 연관성을 토대로 유추할 수 있는 의미 말입니다. 나는 그러한 의미를 발견할 수도 없고 그 안에서 아무것도 설명할 수가 없습니다." 카프카도 자신의 작품에 대해서 '잘 모른다.'라고 고백하고 있습니다. 소설 읽기는 카프카의 말대로, 소설에서 제시한 내용을 토대로 유추를 통해 어떤 의미를 도출하는 행위입니다. 당연히 정해진 답이나, 의미나 해석 같은 것은 없습니다. 그야말로 자유롭게 소설의 바다에 빠져서 마음껏 유영하면 될 일입니다. 그럼, 이제 카프카의 『소송』을 천천히, 꼼꼼하게 읽어보겠습니다.

카프카의 소설 『소송』의 첫 문장은 유명합니다.

"누군가 요제프 K를 중상모략 한 것이 틀림없다. 그가 무슨 특별한 나쁜 짓을 하지도 않은 것 같은데 어느 날 아침 느닷없이 체포되었기 때문이다."

평범한 은행원 요제프 K는 생일날 아침 자신의 집에서 영문도 모른 채 한 번도 본 적이 없는 남자에게 체포를 당합니다. K는 그 이유를 따져 묻지만, 법원 감시원이라고 신분을 밝힌 그들은 자신들도 그 이유를 정확히 알지 못하며 또 "그런 걸 말해줄 입장"이 아니고, 자신들은 단지 임무를 수행하는 것뿐이라는 말만 반복해서 늘어놓습니다. 말 그대로 '묻지마' 체포입니다.

"이들은 도대체 누굴까? 어느 기관에 속한 자들일까? K는 엄연히 법치국가에서 살고 있었다. 어디든지 평온이 지배하고, 모든 법률이 엄존하는 상황이다. 그런데 누가 감히 거처까지 쳐들어와 그를 급습할 수 있단 말인가?"

K는 처음에는 이 일을 심각한 일로 받아들이지 않습니다. 그러니까 "이 모든 것을 일종의 장난, 그의 서른 번째 생일을 맞아 은행 동

료들이 꾸민 장난"이 아니겠느냔 생각도 합니다. 그렇지만, 사태가 예사롭지 않게 돌아간다는 것을 K는 곧 깨닫게 됩니다. 그런 중에 K는 자신의 하숙방에 들이닥친 감시원들의 행동을 보면서 그들이 부패하고 타락한 공무원이라는 강한 의심을 하게 됩니다. 프란츠와 빌렘이라고 자신들을 소개한 감시원들은 K를 향해 "당신은 체포되었소"라는 말만을 외칠 뿐, 거칠고 냉담하게 행동하는 것은 물론, K의 아침을 먹어치우고, K의 물건을 "보관소에 두면 분실되고 그쪽에서 슬쩍 빼돌리는 경우"가 있으니 자신들에게 맡기라고 하는 등 수상쩍은 행동을 보이기 때문입니다. 당연히 K는 그 감시원들의 무례한 행동을 보면서 법원은 타락하고 부패한 곳이라는 판단에 이르게 됩니다. 법원에서 일하는 하급 직원들조차 이렇게 타락했다면, 그 법원은 분명 부정과 부패의 온상이라는 추측이 어렵지 않게 나옵니다. 그러니 체포된 K의 입장에서는 앞으로의 소송을 어떻게 이끌어 가야 할지 더욱 암담하기만 합니다. 정의와 진실이 통용되지 않는 법원을 상대로 자신의 무고함과 무죄를 증명해 내는 험난한 길 앞에 지금 K는 서게 된 것입니다.

▪▪ 싸울수록 지는 싸움

K는 이 소송이 "어쨌든 피할 수 없는 일임"을 감지합니다. 피할 수 없다면, 맞서 싸워야 합니다. K는 나름의 전략들을 세웁니다. K가 소송에서 이기기 위해 제일 먼저 선택한 전략은 무능하고 부패한

법원의 잘못을 바로잡는 일입니다. 이를 바로 잡고 고쳐주면 사회의 정의는 자연스레 실현될 것이라고 K는 생각합니다. 당연히 K는 이에 대해 법원에 어떠한 뇌물이나 부당한 청탁을 할 생각이 추호도 없습니다. K는 정의의 방법으로 승리하고 싶습니다.

그렇다면 앞으로 K가 상대할 법원은 어떤 곳인지 K 나름의 판단이 필요할 것입니다. 상대를 알아야 어떻게 싸워야 할지 명확한 전략이 나올 수 있기 때문입니다. K가 판단하기에 법원은 그 내부에서 부정부패가 일어나면 안 되는 곳입니다. 법원은 저 높은 곳에서 사회정의를 실현하는 곳으로 법이 정하는 원칙에 따라 한 치의 오차도 없이 법 절차가 실행되는 곳입니다. 거기에는 "착오가 있을 수 없습니다. 그게 법이라는 것입니다." 그 법은 어떤 고매한 절대성을 갖습니다. 법에 적혀 있고, 진실과 정의만을 추구하는 한마디로 완전 무결한 경지에 오른 '법' 그 자체라고 할 수 있습니다. 이런 법을 어겼을 경우 법에 따라 처벌을 받고, 법을 잘 지키면 소송에 휘말릴 일도 없고 감옥에 들어갈 일도 없는 것입니다. 당연히 K는 "아무런 죄도 짓지 않았으므로" 법의 심판을 받을 일도 없고, 감옥에 들어 갈 일도 없어야 합니다.

이제 K는 자신이 잘못이 없다는 사실만을 증명해 보이면 사건은 쉽게 종결될 것입니다. 그런데 상황은 정반대로 돌아갑니다. 바로 그 자신의 무죄를 입증하는 일이 자꾸 미궁으로 빠지게 되는 것입니다. 죄 없음을 증명하는 전략은 무슨 이유에서인지 자꾸만 실패로 돌아갑니다. 자신이 어떠한 이유로 체포되었는지 속 시원히 말해주는 사람이 한 명도 없거니와 자신을 고발한 법원의 정체도 파악하기가 힘듭니다. K가 만날 수 있는 사람은 법원의 하급관리 내지는 예심판사, 법원에서 일하는 여자들뿐입니다. 판결을 좌우한다는 고위법관은 소설이 끝나는 시점까지 한 번도 만나지 못합니다. 당연히 K는 이 문제를 어떻게 대처하고 해결해야 하는지에 대한 명쾌한 조언도 얻지 못합니다. 이렇게 카프카는 K가 기존에 가지고 있던 법원(법)에 대한 고착된 사고를 해체하면서 사고의 전환을 유도하고 있는 것입니다. 말하자면, K는 자신이 생각하는 이상적이고 관념적인 '법원(법)'과 현실에서 작동되는 '법원(법)' 사이의 차이를 인식하지 못하는 인물입니다.

어려운 상황에 놓인 K이지만, 어찌 되었든 이 문제를 풀어나갈 사람은 K밖에 없습니다. K는 먼저 첫 심리에서 법원이 얼마나 무능하고 부패한 지, 그리고 그 무능하고 부패함으로 자신과 같은 평범한 소시민이 얼마나 큰 고통을 당하게 되었는지 자세히 설명합니다. 한번 들어 보시죠.

"제가 원하는 건 다만 공적인 폐단을 공개적으로 논의하자는 것입니다. 들어보십시오. 저는 약 열흘 전에 체포되었습니다. 저는 아침에 침대에 있는 상태에서 기습을 당했습니다. 아마도 그들은, 이것은 예심판사님이 하신 말로 미루어 볼 때 있을 법한 일이지만, 저처럼 죄가 없는 어떤 도장공을 체포하라는 명령을 받은 것 같은

데, 저를 택했던 것입니다. 이 법원에서 행하는 모든 발표의 배후, 그러니까 제 경우에 비추어 말하자면 체포와 오늘 심리의 배후에 어떤 거대한 조직이 있다는 것은 의심의 여지가 없습니다. 그것은 뇌물을 밝히는 감시인들, 생각이 모자라는 감독관들, 그리고 기껏해야 보통의 수준밖에 되지 않는 예심판사들을 고용하고 있을 뿐만 아니라 나아가 어쨌든 상급, 그리고 최상급의 판사 계층을 먹여 살리고 있고, 아울러 어쩔 수 없이 필요한 수많은 정리, 서기, 경찰관과 보조 인력을 거느리고 있는 조직입니다. 거기에는 사형집행인까지 포함되겠죠. 그런데 여러분, 이 거대한 조직의 의미는 무엇일까요? 그것은 무고한 사람들을 체포하고, 그들을 상대로 무의미하며 제 경우에서처럼 대개 아무 성과도 없는 소송을 벌이는 것입니다."

첫 심리에서 이와 같은 K의 변론에도 불구하고, 소송은 해결될 기미가 보이지 않습니다. 다시 찾아간 법원이라는 곳은 이상하고 기괴스럽기만 합니다. 법원 사무처는 허름한 임대건물 다락방에 위치해 있고, "사법기관의 내부는 그 외부만큼이나 역겨운 모습"을 하고 있습니다. 법관들이 본다는 책에는 외설스러운 그림이 가득합니다. K는 "내가 이런 인간들한테 재판을 받아야 하는군"이라는 생각을 하게 됩니다. 법원에는 그 어디에서도 존경심을 불러일으킬만한 모습은 없었던 것입니다. 이러한 법원의 풍경들은 법원이 부정부패의 온상이라는 K의 생각을 확고하게 해줍니다. 더구나 법원 정리를 따라다니며 법원을 구경하던 K는 혼탁한 공기에 기력이 빠져 사람들에게 부축을 당하는 경험도 하게 됩니다. 사람들에게 실려 나오면서도 K는 그들의 "말을 한마디도 알아들을 수 없었습니다."

"계단 옆에 있는 자그마한 표찰이 K의 눈에 들어왔다. 그쪽으로 가보니 '법원 사무처로 오르는 계단'이라는 문구가 유치하고 서투른 글씨체로 적혀 있었다. 그러니까 법원 사무처가 여기 임대건물 다락층에 있다는 말인가? 그것은 특별히 존경심을 불러일으킬 만한 시설물이 아니었다. 어떻게 보면 가장 가난한 축에 속하는 입주자들이 쓸모없는 잡동사니나 던져두는 장소에 사무처를 둔 법원이라면 얼마나 재정 상태가 열악할지 상상이 갔는데, 피고인들에게는 이런 상상도 위안거리가 될 수 있었다."

카프카는 소설에서 K를 체포한 감시원들의 행동과 법원을 묘사하는 풍경, K가 그곳에서 겪은 경험을 통해 법원(법)의 실체적 모습을 보여줍니다. 앞에서의 내용으로 볼 때, 법은 진리와 정의를 추구하지 않습니다. 법원(법)은 불변의 진리도 아니며, 모든 사람이 믿고따를 만큼 위엄을 갖춘 곳도 아닙니다. 또 그렇게 훌륭하다는 법이제대로 실행되는 것을 목격한 사람도 없습니다. 그러나 법원(법)에대해 이상적인 법원(법)과 현실적인 법원(법)의 간극을 인식하지 못한 K는 여전히 자신이 가진 편견 즉, '법원(법)'이 지닌 이상적인 차원에서 소송사건에 접근하고 해결하려고 하고 있습니다.

법원(법)에 대한 착각이 K가 자신의 소송사건에 자꾸만 휘말려

들어가는 이유입니다. 법원은 K가 생각하는 것처럼 '한 치의 오차 없이 판결'이 이루어지는 곳은 아님에도 불구하고, K는 끊임없이 확실하고 명확하게 자신이 체포된 이유와 법원의 부정의에 대해서 설명하려 하고 개선하려고 합니다. 이것이 K가 싸울수록 질 수밖에 없는 이유입니다. 그의 전략은 처음부터 정확한 과녁을 겨누고 있지 않습니다. 엉뚱한 표적에 활시위를 겨누고 화살을 쏘아대고 있었던 것이죠. 이는 K가 착각에서 빠져나오지 않는다면 소송사건은 결코 해결되지 않을 것이라는 의미이기도 합니다.

▗▘ 잘못된 것은 세계이다. 그러니 세계가 바뀌어야 한다.

K가 생각하기에 문제는 자신이 아닌 법원(법)에 있습니다. 그러니 바뀌어야 할 것은 자신이 아닌 법원(법)입니다. 이러한 착각에서 벗어나지 못한 K가 계속해서 소송으로부터 멀어지는 것은 당연한 일입니다. K는 소송 사건을 해결하기 위해 다른 사람의 도움을 받으려고 합니다. K에게 도움을 주거나 주려고 한 사람은 여자, 변호사, 화가 티토넬리가 있는데요. 그들이 어떠한 방식으로 K의 소송 사건에 영향을 미치는지를 따라가 보면 카프카가 내보이고자 하는 복잡한 세계의 모습을 조금은 짐작할 수 있습니다. 법원(법)의 실체는 무엇인지, 그 안에서 인간은 무엇을 망각하고 놓치고 살아가는지가 드러나기 때문입니다. 먼저, K에게 영향을 주는 여자들은 대개 온전치 못한 여자들입니다. 남자들에게 희롱당하면서도 실실 웃고 다니

거나, 남자를 꾀어내 보려고 스스로 값싼 행동을 하는 여자들인데
요. 하숙집의 처녀 뷔르스트너 양이나 술집의 여종업원 엘자, 법원
정리의 부인, 변호사의 시중을 드는 여자 레니가 그렇습니다. 그들
은 모두 K에게 별 도움이 되지 못하는 인물들입니다. 카프카 작품에
서 여자들은 그리 좋은 이미지로 등장하지 않습니다.

숙부가 소개해준 변호사 또한 만족스럽지 못합니다. 변호사는 K
의 소송사건을 조금도 진전시키지 못합니다. 한시라도 빨리 "변론서
를 작성해서 법원에 제출"하고 싶은 K의 기대를 변호사는 채워주지
못합니다. "사실 K는 변호사가 무슨 일을 하는지 알지 못합니다." K
를 만나면 "변호사는 질문은 하지 않고 자기 이야기만 하거나, 아니
면 입을 조용히 다물고" 앉아있을 뿐입니다. K는 이렇게 태만한 변
호사를 더 이상 믿기 어렵습니다. 결국 K는 변호사와의 계약을 파기
하기에 이릅니다. 변호사는 계약을 파기하려는 K에게 흥미로운 이
야기를 합니다.

"아직 실패한 건 아무것도 없으며, 만일 그 모든 것에도 불구하고
법원 사무처장의 마음을 얻는 데 성공한다면, 이를 위해서도 이미
여러 조치들을 취해두었지만, 사안 전체가 외과 의사들의 표현대로
깔끔한 상처라고 할 수 있으며 앞으로 다가올 일을 편안한 마음으
로 기다릴 수 있다는 것이다. 이런 이야기, 그리고 이와 비슷한 이
야기를 하는 데 있어 변호사는 지칠 줄을 몰랐다."

그러니까 변호사는 자신은 최선을 다하고 있으며, 앞으로의 소송도 전망이 밝다는 식으로 이야기 하는 것입니다. 이 과정에서 K는 새로운 사실을 알게 됩니다. 법원에서의 "재판 과정은 대개 일반인 뿐만 아니라 피고인에게도 비밀로 되어 있다는 점, 피고인조차도 법원 서류를 열람할 수가 없으며, 또한 심문 내용을 가지고 그 근거가 되는 서류가 무엇인지를 추론해내는 것은 매우 어렵다는 점" 등 입니다. 법과 법원에서 벌어지는 일들은 그 누구도 정확히 알 수 없고, 그것을 알기는 불가능하다는 의미입니다.

"법원의 서열과 직급 체계는 끝이 없어서 그 세계에 정통한 사람들조차 제대로 가늠하기 어렵다. 그런데 법정에서의 재판 과정은 일반적으로 하급 관리들에게도 비밀이며, 따라서 이들은 자신들이 다루는 사건의 향후 추이를 완전히 파악할 수가 없고, 따라서 재판 사건은 대부분 그것이 어디서 온 것인지도 모른 채 그들의 시야에 나타났다가 어디로 가는지도 모르게 계속 진행된다는 것이다."

"유일하게 올바른 길은 주어진 현실의 상황을 받아들이는 법을 배우는 것이다. (중략) 절대로 주의를 끌지 않아야 한다! 아무리 비위에 거슬리는 터무니없는 일이 있더라도 조용히 있어야 한다! 이 거대한 법원 조직은 말하자면 영원한 부유(浮游)상태에 있다는 사실을 알아야 한다."

카프카는 거대한 법원 조직의 실체는 없으며, 둥둥 떠다닌다고 말합니다. 그럼에도 사람들은 법원(법)의 고매한 절대성이 주는 위엄에서 벗어나지 못하고 맹목적으로 믿고 따를 뿐입니다. K 또한 여전히 법원(법)에 대한 선입관에서 벗어나지 못하고 있습니다. 다만 소송에 도움을 청하기 위해 여러 사람에게 두루 도움을 요청할 뿐입니다. 답답했는지, 화가 티토렐리는 자신을 찾아온 K에게 소송 사건을 근본적으로 해결할 수 있는 굵직한 힌트를 던져줍니다.

"지금 여기서 얘기되는 것은 상이한 두 가지 사실입니다. 하나는 법에 적혀 있는 것이고, 다른 하나는 내가 개인적으로 직접 경험한 것인데, 그것을 혼동해서는 안 됩니다. 내가 읽어본 적은 없습니다만, 법에서는 당연히 한편으로 죄가 없는 자는 무죄 판결을 받는다고 쓰여 있으나, 다른 한편으로 판사들은 외부의 영향을 받을 수 있다고 쓰여 있지는 않습니다. 그러나 내가 경험한 것은 그것과 정반대입니다. 나는 실질적인 무죄 판결에 대해서는 아는 바가 없지만, 판결에 영향력이 행사된 경우라면 수많은 사례를 알고 있습니다. 물론 제가 아는 사례에 국한해서만 무죄인 경우가 없었다고 할 수도 있겠죠."

화가 티토렐리는 K에게 "당신은 아직 법원에 대한 전체적인 이해가 부족한 것 같군요." 라고 하면서 다음과 같이 말합니다. "자신의 모든 것이 법원에 속해 있습니다." 티토렐리가 거주하는 공간부터, 그림을 그려서 먹고사는 일 등이 모두 법원의 테두리 안에서 이루어지고 있다고 말합니다. 그는 K를 놀리던 "동네 여자아이들도 법원에 속해 있답니다. 모든 것이 법원에 속해 있습니다.”라고 말합니다. 그러니까 사람들은 모두 법원에 예속된 사람들이고, 지금까지 그렇게 살아왔고, 그 사실이 사람들의 삶을 제한하고 규정한다는 의미입니다.

티토넬리는 흥미로운 사실을 하나 더 들려줍니다. 지금까지 “단 한 번도 실질적인 무죄 판결을 본 적이 없다는 겁니다.” 지금까지의 “재판 사례는 전설로만 남아있고, 그런 전설에서는 실질적인 무죄 판결의 사례가 있습니다. 하지만 그건 믿을 수는 있지만 입증할 수는 없습니다.”

“최종적으로 무죄를 선고할 권한은 법원만 갖고 있습니다. 그런 권한은 당신이나 나나 우리 모두가 도저히 접근할 수 없습니다. 그곳이 어떻게 생겼는지 우리는 알지 못하며, 또 말이 나왔으니 말이지만, 알려고도 하지 않지요.”

정리해 보면, 카프카가 펼쳐 보이는 법원(법)의 세계는 무엇 하나 정해진 것이 없는 혼돈과 미망의 세계입니다. '불확실한 세계'라 할 수 있습니다. 그 안에서 정의와 진실은 손에 잡히지도 않으며, 명확하게 설명도 되지 않습니다. 무죄를 선고할 권한은 최고 법원만 갖고 있지만 지금까지 그 실체를 확인한 사람도 없습니다. 누구도 그곳이 어떻게 생겼는지 알지 못합니다. 하지만 사람들은 법원에 속해 있으며 그 안에 기거하여 살아가면서 그것을 믿고 따릅니다. 이렇게 볼 때, K와 법원 사람들 모두 다를 바가 없는 인물들입니다. 그런데도, 사람들은 법원(법)의 영향 아래서 살아갑니다. 그러다 결국 K는 죽음까지 맞이하게 되는 것입니다. K는 영문도 모른 채 죽습니다. 이는 지금 우리의 삶과 겹쳐서 읽을 수 있습니다. 현대인들에게 삶은 무엇인지, 인생의 진리는 무엇인지, 그 실체가 가진 의미를 아는 것은 가능한 것인지를 파악하려는 시도 없이 그저 살아가고 있는 것은 아닌지 말입니다. 우리 삶의 물음 중에서 그 어떤 것과 대입시켜도 현재적으로 읽히는 것이 카프카 소설입니다.

'무지'는 인간에게 사유할 수 있는 동력을 빼앗습니다. K는 한 번도 소송 사건과 관련하여 깊숙한 질문을 던지지 않습니다. 다만, 이해를 요구하고, 도움을 요청하고, 개선하려고 합니다. 사안에 대한 '무지'는 인간을 미궁 속으로 빠뜨리고 두려움을 일으키는지도 모릅니다. '무지'한 사람은 두려움을 느낄 수 있습니다. 그 대상에 대해서 잘 알지 못하면 무섭고 암담합니다. 이는 상인 블로크가 변호사에게 취하는 태도만으로도 알 수 있습니다. 상인 블로크는 변호사의 말에 의해 크게 좌우되는 인물입니다. 블로크는 자신의 소송 사건에 대해서 '무지'하므로 그것을 잘 알고 있는 것처럼 보이는 변호사의 말을 절대적으로 따릅니다. 그는 변호사가 시키는 대로 행동합니다. "그는 더 이상 의뢰인이 아니라 변호사의 개"입니다. 그러나 변호사 또한 법원(법)의 실체를 잘 알지 못하는 '무지자' 중의 한 사람일 뿐입니다.

(변호사가 블로크를 향해) "자네는 아직 살아 있고, 여전히 내 보호를 받고 있어. 다 부질없는 걱정이야! 어떤 경우에는 최종 판결이라는 것이 임의의 입을 통해 임의의 시간에 예기치 않게 내려진다는 것을 자네는 어딘가에서 읽었을 거야. 여러 유보사항이 붙어야겠지만 그건 사실이야. 하지만 자네의 불안은 나한테 불쾌감을 주고, 내가 보기에는 그것이 꼭 필요한 신뢰의 부족 때문에 생긴다는 것 또한 사실이야. 내가 방금 한 말이 도대체 뭔가? 나는 어떤 판사의 말을 그대로 전한 것뿐이야. 자네도 알다시피 소송 과정에서는 그 주변에 각양의 견해들이 난무하여 꿰뚫어보기 어려울 정도가 되지. 예를 들어 나와 이야기를 나눈 그 판사는 소송의 시작과 관련해 그 시점을 나와는 다르게 보고 있는 것이지. 그것은 견해 차이일 뿐 그 이상 아무것도 아니야. 소송이 어느 단계에 이르면 오랜 관습에 따라 그것을 알리는 종소리가 울리지. 그 판사의 견해로는 그것으로 소송이 시작된다는 거야. 지금 자네한테 그것을 반박하는 의견을 다 말해줄 수는 없어. 말해줘도 자네는 이해하지도 못할 거야. 그와 다른 의견이 많다는 것쯤만 알고 있으면 충분해."

이와 관련하여 카프카는 「법에 대한 의문」에서 법이 갖는 의미에 대해 다음과 같이 숙고한 바 있습니다.

"법은 정말 오래된 것이어서 수세기 동안 법에 대한 해석이 행해져 왔다. 아마 이러한 해석은 이미 법이 되어버렸을 것이다. 법을 해석할 수 있는 자유가 여전히 존재하고 있기는 하지만, 매우 한정되어 있다. 물론 법에는 지혜가 담겨 있다. 누가 옛날 법의 지혜를 의심하겠는가? 그러나 십중팔구 그것에 다가갈 수 없다는 것이 우리에게는 고통스럽다."

『카프카 평전』 이주동, 소나무

카프카에 따르면 '법은 인간들이 만들어온 해석의 집합이고, 그 해석이 반복되면서 정말로 법이 되어버렸고, 지금은 그 법에 쉽게 다가갈 수 없다'라고 말하고 있습니다. 이렇게 카프카는 소설 『소송』을 통해 법이 가지고 있는 실체적 의미를 드러내고 있습니다. 여기에 더해 카프카는 "법에 다가가는 것은 고통스럽다"라고 말합니다. 그러나 그 고통을 회피한다면, 우리는 소설에 등장하는 사람들처럼 법(법원)의 지배 아래 영원히 살아가게 될지도 모릅니다.

▪▪ 법 너머를 향하여

또 하나, 소설의 「대성당에서」 들려주는 비유 설화는 소설 『소송』의 핵심적 주제를 압축하고 있습니다. 카프카는 소설에서 비유 설화를 자주 인용하고 있는데요. 그것은 소설의 메시지를 더 힘 있게 전달하기 위한 카프카만의 글쓰기 방식이기도 합니다. 이 작품에서 교도소 신부는 소송 사건에 휘말린 K에게 "당신의 소송은 아마 하급 법원을 벗어나지 못할 겁니다." 라고 말하며 다음의 이야기를 들려줍니다.

"시골에서 온 한 남자가 문지기에게 와서 법 안으로 들여보내달라고 한다. 문지기는 거절한다. 남자는 문지기가 들어가는 것을 허락해줄 때까지 기다리기로 결심한다. 남자는 자꾸 부탁을 함으로써 문지기를 지치게 한다. 문지기는 그를 들여보내줄 수 없다는 말만 계속 되풀이한다. 시골 남자는 문지기를 매수하기 위해 아무리 값나가는 물건이라도 개의치 않고 사용한다. 그는 문지기를 관찰한다. 남자는 살날이 얼마 남지 않은 상태에서 법에서 흘러나오는 광채를 본다. 그는 '자네는 정말 만족을 모르는 끈질긴 사람이야.'라고 말한다. '그 긴 세월 동안 나 말고는 아무도 입장을 요구하는 사람이 없으니 도대체 어떻게 된 건가요?'라고 묻는다. 문지기는 말한다. '여기는 자네 말고는 아무에게도 입장이 허락되지 않아. 왜냐하면 이 입구는 단지 자네만을 위한 것이었거든. 이제는 가서 그 입구를 닫아야겠네.'"

여기서 문지기는 법원 사람들로 시골 남자는 K로 읽을 수 있습니다. 시골 남자는 문지기에게 끊임없이 법에 들어가게 해달라고 요구하지만 문지기는 "지금은 들여보낼 수 없다"라고 말하면서도 "이 입구는 다만 자네만을 위한 것"이라고 말합니다. 시골 남자는 문지기의 권위에 눌려 법에 들어가려는 시도 없이 온갖 뇌물을 갖다 바치며 그가 문을 열어주기만을 기다립니다. 시골 남자는 법에 대해 어떠한 의심도 하지 않은 채 법에 굴복합니다. 문지기 또한 그 법 안에 들어가 본 적도 없고, 그 안에 무엇이 있는지도 모르며, 무엇을 지키는지도 모르고 그저 자신에게 내려진 법 입구를 '지킨다'라는 임무만을 수행하고 있습니다. 시골 남자가 법에 들어가기 위해서는 누구의 도움 없이 자신이 깨달은 바를 실천에 옮길 때 가능해지는 것입니다. 진리에 이르는 길은 나를 감싸고 있던 견고한 사고들을 깨부수고 자신의 사유에서 비롯된 직접적인 체험에 의해서만 가능할 것입니다. 신부가 K에게 "법원은 당신에게 아무것도 원하지 않습니다. 법원은 당신이 오면 받아들이고, 가면 내버려 둘 뿐입니다." 라고 말하는 것도 자신의 깨달음 없이는 결코 법 안에 들어 올 수 없는 K의 상태를 웅변하고 있습니다.

마지막으로 하나 더 짚고 싶은 것은, K의 죄에 대한 이해입니다. K는 죽는 순간까지 자신의 죄가 무엇인지 혹은 죄가 아닌 것은 무엇인지 알지 못했습니다. K의 죄는 무엇일까요? 우리는 다음의 대목에서 카프카가 생각하는 보편적인 인간의 죄가 무엇인지 짐작할 수 있습니다.

"도대체 인간이라는 사실이 어떻게 죄가 될 수 있단 말입니까?"

카프카가 보기에 인간에게 죄는 '존재 그 자체'입니다. 더 정확히 말하면, 인간은 죄를 지을 수밖에 없는 상황에 처한 존재라는 사실입니다. 우리는 살아가면서 알게 모르게 끊임없이 죄를 짓고 있습니다. 인간은 운명적으로 죄인입니다. 하지만 인간은 자신의 죄가 무엇인지 잘 알지 못하고, 이는 결국 그 죄의 미궁에서 결코 빠져나올 수 없는 K의 상황을 말해줍니다. 그 미궁에서 빠져나오지 못하면 우리는 K와 같이 "개처럼" 처형당할 수 있다는 것이 카프카의 경고입니다. 그렇다면 인간은 어떻게 살아야 할까요. 카프카는 '진리에의 희망'을 버리지 말고 계속해서 참된 진리를 찾아 나서라고 주문합니다.

그러나 현실에 얽매여 사는 인간에게 '진리에 대한 희망'을 찾으라는 주문은 무척이나 어려운 일입니다. 그것은 추상의 언어일 뿐 독자에게 어떠한 자극을 주지 못합니다. 좋은 소설을 읽고 관념적인 추상의 언어로 삶을 이해하면 우리는 결국 괴리감에 빠지게 됩니다. 우리는 소설을 읽고 그것을 우리의 삶과 연결하여 무엇을 지금 당장 실천할 수 있는지를 사유해야 합니다. 그것은 그 실천이 무엇인지 스스로 찾는 일입니다. 카프카가 말한 것처럼 인간은 이미 운명적으로 죄를 저지를 수밖에 없는 존재인 까닭에 아무런 죄도 짓지 않는 '완전한 존재'는 될 수 없습니다. 이 사실을 인정하고, '더 이상 죄를 짓지 않는 것'이 존재를 지키는 출발이 아닐까 생각합니다. 오늘 하루 '착해지는 못할망정 더 이상 죄를 짓지 않도록 노력하기' 정도면 그래도 괜찮은 삶이 아닐까 싶습니다. 그렇게 점점 더 나아지는 인간이 많아질 때, 진리에 다가가는 길도 가까워질 것입니다.

깊이 읽기 위한 질문
『소송』

1. 『소송』은 평범한 남자가 어느 날 느닷없이 침대에서 체포를 당하는 것으로 시작합니다. 소설은 주인공 요제프 K가 체포를 당한 후 처형 되기까지의 과정을 그리고 있는데요. 결국 K가 처형에 이르게 된 이유는 무엇이라고 할 수 있을까요?

2. 카프카의 작품은 난해성이 그 특징이라고 할 수 있습니다. 그것은 카 프카 작품의 해석의 다양성을 의미하기도 합니다. 그렇다면 『소송』 에서 가장 난해했던 부분을 찾아 이야기를 나눠 봅시다.

3. 작품 『소송』을 지금 현대인의 삶의 모습과 겹쳐서 읽어봅시다. 소설 의 어떤 모습들이 우리의 삶과 닮아 있나요?

성

"인간은 아래에서 위로가 아니라, 안에서 밖으로 성장하는 법입니다. 이것이 모든 삶의 자유의 근본 조건이에요. 삶의 자유는 인위적으로 만들어진 사회의 분위기가 아니라, 자기 자신과 세계에 맞서 끊임없이 투쟁하는 자세예요. 이것이 인간이 자유롭기 위한 조건입니다."

– 프란츠 카프카

혼돈 속에서의 투쟁
_『성』읽기

　　1922년 즈음 카프카의 건강상태는 점점 나빠지기 시작했습니다. 카프카는 자신에게 시간이 얼마 남지 않았다는 것을 예견했던 것 같습니다. 그는 회사에 사표를 내고 오로지 소설 쓰는 일에만 집중을 하기로 하고 요양원에서 소설『성』을 쓰기 시작합니다. 카프카는 소설『성』집필에 혼신의 힘을 기울입니다. 하지만 건강 상태는 점차 악화되었고 결국 작품은 중단되고 맙니다. 이렇게 미완으로 남게 된 소설『성』은 카프카가 떠난 뒤 친구 막스브로트에 의해 1926년에 출판됩니다. 막스브로트는 자신의 유고를 모두 태워버리라는 카프카의 유언을 지키지 않았고, 그 덕분에 우리는 카프카의 작품을 읽을 수 있게 되었습니다.

▪▪ 문학은 투쟁이다

　　소설『성』은 카프카 말년의 작품입니다. 짧고 고달팠던 생애만큼이나 그의 작품 작업도 그만큼 치열했습니다. 카프카의 삶과 문학은 닮았습니다. 카프카에게 삶과 문학은 투쟁이었습니다. 그는 삶의 고통을 문학을 이용하여 뚫고 나가고자 했습니다. 사실 카프카의 삶 전체가 투쟁이었다고 해도 무리가 아닙니다. 그가 싸워야 할 대상은 감히 오를 수 없는 거대한 산과 같은 권력을 지닌 아버지였고, 글쓰기를 방해하는 삶의 조건들이었습니다. 카프카는 덩치가 크고 목소리가 우렁찬 아버지와 달리 소극적이고 말수가 적은 기질의 소유자였습니다. 매우 마르고 왜소했던 카프카는 기골이 장대한 아버지 앞에 서면 항상 주눅이 들었고, 목소리 한번 제대로 내지 못하고 성장했습니다. 경제적으로 크게 성공한 아버지는 돈이 안 되는 문학이나 글쓰기에 매달리는 아들 카프카를 늘 불만스러운 눈으로 바라보곤 했습니다. 이에 대한 한 일화가 있는데요. 카프카가 어린 시절 나름 열심히 썼던 글을 아버지에게 보여준 적이 있었는데, 아버지는 단번에 그것을 대수롭지 않은 것으로 취급해버립니다. 이 일로 아버지에게 인정을 받고 싶었던 카프카는 마음의 상처를 가지고 성장하게 됩니다. 이렇듯 아버지와 카프카는 체격이나 성격, 삶의 가치 지향점 등 어느 하나 어울릴 수 있는 게 없었습니다. 그러니 이들 부자의 갈등은 카프카가 태어나면서부터 이미 예고된 것이라 할 수 있습니다. 그래서일까요? 카프카의 집안 형편은 넉넉했지만, 아버지는 글쓰기에 매달리는 카프카에게 어떠한 경제적 지원도 해주지 않습니다.

아버지는 카프카에게 넘지 못할 거대한 권력 그 자체였습니다. 마치 오를 수 없는 '성(城)'과 같았습니다. 대학도 카프카가 원하는

프란츠 카프카

전공이 아닌 법학과에 진학한 이유도 모두 아버지의 권유 혹은 강요에 의한 것이었습니다. 예민하고 소극적이었던 카프카는 걸걸하고 우악스러운 아버지로부터 자신을 지켜내야 했습니다. 글쓰기는 이런 카프카에게 도피처가 되어줍니다. 아버지로 표상되는 강력한 압력으로부터 자신을 온전히 유지하기 위해서는 써야만 했습니다. 써야만 살 수 있었습니다. 글을 쓰는 순간만큼은 자유로움을 느꼈으니까요.

학업을 마치고 보험회사에 취직한 이유는 바로 글쓰기 시간을 확보하기 위함이었습니다. 아침 8시에 출근하여 오후 2시까지 일을 하고 나면 그 이후의 시간은 오로지 글쓰기 할 수 있는 시간으로 채울 수 있었습니다. 그에게는 더할 나위 없이 행복한 시간이었죠. 그러나 중간에 카프카가 집안에서 운영하는 석면공장 일을 하게 되어 글을 쓸 수 없게 되자 카프카는 막스브로트에게 자살 충동을 느낀다는 편지를 쓰는데요. 깜짝 놀란 막스브로트는 바로 카프카의 어머니에게 편지를 써서 카프카의 심리 상태를 알립니다. 그 결과 다행히도 카프카는 석면공장 일에서 벗어나 다시 글을 쓸 수 있게 되었지요. 이렇듯 카프카에게 문학은 생존의 조건이요, 삶이며, 실존 그 자체라 할 수 있습니다.

물론 『성』도 또 하나의 '투쟁기'로 읽을 수 있습니다. '성'의 부름을 받고 토지측량사로 임명된 주인공 K는 마을 공동체를 움직이는 거대한 존재와 싸워나갑니다. 이미 마을 사람들은 성에 복속되어 살아가고 있습니다. 알 수 없고, 불명확하지만 분명히 큰 위력을 행사하는 성의 정체를 파헤치고 반드시 성 안으로 입성하는 것이 토지측량사 K의 목표입니다. 소설은 K가 어떤 방법으로 성의 진입을 시도하다가 결국 실패하게 되는지의 과정을 따라갑니다. 자, 그럼 지금부터 토지측량사 K의 행로를 따라 소설 속으로 천천히 들어가 봅시다.

▪️ 카프카의 인물 K

『성』은 『소송』과 상당히 비슷한 이야기 구조로 되어 있습니다. 『소송』의 인물 요제프 K는 알 수 없는 소송 사건에 휘말려 법의 정의를 찾아 나서지만 결국 진실을 찾지 못하고 죽음에 이릅니다. 마찬가지로 『성』의 인물 토지 측량사 K 또한 자신의 임무를 완수하기 위해 성에 입성하려 하지만 알 수 없는 이유로 거부당하며 결국 실패하는 것으로 소설은 끝이 납니다. 요제프 K와 토지측량사 K 모두 유사한 캐릭터들입니다. 그들은 먼저 기존 질서에 대해 의문을 품고 문제를 제기하는 인물들입니다. 이미 견고하게 자리 잡은 제도나 질서에 균열을 가하는 인물들이죠. 『성』의 주요 인물 토지측량사 K 또한 성의 부름을 받고 일을 하러 왔는데, 어찌하여 성에 들어갈 수 없다는 것인지 명확한 이해와 설명을 요구합니다.

그렇다면 카프카는 왜 K와 같은 인물들을 설정했을까요? 카프카는 인간들은 보편적으로 편안하고 안정적인 삶을 추구하는 경향

이 있다고 봤습니다. 사람들은 그러한 안정적인 삶의 기반 아래서 걱정 없이 살기를 바라는 것이죠. 하지만 카프카는 그와 같은 안락한 삶이 인간을 그 안에만 머물게 하고 또 편안한 삶에 길들이게 하여 결국 인간을 우둔한 존재로 만든다고 경고합니다. 우리 안에 갇혀서 사는 동물원의 동물들의 삶은 안락하기 그지없습니다. 스스로 사냥을 하지 않아도 되고, 적의 공격을 받을 일도 없습니다. 그래서 동물들은 우리의 문을 열고 나가서 새로운 세상을 탐험하는 것을 거부할 수도 있는 것입니다. 안락한 삶은 우리 밖의 삶에 대한 상상력을 빼앗고 인간을 그 안에 안주하게 하지요. 카프카는 안정만을 추구하는 인간은 우리 안에 사는 동물과 다를 바가 없다고 다음과 같이 말합니다.

> "사람들은 자유와 책임을 두려워해요. 이 때문에 사람들은 차라리 스스로 만든 울타리 뒤에서 질식하기를 원하죠."
>
> 『카프카와의 대화』中

안락한 삶은 그것이 전부인 삶입니다. 어떠한 생기도 없이 축 늘어지다가 마는 삶입니다. 퇴보나 전진도 없고 그대로 정체된 것을 말합니다. 이것을 인간에 대입해 볼 때, 안락한 삶이 가지는 의미는 '움직이지 않는 인간', '생동하지 않는 인간', '정체되어 있는 인간'을 말합니다. 인간이 정체되어 움직이지 않으면 비만이 될 수밖에 없습니다. 태어나서 그저 가만히 살다가 죽는다는 것에서 삶의 큰 의미를 찾겠다는 사람이 아니라면, '내가 너무 편안하고 안정적인 삶'만을 추구하고 있지는 않은지 스스로 물어야 한다고 카프카는 말하고 있습니다.

▪▪ 미지의 세계로 들어가는 입구

소설 『성』의 인물 K는 '움직이는 인간'입니다. 그는 새로움을 찾아 거침없이 앞으로 나아가고자 합니다. 지금 그는 긴 여행 끝에 이제 막 새로운 '미지의 세계'에 들어가기 위해 그 입구에 서 있습니다. 앞으로 어떤 일이 펼쳐질지에 대한 기대로 가득 차 있죠. 그의 첫 임무는 어느 마을 위에 우뚝 서 있는 성으로 들어가는 일입니다. K는 그 성의 백작으로부터 토지측량이라는 임무를 받았습니다. 예상대로라면 일은 큰 문제 없이 진행될 것입니다. K는 자신의 임무를 성실히 수행하고 그에 대한 보수를 받아 집으로 돌아가면 되는 것입니다. 이 일로 크게 한몫 잡아 돌아가려는 기대를 K는 하고 있습니다.

K가 늦은 저녁 시간에 성 아래에 있는 마을에 도착하여 본 마을은 안개 속에 깊이 잠겨 있는 모습입니다. 높은 곳에 있는 성은 거대한 운무에 싸여 그 모습이 드러나지 않습니다. 성은 한눈에 파악되지 않습니다. "성이 있는 산에는 아무것도 보이지 않았고, 안개와 어둠이 산을 둘러싸고 있었으며, 그곳에 큰 성이 있음을 암시하는 아주 희미한 불빛조차 눈에 띄지 않습니다." 기이한 분위기를 자아내는 성과 마을의 풍경은 앞으로 K에게 곧 닥쳐올 험난한 미래 상황을

이야기해주고 있는 듯합니다.

■ K가 성에 들어갈 수 없는 이유

시간이 너무 늦었으므로 K는 일단 여인숙에서 하룻밤을 묵어가기로 합니다. 그러나 K가 여관에 들어서자 그곳에 있던 사람들은 일제히 K를 차가운 시선으로 쏘아봅니다. 이어 여관에서 머물던 성의 하급관리라고 자신을 밝힌 슈바르처는 K에게 허가증을 보여 달라고 요청합니다. 슈바르처는 "백작님의 허락 없이는 누구도 이 마을의 여관에 숙박할 수 없다."라고 힘주어 말하고, 허가증 같은 것이 있을 리 없는 K는 슈바르처의 말을 대수롭지 않게 여기며 "성에 전화를 걸어 확인하라"라고 대꾸합니다. 사실 K는 성의 백작님이 누구인지 잘 모릅니다. 그저 성의 요청을 받아서(K가 받은 요청이 인편인지 우편인지는 소설에 나오지 않습니다.) 이 마을로 온 것입니다. K가 성에 대해 알고 있는 정보는 사실 아무것도 없습니다. 결국, 성으로 들어가게 해달라는 요청은 거부되고 K의 입장은 더욱 곤란해집니다.

당연히 마을 사람들은 허가증을 제시하지 못하는 K를 의심의 눈초리로 바라봅니다. 낯선 외지인 그것도 신분을 밝히지 못하는 그를 어느 누가 선의의 마음을 가지고 대하겠습니까. 마을 사람들의 규칙대로라면, 백작님의 허락 없이는 누구도 이 마을에 들어올 수 없습니다. 그런데 생전 처음 보는 낯선 외지인이 떡하니 아무런 절차도 없이 여관에 들어와 이것저것 요구하면서 벌렁 드러누워 잠까지 자려 하고 있습니다. 마을 사람들에게 토지측량사 K는 어디서 왔는지 모르는 외지인일 뿐입니다. 게다가 그들에게 외지인은 어떤 위험을 가진 존재이기도 합니다. 외지인은 무슨 행동을 어떻게 할지 예측할 수 없기 때문입니다. 평화를 깰 수도 있는 인물인 것이죠.

더군다나 K가 하겠다고 하는 일이 토지를 측량하는 일 아니던가요. 토지는 무엇입니까. 마을 사람들에게 토지는 조상 대대로 이어받은 삶의 터전이요. 살아가는 기반이며 실존의 이유입니다. 그런데 외지인 K가 자신들의 토지를 가지고 실제 주인이 누구인지, 어디서부터 어디까지가 자신의 땅인지 다시 명확하게 측량하겠다고 나선 것입니다. K는 단지 자신의 임무를 수행할 뿐이지만 마을 사람들의 입장에서 K의 행동은 일종의 도전이요, 혁명입니다.

그런데 흥미로운 점은 K가 마을 사람들의 차가운 태도에도 전혀 신경 쓰지 않는다는 점입니다. 그러든지 말든지 꿈쩍도 하지 않아요. K는 성에 들어가기 위해 계속해서 시도해봅니다. 세상 물정 모르고 행동하는 K에게 여관 주인은 "당신은 성에 대해 잘 모르고 있군요." 라고 조용히 조언을 합니다. 여관주인은 마을 사람의 거부에도 아랑곳하지 않고 막무가내로 성의 백작 클람을 만나겠다는 K에게 다음과 같이 말합니다.

프란츠 카프카

"클람 씨는 성에서 온 분으로, 그 사실 자체만으로도 대단히 높은 신분을 의미해요. 그분의 높은 지위는 차치 하고 도요. 클람을 실제로 보는 일은 절대 불가능해요. 내가 오만해서 하는 말이 아니에요. 나 자신도 그럴 수가 없거든요. 당신은 클람이 당신과 대화해야 한다고 하지만, 그분은 마을 사람들과도 결코 대화하지 않아요. 그분은 여태껏 마을 사람들과 직접 대화한 적이 한 번도 없다고요. 클람에 대해 아는 바가 아무것도 없고, 또 그 사람과 이야기하는 일은 결코 없어요. 그 사람은 나로서는 절대 다가갈 수 없는 분이거든요."

여관 주인에 따르면 성을 대표하는 클람이라는 존재는 마을 사람들이 감히 쳐다볼 수 도 없고, 대화를 나눌 수 없으며, 범접할 수 없는 고귀한 존재라는 것입니다. 그런데 이상한 것은 "누구도 클람에 대해 아는 바가 없다." 라는 사실입니다. 이는 K로서는 이해하기 어려운 일입니다. K는 합리적인 사고방식을 가진 인물입니다. 성에 들어갈 수 없다면 그 담당 책임자를 만나서 문제를 해결하고 성에 들어가면 되는 일입니다. K에게 세상은 2+2=4가 나오는 방식과 같이 한 치의 오차도 없이 돌아가야 마땅합니다. 그런데 마을 사람들이 K가 성에 들어가지 못하는 이유에 대한 설명은 합리적이지 않습니다. 짐작했겠지만, 소설에서 K는 굉장히 이성적인 사고와 행동을 하는 근대적 인간으로 상징됩니다. 이와는 달리 마을 사람들은 그 사람이 가진 평판이나 분위기, 존경하는 정도에 따라 생각하고 행동하는 인물들입니다.

당연히 K는 마을 사람들의 언어를 받아들이기도 어렵고 이해하기도 힘듭니다. 외지인 K와 마을 사람들이라는 서로 다른 세계의 사람이 만나서 소통을 하려고 합니다. 서로 마주 보고 서 있습니다. 그러나 둘 사이의 소통 접점을 찾을 수가 없습니다. 왜냐하면 그들은 다른 세계에서 서로 다른 방식으로 생각하며 살아왔기 때문입니다. 굳이 구분 지어서 말하자면, K는 합리적으로 생각하는 근대적 주체를 상징하며 마을 사람들은 전근대적 주체로 근대적 주체가 잘 '이해'할 수 없는 방식으로 사고하고 행동하는 사람들이라고 할 수 있습니다. 그렇다면, 소통이 어렵거나 힘든 두 세계의 사람들이 앞으로 어떻게 문제를 풀어 가는지, 그 과정에서 새롭게 드러나는 문제들을 파악하는 것이 이 소설의 흥미로운 관전 포인트라고 할 수 있습니다.

▪▪ 근대적 인간의 우월의식

처음부터 난관에 부딪힌 K가 문제를 해결하려고 시도하는 방법들을 보면 그가 지니고 있는 어떤 우월의식을 느낄 수 있습니다. 근대적 인간은 자신이 세계를 발전시키는 주체라고 생각합니다. 좀 거칠게 말하자면, 근대적 인간들은 자기 '잘난 맛'에 삽니다. 그들은 본인의 생각과 의지대로 앞으로 나아갈 수 있다고 생각합니다. 그리고 마침내 목표에 도달하려고 하죠. 그 중간에 끼어드는 시답잖은 것들에는 크게 영향을 받지 않습니다. 생각과 행동의 주체는 바로 자신이니까요. 굉장한 나르시스적인 태도입니다. K도 비슷한 모습을 보이는데요. K는 자신이 '눈으로 직접보고, 믿고, 판단한 상황'만을 이해하는 모습을 보입니다. 또 그 우월의식은 K가 다른 사람을 무시하는 태도에서도 드러납니다.

여관으로 들어간 K는 성에서 보냈다는 조수들 아르투어와 예레미아스를 대면합니다. 그들은 K 곁을 한시도 떠나지 않으면서 계속해서 K를 관찰합니다. 그들은 토지측량에 관해서는 아는 것도 전혀 없으며, 하는 짓마다 미성숙하고 어리석기 짝이 없어 보입니다. 두 조수는 K에게 도움을 주기는커녕 방해만 되는 골칫덩어리가 될 판입니다. K는 어린아이처럼 행동하는 두 조수를 단번에 무시하고 조롱합니다. 두 조수를 아무짝에도 쓸모없는 존재라고 생각하는 것이죠. 하지만 사실, K가 근대라는 문명의 물을 먹지 않았다면 그에게 조수들이 바보처럼 보이지는 않았을 것입니다.

"너희들은 뱀처럼 서로 닮았어. 도대체 너희 둘을 어떻게 구별하지? 너희는 이름만 구별되지, 내 두 눈에는 너희가 구별되지 않아. 나는 너희 둘을 한사람처럼 취급하고, 둘 다 아르투어라고 부르겠어. 내가 아르투어를 어디로 보내겠다고 하면 너희 둘 다 가야하고, 내가 아르투어에게 어떤 일을 맡기면 너희 둘 다해야해. 내게는 너희 둘이 한사람이나 마찬가지니까. 내 허락 없이 너희는 그 누구하고도 이야기해서는 안 돼."

위에서 알 수 있듯이, K는 아르투어와 예레미아스를 독립적인 주체로 인정하지 않겠다는 심사입니다. 개별적인 두 인간을 하나의 인간으로 취급하는 것입니다. K는 마을 사람들에게 자신의 의견이 받아들여지기를 바라고, 또 "누구든지 자신의 발언을 방해할 권리"가 없다고 목소리를 높이고 있지만, 왠지 모자라 보이고 순진해 보이는 마을 사람들을 비롯한 두 조수를 미성숙한 존재라고 여기고 있습니다. 두 사람을 구별하지 않고 하나로 보겠다는 K의 이와 같은 태도는 그들의 '어리숙함'을 이용해 그들에 대한 자신의 지배 권력을 강화하겠다는 의도입니다. 왜 그럴까요. 조수들이 구별된다는 것은 서로 차이가 있다는 의미이며, 각각의 특성을 지녔다는 것을 말합니다. K의 입장에서 구별되는 존재, 고유한 특성을 지닌 존재는 조수로서 부리기 어려울 것입니다. 각자의 목소리가 다를 테니까요. K에 입장에서 권력을 쉽게 사용하기 위해서는 그 대상이 단순해야만 합니다. 상황을 자신에게 유리하게 돌리려는 K의 속내가 읽히는 부분입니다.

K는 조수들을 '별 도움이 안 되는 존재들'로 판단합니다. 하지만 곧 눈이 번쩍 뜨일 만한 새로운 인물이 등장합니다. 헤렌호프 여관에서 여급으로 일하는 프리다라는 처녀입니다. 그녀는 K에게 맥주를 따라주며 접근을 하면서 K가 침을 질질 흘릴만한 정보를 하나 흘립니다. 자신이 바로 백작 클람의 애인이라는 것입니다. K는 바로 프리다에게 작업을 걸어 프리다를 차지해 버립니다. 프리다를 통해 클람을 만나는 길이 좀 더 수월해지기를 바라는 것이죠. 프리다를 유혹한 이유는 그녀가 클람의 애인이라는 조건을 가지고 있었기 때문

이지 프리다를 사랑해서가 아닙니다. 그렇지만 K의 생각대로 순순히 되는 일은 없습니다. 그녀 또한 K에게 별 도움이 되지 못합니다. 지금까지 내용으로 알 수 있듯이, 소설의 시작부터 토지측량사 K는 재빠르게 머리를 돌려서 목표를 이루려고 하지만, 결과는 그의 바람에서 점점 멀어지고 있습니다.

■■ '성(城)'과 클람의 정체

자꾸만 스텝이 꼬이는 K가 왜 성으로의 진입이 거듭 실패하는지를 밝히기 위해서는 '성(城)'과 클람의 정체가 무엇인지 파악하는 일이 필요합니다. 먼저 성의 공간적 배경에서 그 실마리를 찾을 수 있습니다. 소설의 공간구조를 머릿속에 떠올려 보면, 성은 높은 곳에 있고 마을은 그 아래에 있습니다. 성은 마을을 내려다보며 마을 사람들의 모든 것을 관장합니다. 성의 관료들은 엄격한 규칙, 제도, 서류 등으로 일을 일사불란하게 처리합니다. 그러면서 성은 마을 사람들의 복종과 존경을 동시에 요구하는 곳입니다. 그런데 정작 그 성에 대한 정보를 잘 알고 있는 마을 사람은 없습니다. 마을 사람들은 지금껏 그래왔던 것처럼 성은 마을의 안녕을 유지하는 역할을 하고 있다고 믿어왔고 이에 대한 의심은 품고 있지 않습니다. 그러나 이러한 성의 이미지가 그동안 어떻게 만들어져왔는가를 파악해보는 일은 성의 실체를 파악하는 데 굉장히 중요한 요소입니다. 그렇다면 지금의 성이 지닌 이미지들은 어떤 과정을 거쳐 형성되었을까요?

이는 마을 사람들이 나누는 대화를 통해 드러납니다. 마을 사람들에 의하면 성의 이미지는 오랜 시간을 거쳐서 전승되어온 무수히 많은 '말들'로 만들어졌습니다. 사람들은 성에 대한 '말들'을 듣고, 전하고, 퍼뜨립니다. 사람들의 '말들'에 의해 성은 자신의 실체를 만들고 또 그 영역을 확장합니다. 마을 사람들이 받아들이고 전해온 '말들'은 성이 가진 사실이나 진실과는 거리가 멉니다. 그들은 성에서 직접 경험한 것에 의해서 성의 이미지를 형성하는 것이 아니라, 만들어져 온 개념에 대해서 성에 대한 이미지를 가졌던 것입니다. 마을 사람들이 성에 대한 존경심을 갖게 된 배경에는 이러한 허위가 숨어 있습니다. 그래서 마을 사람들은 누구도 성에 대해서 잘 알지 못하고 있는 것입니다.

> "관청에 대한 경외심은 이곳에 사는 당신들에게는 타고난 것이고, 이후에도 평생에 걸쳐 모든 방면에서 아주 다양한 방법으로 당신들에게 주입되고 있어."

카프카는 이러한 상황을 소설에서 공간적 구조로 보여주고 있습니다. 성은 마을보다 높은 곳에 있으므로 마을 사람들은 성의 실체를 확인할 길이 없습니다. 그 실체를 확인하기 위해서는 성보다 높은 곳에서 혹은 먼 곳에서 성을 바라봐야 하지만, 그건 사실상 불가능한 일입니다. 마을 사람들은 이미 성이 가진 관념의 권력 속에 갇혀 있기 때문입니다. 성이 지니는 이미지를 만들어 낸 마을 사람들이 그 권력 안에 스스로 들어가 기거하는 아이러니한 현상을 우리는 보고 있습니다. 이렇게 우리는 마을 사람들이 가지고 있는 이미지와 성의 실체는 다르다는 것을 알 수 있습니다.

이와 같은 마을 사람들의 행동을 현대인의 모습으로 대입시켜 읽을 수 있습니다. 현대인에게 성은 '꿈'이 될 수도 있고, 어떤 '목표'나 욕망'이 될 수도 있으며, 닮고 싶은 사람이 될 수도 있습니다. 여기서 우리는 몇 가지 질문이 가능합니다. 내가 기를 써서 도달하려고 하는 '성'은 오랜 시간 사람들에 의해 만들어진 어떠한 '추상적인 관념'이 아닌가? 그것이 만들어지는 과정에서 어떤 왜곡이나 문제는 없었는가? 견고해져 버린 '성의 이미지'에 대한 정보를 신뢰할 수 있는가? 카프카는 '성'이 가진 진실 하나를 프리다의 입을 통해 말합니다. 프리다는 K와의 대화에서 성을 대표하는 인물 클람에 대해 다음과 같이 판단합니다.

"내게 클람이 없다고? 프리다가 말했다. 이곳에는 클람은 지나칠 정도로 많아 클람이 너무 많다고. 클람에게서 벗어나기 위해 나는 이곳을 떠나려는 거야. 내게 필요한 사람은 클람이 아니라 당신이라고 이곳에서 떠나려는 이유는 모두가 나를 다른 방향으로 잡아당기고 있어 당신을 충분히 차지할 수가 없어서야."

여기서 우리가 해야 할 일은 다시 처음부터 거슬러 올라가 '성의 실체'를 파악하는 일이 선행되어야 마땅합니다. 성의 실체가 어떻게 만들어졌는지를 문제 삼지 않는다면, 마을 사람들은 그 견고한 틀 안에서 영원히 벗어나지 못할 것입니다. 마을 사람들의 성에 대한 맹목성은 결국 그들을 길들이고 '성'에 복종하게 했으니까요.

그렇다면 소설에서 마을 사람들의 언어에 의해서 만들어지고 오랜 시간 공유되고 전유된 '성의 실체'는 무엇일까요? 카프카는 이에 대해 정확한 메시지를 주지 않습니다. 그러나 마을 사람들이 들려주는 대화를 통해 조금의 힌트는 얻을 수가 있죠.

"물론 클람이 어떻게 생겼는지는 마을에 잘 알려져 있고, 몇몇은 그를 봤다고 해요. 또 모두가 그에 대해서는 들어 알고 있죠. 눈으로 본 것, 소문으로 들은 것 그리고 왜곡을 가하는 몇 가지 부수적인 의도가 겹쳐져서 클람의 이미지가 만들어졌는데, 그 윤곽은 대략 맞을 거예요. 그러나 윤곽만 맞는 거죠. 그 밖의 클람의 이미지란 가변적인데, 물론 그것도 클람의 실제 생김새만큼은 아니지만요. 그는 마을에 올 때와 떠날 때의 모습이 다르며, 맥주를 마시기 전과 마시고 난 후의 모습이 다르고, 깨어 있을 때와 잘 때의 모습이 다르며, 혼자 있을 때와 대화할 때의 모습이 다르다고 해요. 그렇게 보면 저 위 성에 있을 때의 모습이 거의 완전히 다르다는 점도 이해가 되죠. 하지만 복장에 대해서만은 다행히도 일치하죠. 그는 늘 똑같은 옷, 옷자락이 긴 검은 외투를 걸치고 다녀요."

위에서 알 수 있듯이, 성의 이미지는 그 윤곽만 가지고 있습니다. 실체가 없어요. 그것은 가변적이고 시시때때로 변합니다. 이러한

프란츠 카프카

성의 실체는 마을 사람들에게 반드시 지키고 따라야 하는 법과 규칙이 되었습니다. 여기에 대한 불복종이나 도전은 있을 수 없습니다. 클람은 그러한 성을 대표하는 인물로 마을 사람들에게 복종과 존경을 이끌어내는 실제적 인물입니다. 또 클람에게 부여된 존경과 복종의 이미지로 성의 권위는 더욱 세지고 확장됩니다. 이것이 성의 실체이며 마을이 작동되는 메커니즘입니다.

그러나 K는 마을 사람들처럼 성에 대해 일방적인 순응의 모습을 보이지는 않지만, 성에 들어가기 위해 갖은 노력을 하는데요. 이제 막 마을로 들어온 외지인 K에게 이러한 성과 마을의 작동 메커니즘이 먹혀들어 갈 리가 없습니다. K에게 성은 엄격한 기준으로 지켜야 하는 법과 질서가 아닙니다. 그러니 마을 사람들처럼 성에 대해 복종할 일도 없습니다. 카프카는 K의 눈에 비친 성을 설명하면서 마을 사람들이 얼마나 성에 복속되어있는지를 이해시킵니다. K는 성을 처음 본 소감을 다음과 같이 회상합니다. K는 성을 있는 그대로의 모습으로, 주입되지 않은 개념으로 성을 보고 있습니다. K가 바라보는 성은 초라할 뿐입니다.

"전체적으로 성은 상당히 먼 이곳에서 보면 K의 기대에서 크게 벗어나지 않았다. 유서 깊은 기사의 성이나 새로 지은 화려한 건축물이 아니라 여러 채의 건물이 늘어선 형태로, 이중 몇 채는 이층짜리 건물이나 대부분 보다 나지막한 건물들이 조밀하게 운집해 있는 형태였다. 성인 줄 몰랐다면 자그마한 도시로 여겼을 법했다. 그러나 성에 가까이 다가갈수록 성은 그를 실망시켰다. 그것은 가옥들이 즐비한 작고 형편없는 도시에 불과했고, 모두 돌로 지어졌다는 점만은 돋보일지 몰라도 채색한 부분들은 이미 벗겨졌고 돌마저 쇠락의 조짐을 보였다."

■ 실제로 지니지 않은 가치를 위한 투쟁

어쩌면 성의 권위에 복종하지 않는 K의 태도가 그의 성의 진입을 막고 있는 이유일지도 모릅니다. 성에 들어가 그것을 봤다는 사람들은 순응적인 관료들이었으니까요. 마을 사람들은 성으로 들어가려고 하는 K를 무지한 사람으로 취급하면서 그의 앞을 막아서고 자신들의 의견을 따를 것을 강요합니다.

"당신은(K) 이곳 사정에 대해 경악스러울 정도로 무지해요. 누군가가 당신의 말에 귀를 기울이고 또 당신이 하는 말과 생각을 실제 상황과 비교해본다면 머리가 핑핑 돌 거요. 그러한 무지는 단번에 개선될 수도 없고 어쩌면 영영 개선되지 않겠지만, 만약 당신이 조금이라도 내 말을 믿어주고 자신이 무지 하다는 점을 늘 염두에 둔다면 많은 것이 나아질 수 있어요. 무지한 자에게는 모든 것이 가능해 보이는 법이거든요."

하지만 K는 "성에서 직접 경험하거나 성취하는 것만이 실질적인 의미가 있다는 점을 늘 의식"하고 있는 합리적인 방식으로 사고하는 인간입니다. 성에 대해 직접 경험한 바가 없는 K로서는 여관 여주인이 무지해 보일 따름입니다. 성에 들어가려는 K와 그것을 용납하지 않으려는 마을 사람들 간의 대립은 작품이 끝날 때까지 이어집니다.

그렇다면, 토지측량사 K는 왜 그렇게 성에 들어가려고 할까요. 물론 자신의 임무를 수행하기 위한 목적이나 베일에 싸인 성에 대한 궁금증이나 호기심의 발로일 수도 있습니다. 그러나 그 이유만으로 K의 집요한 행동이나 성에 대한 집착을 설명하기에는 부족한 점이 있습니다. 여기서 우리는 K의 '욕망 실현'이라는 부분을 주목해야 합니다. K는 외지에서 온 토지측량사로 마을 사람들에게 냉대와 거부를 당하고 있습니다. 앞서 설명했듯이, 우월의식을 가진 K가 이렇게 형편없는 대우에 만족할 리는 없습니다. 그는 더 대접받고 싶습니다. 마을 사람들의 무시와 멸시에서 벗어나 '성'이 받는 존경을 자신도 받고 싶습니다. 그러기 위해서는 성에 들어가 그 실체를 밝혀야 하고 그것을 넘어서야만 합니다. 그래야 자신도 성과 같은 존재가 될 수 있을 것입니다. 그리하여 K는 이 마을에 정착하여 공동체의 일원으로 살고 싶어 합니다. K에게 성으로의 진입은 권력의 획득이요, '욕망 실현'의 한 방법인 것입니다.

그러나 토지측량사 K가 성에 들어가려고 하는 욕망이 환상적인 욕망이라는 것이 함정입니다. 앞서 지적했듯이, 그가 진입하려고 하는 성은 그 실체가 왜곡되어 형성되었고, 그 성의 가치를 K는 알지도 못합니다. 성은 허상으로 만들어진 관념입니다. "안개와 어둠"에 둘러싸여 형체를 드러내지 않는 성으로의 진입 시도는 K의 허영에서 비롯된 욕망 실현의 헛된 움직임일 뿐입니다. 아래 카프카의 말처럼 K 혹은 우리는 "실제의 가치가 아닌 가치를 획득하기 위해 투쟁"하고 있는지도 모릅니다.

> "우리의 초인적인 욕망과 허영심은 우리의 권력의지의 오만입니다. 우리는 신중하지 못하게 우리의 인간적인 실존이 연결되어 있는 사물들을 파괴하기 위해서 실제의 가치가 아닌 가치를 획득하기 위해 투쟁하고 있어요. 그것이 우리를 진창에 끌어들여서 죽이는 혼란이죠."
>
> 『카프카와의 대화』 中

▪▪ 허공에다 하는 발길질

성과 소통하기 위해서 마을 사람들은 문자를 이용해야 합니다. 문서나 편지가 필요합니다. 말로 전달하는 방식은 허용되지 않습니다. 이는 마을 사람 모두에게 적용됩니다. 성의 하급관리 게르스태커는 K에게 '허가증'을 요구하고, 백작의 심부름 꾼 바르나바스는 백작의 '편지'를 K에게 전달하는 식입니다. 그에 비해 마을은 '문자 언어'로 작동되는 공간이 아닙니다. 마을 사람들 사이에서는 문서나

서류가 큰 효력을 발휘하지 않아요. 물론 성에서 온 문서나 서류의 내용을 잘 따르기는 합니다. 법이니까요. 그러나 마을에서는 그 사람의 행동에 대한 평판, 대화, 소문 등으로 알게 모르게 은밀히 일이 처리됩니다. 여기서 알 수 있는 것은 성은 '언어 문자'로 소통하는 근대적 공간이고, 이성과 합리성을 확보한 공간입니다. 마을은 비문자적 요소로 소통하는 전 근대적 공간으로 감정과 비합리성이 통용되는 공간입니다. 이러한 소통방법의 차이는 두 개의 세계가 서로 소통할 수 없다(어렵다)는 근본적인 의미를 나타냅니다. 성은 종이에 적힌 명백한 문자로서만 발생하는 일들을 설명할 수 있는 세계이고, 마을은 문서에 박힌 종이 나부랭이 따위보다는, 마을 사람들의 관계에서 빚어지는 감정이나 상황들로 일들을 이해하고 설명할 수 있는 세계입니다.

　우리는 마을에서 따돌림을 당하는 아말리아 가족이 겪는 고초를 통해 성과 마을 사이에서 벌어지는 부조리함의 진실에 가닿을 수 있습니다. 아말리아 가족은 마을에 들어온 K에게 친절을 베푸는 사람들입니다. 늦은 저녁 마을에 도착한 K를 자신의 집에 머물 수 있도록 허락한 것도 아말리아의 남동생 바르나바스였죠. 아말리아의 언니 올가 또한 K를 여관에 데려다주는 등 호의를 베풉니다. 그러나 마을 사람들은 아말리아 가족과는 대화도 하지 않으려 하며 그들 가족을 무슨 이유에서인지 멀리합니다. K는 바르나바스에게 좋은 인상을 받았지만 마을 사람들이 아말리아 가족에게 보내는 차가운 시선을 보며 의아해하죠. 그러던 중 K는 올가를 통해 아말리아의 가족사를 알게 됩니다. 아말리아 가족은 아버지 어머니, 올가, 아말리아, 그리고 남동생 바르나바스, 이렇게 4명입니다. 한때 화목했던 이 가족은 아말리아가 성의 관리가 보낸 심부름꾼에게 모욕을 주었다는 소문이 퍼지기 시작한 후로 사람들의 냉대를 받기 시작하고 결국 집안이 문을 닫을 위기에 처합니다.

사건의 전모는 이렇습니다. 아말리아는 자신에게 구애하는 소르티니라는 성의 관리인이 심부름꾼을 통해 보낸 편지를 찢어서 그의 머리에 뿌려버립니다. 편지의 내용이 아주 무례했기 때문입니다. 이 일로 오히려 성의 관리인 소르티니가 모욕을 당했다는 소문이 나고 소르티니는 다른 곳으로 떠납니다. 마을 사람들의 입에서 입으로 전해지는 나쁜 소문들은 눈덩이처럼 커져 아말리아 가족이 더 이상 마을에서 살기 어렵게 만들어버립니다. 마을 사람들은 아말리아 가족을 피해 다니고 대화를 하지 않습니다. 조금씩 도와주던 친척들의 지원도 끊겼고, 아버지는 소방대 직장에서 해고를 당했고, 가업이던 제화업도 손님이 뚝 끊겨 결국 망하게 됩니다. 아말리아 가족은 살던 집에서 쫓겨나 허름한 장소로 이동해서 겨우 살아가게 됩니다. 아버지는 백방으로 가족의 문제를 해결하려고 노력하지만 결국 모두 수포로 돌아가고 몸에 몹쓸 병만 얻습니다. 하지만 누구도, 아말리아 가족이 무엇을 잘못했는지, 어떠한 불법을 저질렀는지 알려주는 사람은 없습니다. 관청에는 아말리아 가족과 관련하여 어떠한 고소나 고발도 접수된 것이 없습니다. 아말리아 가족에 대한 소문만 무성할 뿐입니다. 문제의 실체가 없는데, 상황은 계속해서 악화되고 결국 한 가족은 나락으로 떨어지고 맙니다. 아말리아 가족의 문제를 계속 악화시키는 것은 사람들 사이에서 입에서 입으로 전해지는 나쁜 소문이 그 원인입니다. 마을 사람들은 아말리아 가족이 정확히 무엇을 잘못했는지, 어떤 불법을 저질렀는지 잘알지 못합니다. 이에 대한 올가의 말을 들어 보시죠.

> "누구나 우리에 관해 뭔가를 알고 있어요. 그것은 그들이 접할 수 있었던 정도의 진실이거나, 아니면 적어도 다른 사람들에게서 들은 것이거나 또는 대부분 스스로 꾸며낸 소문이죠. 사람들은 누구나 우리에 대해 필요이상으로 생각하지만, 그것을 솔직하게 입 밖에 내는 사람은 없어요. 이런 일을 입에 올리길 꺼리는 거죠."

아말리아 가족은 "어떤 존재냐, 무엇을 가졌느냐를 막론하고 그저 경멸의 대상"이 되어버립니다. 이는 어디서 본 듯한 상황이 아닌가요? 그렇습니다. 어떠한 대상이나 사건에 대해 입에서 입으로 전해지면서 그것은 사실이 되고 진실이 됩니다. 앞에서 성이 갖는 이미지도 마을 사람들에 의해서 공유되고 전승되었다는 것을 확인했습니다. 두 방식이 비슷합니다. 그런데 주목할 만한 점은 바로 그 성의 실체가 갖는 이미지를 만들어냈던 방식이 인간에게 부정적으로 적용되었을 때는 한 가족을 마을에서 완전히 찍어내는 폭력으로 작용한다는 점입니다. 아말리아 가족을 파멸에 이르게 한 마을 사람들을 어느 한 사람이라고 딱 지명할 수는 없습니다. 그저 소문이었으니까요. 하지만 마을 사람들 그 누구도 아말리아 가족을 찍어내는 데 동조하지 않은 사람은 없습니다. 소문으로 만들어진 '허상'은 어떤 대상을 존귀한 존재로 만들기도 하고, 인간을 파멸시키기도 합니다. 이 모두는 그 '허상'의 실체에 대해 질문하지 않았던 사람들이 한 일입니다.

"마을 사람들은 우리와 절교를 선언했을 때, 그렇게 하는 것이 자신들의 의무라고 여겼을 테고, 우리가 저들 입장이었다고 해도 똑같이 행동했을 거예요. 저들은 정작 사태가 어떻게 된 것인지 정확히 알지 못했어요. 단지 심부름꾼이 손에 종잇조각들을 잔뜩 움켜쥐고 헤렌호프로 돌아왔고, 그가 나갔다가 다시 돌아오는 모습을 프리다가 목격하고서는 그와 몇 마디 이야기를 주고받았으며, 이어 그녀가 알게 된 이야기가 금방 마을에 퍼졌던 거죠. 하지만 프리다가 그렇게 한 것은 우리에 대한 적대감 때문이 아니라 다만 그것이 의무였기 때문이고, 똑같은 일이 닥치면 누구나 그렇게 해야만 한다고 여겼을 거예요."

여기서 문제의 원인 제공자인 아말리아 당사자의 태도에 주목해 봅시다. 그녀는 자신에 대한 안 좋은 소문이 일파만파 퍼지고 가족들의 상황이 더욱 나빠지는 데도 이에 대하여 일절 대응하지 않습니다. 침묵으로 일관합니다. 하지만 아말리아는 어떤 인물이었나요? 사실 아말리아는 마을에서 성이 갖는 권위에 굴종하지 않았던 유일한 인물입니다. 그녀는 성이 취하는 부당한 행위에 대해 이의를 제기하고 거부하고 도전합니다. 이렇듯 아말리아는 거대한 성에 맞서 투쟁하는 인물입니다. 마을 사람들과 다른 존재입니다. 아마도 그런 이유가 아말리아 가족이 마을에서 냉대를 받는 이유일지도 모릅니다.

K는 아말리아의 가족사를 들으며 무엇을 느꼈을까요? '나도 아말리아처럼 거대한 성을 상대로 계속해서 투쟁할 수 있을까? 과연 그것이 맞는 일일까?'를 고민하지 않았을까요? 여러분이 아말리아라면 자신에게 가해져 오는 부당하고 거대한 권력에 맞서 싸우시겠습니까?, 아니면 어차피 싸워서 이길 수 없으니 그냥 순응하면서 현상을 유지하시겠습니까?. 물론 소설은 그에 대한 답을 주지 않고 끝이 납니다. 여기 쉽지 않은 질문이 우리에게 던져졌습니다.

▪▪ 진실에 다가서는 여러 개의 길

"그뿐만 아니라 성에 이르는 길은 몇 개나 있어요. 어떤 때는 이 길이 유행이어서 대부분의 관리들이 그 길로 달려가고, 어떤 때는 다른 길이 유행이어서 모두들 그 길로 몰려가요. 어떤 규칙에 따라 이런 식으로 길이 바뀌는지 아직 알아내지 못했어요."

지금까지 K의 투쟁을 따라왔습니다. 카프카는 "성에 이르는 길이 여러 개"라고 말합니다. 그 길이 어떻게 만들어지고 바뀌는지 사람들은 아직 그 방법을 알아내지 못했다고 카프카는 강조하고 있습니다. 앞으로도 그 방법을 찾아 나서지 않는다면 영원히 알 수 없겠죠.

> "모든 것이 싸움이요, 투쟁입니다. 매일 사랑과 삶을 정복하는 사람만이 사랑과 삶을 누릴 자격이 있습니다."
>
> 『카프카와의 대화』中, 괴테가 한 말을 인용

카프카는 '진실'은 스스로 투쟁해서 얻을 수 있다고 말합니다. 그리고 그 '진실'은 "인간 자신의 마음에서 부단히 만들어 내야" 한다고 했습니다. "진실이 없는 삶은 불가능하며, 진실은 삶 자체일지도 모릅니다."라고 한 번 더 강조했지요. 토지측량사 K는 성에 들어가기 위해 투쟁을 벌였지만, 정작 그 성이 가진 허위적인 실체에 대해서는 질문을 던지지 않았고 그래서 끝내 그것을 파악하지 못하는 우를 범했습니다. 성에 대한 이미지는 우리 마음속에서 스스로 만들어내야만 한다는 사실을 놓친 것이죠. 스스로 만들어낸 성에 대한 개념은 오롯이 자신만의 실체적 '성'이 될 것입니다. 그러면 사람마다 도달하려는 '성'은 저마다 다른 색깔과 특징을 가진 성이 되겠지요.

자, 이제 카프카가 던진 질문을 우리에게 던져 봐야 합니다. 지금 시대, 당신의 '성'은 무엇입니까?, 그 '성'에 대한 의미는 자신이 만들어 가진 것입니까? 그 '성'은 당신에게 무엇인가요? 왜 가려고 합니까? 완전한 실패가 예상되더라도 가겠습니까? 잊지 말아야 할 점은 '성'의 실체를 만드는 것도 자신이요, 그곳을 향해 발을 떼는 것도 자신이며, 중도에 포기하는 것도 자신이라는 점입니다. 물론 성공의 단맛을 보는 사람도 자신이죠. 인간 자신의 삶은 이렇게 스스로 질문을 만들어 가지지 않으면 아무것도 얻을 수 없을 만큼 엄중하다는 것을 카프카는 소설 『성』에서 말하고 있습니다.

깊이 읽기 위한 질문
『성』

1. 『성』은 카프카가 마지막으로 집필한 미완의 장편 소설입니다. 카프카는 주인공 K를 통해 현대인의 삶의 모습을 통찰하게 합니다. 토지 측량사 K는 현대인과 많이 닮았는데요. 여러분은 K에게서 우리와 닮은 어떤 모습을 발견하셨나요?

2. 마을 사람들은 '성'에 대한 맹목성에서 벗어나지 못했거나 혹은 자기 기만에 의해 스스로 의심하는 능력을 잃어버린 사람들입니다. 여러분은 그 원인이 어디에 있다고 보십니까?

3. 결국 카프카가 말하는 '성(城)'의 실체적 이미지는 스스로 만들어 가져야 한다고 말합니다. 그렇다면 여러분이 만들고 싶은 '성'은 무엇입니까?

프란츠 카프카

2장

알베르 카뮈

남김없이 태워버려라 – 카뮈의 삶과 문학

- 사형수가 맛보는 기막힌 자유로움 『이방인』 읽기
- 나는 투쟁한다, 고로 존재한다 『페스트』 읽기
- 추락하는 이유 『전락』 읽기

/ 알베르 카뮈에 관하여

"부정적 사고만큼 예술에 이바지하는 것은 없다. 마치 백색을 이해하자면 흑색이 필요하듯이 이 별것 아닌 부정적 사고의 겸허한 방식도 위대한 작품의 이해를 위하여 필요한 것이다. '부질없이' 작업하고 창조하는 것, 진흙으로 조각품을 만드는 것, 자신의 창조에 미래가 없음을 아는 것, 자신이 만든 작품이 하루 사이에 부서져버리는 것을 보면서 그것이 근본적으로는 수세기에 걸친 장구한 미래를 위하여 건축하는 것이나 마찬가지로 아무 중요성도 없다는 것을 의식하는 것, 그것은 바로 부조리의 사고가 가능케 해주는 어려운 예지(叡智)인 것이다. 한편으로는 부정하고 또 한편으로는 찬양하는 이 두 가지 사명을 동시에 실천하는 것, 이것이 바로 부조리한 창조자에게 열려진 길이다. 그는 공허를 자신의 색채로 물들여야 한다."

– 알베르 카뮈

남김없이 태워버려라

_ 카뮈의 삶과 문학

▪▪ 가난과 병 그리고 스승

　　　　　　　태양의 작가, 부조리의 작가라고 불리는 알베르 카뮈는 1913년 11월 프랑스의 식민지였던 알제리 몽도비에서 태어났습니다. 아버지 뤼시앵 카뮈는 프랑스에서 알제리로 이주하여 정착한 포도농장 노동자였고, 어머니 카트린 생테스는 스페인 출신의 하녀였습니다. 카뮈의 어린 시절은 너무나도 가난했습니다. 아버지가 1차 세계대전에 징집되어 전투에서 끝내 전사하자 카뮈 가족은 이루 말할 수 없는 빈곤을 겪습니다. 선천적으로 귀가 잘 안 들리고, 말도 어눌했던 카뮈의 어머니는 남편이 죽자 가정부일을 하면서 남겨진 어린 두 자녀를 힘들게 키웁니다. 정말 먹고 사는 일 외에는 아무것도 생각할 수 없는 그런 삶이었습니다. 카뮈는 10대 시절부터 철물점 점원, 선박회사 등에서 아르바이트를 하며 일찌감치 생계 전선에 뛰어들었습니다. 그럼에도 카뮈는 훗날 "나는 가난을 겪으면서 자유를 배웠다." 라고 자신의 어린 시절을 회고한 바 있습니다.

"가난이 나에게 불행이었던 적은 결코 없었다. 빛이 그 위에 자신의 부를 쏟아부어주었던 것이다. 심지어 나의 반항조차도 그 빛으로 밝혀졌다. 나의 반항은 언제나 모든 사람들을 위한, 모든 사람들의 삶이 빛 속으로 끌어올려지도록 하기 위한 반항이었다는 것을 나는 거짓 없이 말할 수 있다. 그러나 나의 마음이 자연스럽게 그러한 종류의 사랑으로 기울어져 있었다고는 확신할 수 없다. 주위의 환경이 나를 도왔었다. 나의 타고난 무관심을 고칠 수 있도록 나는 빈곤과 태양의 중간에 놓였던 것이다. 빈곤은 나로 하여금 태양 아래서, 그리고 역사 속에서 모든 것이 다 좋다고 믿지 못하도록 만들었다. 삶을 바꾸는 것, 그렇다, 하지만 내가 신성시하는 세계를 바꾸는 것은 안 된다. 아마도 그 때문에 나는 지금 내가 몸담고 있는 이 편치 못한 직업으로 접어들어서 곡예사처럼 줄 위에 멋모르고 올라서서는, 확실히 목표에 다다를 수 있을지 자신도 없으면서 힘겹게 나아가고 있는 것이리라. 다시 말해서 나는 예술가가 된 것이다. 거부와 동의가 없는 예술이란 존재할 수 없다는 것이 사실이라면 말이다."

『안과 겉』, 책세상

　　가정 형편이 어려웠던 카뮈가 초등교육을 거쳐 중등교육까지 받을 수 있었던 것은 그의 재능을 눈여겨본 초등학교 때의 루이 제르맹 선생님이 도움이 있었기 때문에 가능했습니다. 루이 제르맹 선생님은 카뮈를 각별한 애정을 가지고 지도했고, 카뮈가 중고등학교 장학생 선발 시험에 응시하도록 해주었습니다. 카뮈는 그 시험에 합격하여 계속해서 공부할 수 있었습니다. 훗날 카뮈는 노벨 문학상을 받는 자리에서 스승 루이 제르맹에게 각별한 감사의 말을 전하고 연설문을 헌정하기도 했습니다.

고등교육을 마치고 알제 대학에 진학하여 철학 공부를 시작한 카뮈는 평생의 스승 장 그르니에를 만납니다. 장 그르니에 또한 카뮈가 철학 공부에 정진할 수 있도록 전폭적인 도움을 주는데요. 그런데 이즈음에 폐결핵이라는 병마가 카뮈를 덮쳐 시련은 시작됩니다. 폐결핵은 당시 어떤 직업을 얻는 데에 결격사유가 되었습니다. 어쩔 수 없이 카뮈는 오래전부터 꿈꿔왔던 교수가 되려는 꿈도 접어야 했습니다. 병마와 싸우면서도 카뮈는 학업을 포기하지 않고 대학에서 철학학사를 받습니다. 장그르니에는 "카뮈가 겉으로는 전혀 병을 드러내지 않고 생동감 넘치게 활동"했다고 기억합니다. 카뮈는 대학 졸업 후 다양한 활동에 참여하는데, 그중에서 가장 인상적인 것은 카뮈가 극단을 만들어서 이끌었다는 사실입니다. 카뮈는 연극을 사랑했고 배우라는 직업을 아주 높이 평가했습니다. 그는 "연극은 인간의 무의식적인 모습을 알아볼 수 있게 하는 수단"이라면서 "배우는 그 짧은 시간 동안 무대 위에서 여러 인간을 태어나게 하고 죽게 하며, 소멸하고 마는 세계를 흉내 내는 광대이며, 오직 육체로만 인간의 마음을 표현하고 이해시킨다. 연극은 부조리가 구체화되어 나타난 것이다"라고 말하면서 연극에 대한 애정을 드러냈습니다. 훗날 카뮈가 죽기 1년 전 그는 도스토예프스키의 『악령』을 각색하여 무대에 올리기도 했습니다.

■ 인생은 살 만한 가치가 있는가

　카뮈가 나고 자라서 작품을 쓰던 때는 세계 1, 2차 대전을 비롯하여 수많은 갈등과 폭력이 난무하던 참혹한 시대였습니다. 지식인들은 인간들을 이롭게 할 목적을 가진 이성과 합리주의로 대변되는 과학이 탐욕과 지배의 도구로 전락하는 것을 지켜보며 고뇌에 빠졌습니다. 카뮈는 그 시기를 가리켜 "히틀러 정권의 출현과 동시에 최초의 여러 혁명 재판이 판을 치던 시기, 스페인 내란, 2차 대전, 집단 수용의 세계, 그리고 고문과 투옥의 유럽과 대면하면서 인생 교육을 마무리 짓기에 이른 우리는, 오늘날 핵무기에 의한 파괴의 위협을 받는 세계"라고 말합니다. 전쟁의 포화 속에서 수많은 사람이 죽어 나갔습니다. 인간의 광기가 극으로 치닫는 시대였죠. 각계각층의 전쟁반대 외침은 아무런 효력을 발휘하지 못했고 세계는 끝을 모르는 폭력 속으로 빠지고 불안과 공포는 사람들을 잠식하기에 이릅니다.

　이런 때에, 카뮈 또한 깊이 고민합니다. '순식간에 수만 명의 사상자를 내고도 아무렇지도 않게 다시 돌아가는 세상에서 산다는 것은 무슨 의미가 있는가? 인생의 의미를 찾지 못한다면 왜 살아야 하는가?'와 같은 질문을 카뮈는 스스로에게 끊임없이 던집니다. 이는 인간 실존에 대한 근본적인 질문입니다. 그것은 바로 '죽음' 더 좁혀서 말하면 '자살' 혹은 '살인'에 대한 성찰입니다. 『시지프 신화』는 이러한 질문에 대한 카뮈의 사유가 담겨있습니다.

카뮈의 철학 에세이 『시지프 신화』는 다음과 같은 진지한 말로 시작합니다.

"참으로 진지한 문제는 오직 하나 뿐이다. 그것은 바로 자살이다. 인생이 살 만한 가치가 있느냐 없느냐를 판단하는 것이야말로 철학의 근본문제에 답하는 것이다."

카뮈는 삶과 죽음에 대해 한번 근본적으로 사유해보고자 합니다. 죽음이 무엇인지 알기 위해서는 그 대립항인 삶에 대해 말해야만 합니다. 삶을 빼놓고 죽음을 말할 수 없으니까요. 죽음은 삶이 있기에 가능한 것입니다. 삶에 대해 말할 때 사람들은 "인생이 살만한 가치"가 있는지 없는지를 가지고 판단합니다. 카뮈의 사유는 여기서 시작합니다. 카뮈가 보기에 "인생이 살 만한 가치가 없다."라고 한다면 법석을 떨며 살 필요는 없어요. 어차피 인생은 어떻게 살아도 가치가 없는 것이기에 아무런 의미가 없기 때문입니다. 이렇게 살든 저렇게 살든 차이가 없습니다. 그러므로 죽음도 마찬가지의 의미를 갖습니다. 언제 죽어도 무방해요. 오늘 죽든지, 20년 후에 죽든지 아무런 상관이 없습니다. 그런 논리라면 '자살해도 괜찮을까?'라고 말할지도 모릅니다. 이에 대해 카뮈는 분명히 말합니다. 그는 "인생이 살 만한 보람이 없기 때문에 자살한다는 것은 너무나 자명한 이치이기에 아무짝에도 쓸모가 없는 진리이다."라고 말합니다. 너무 당연하기에 그건 논의할만한 게 못됩니다. 뒤에도 밝히겠지만, 카뮈에게 자살은 삶에 대한 회피이며 거부입니다. 삶의 진실을 찾기 위해서는 삶을 회피하고 거부하는 것이 아니라 직면하고 그것에 반항해야 한다고 카뮈는 말합니다. 자살은 포기하고 도망치는 거예요. 카뮈의 메시지는 '살아봐야 아무 의미 없으니, 자살하라'가 아닙니다. 카뮈는 자살을 "의미 있는 삶을 살 기회 자체를 폐기하는 일"이라며 혐오했습니다.

카뮈는 죽음의 반대편, 즉 삶에서 진리를 찾고자 합니다. 그는 일단 "인생은 살만한 가치가 없다"라는 것을 수용합니다. 부정하지 않아요. 삶이 무의미하다는 것은 이 세계의 전면적 진실입니다. 인간은 그 누구도 죽음에서 자유롭지 못하기 때문입니다. 죽음은 무(無)로 돌아가는 것입니다. 그래서 그는 먼저 "인생의 진실이 보잘 것없다는 것을 먼저 자각해야 한다."라고 말합니다. 그러나 바로 그렇기 때문에 우리는 '어떻게 살아야 하는가'에 대한 고민을 놓치면 안 된다고 강조합니다. 살만한 가치가 없기 때문에 살만한 가치를 만들어 내어야 합니다. 여기서 삶은 그 자체로서 중요해집니다. 그러기에 카뮈는 '사느냐 죽느냐'의 문제로 인생을 허비하는 것보다는 '어떻게 살아야 하는가', '어떠한 삶의 가치를 만들어 낼 것인가'에 대한 진지한 답을 구해보자고 하는 것입니다.

▪️ '부조리'가 어쨌다고?

삶을 진지하게 이해하기 위해서는 그것을 구체적으로 들여다봐야 합니다. 대강 봐서는 우리는 인생에 숨겨진 참된 의미와 가치를 찾을 수가 없기 때문입니다. 카뮈는 세계 속에서 숨어있는 어떤 현상을 찾아내고, 그것을 '부조리'라고 명명합니다. 그래서 카뮈의 작품을 읽기 위해서는 먼저 카뮈가 말하는 '부조리'가 무엇인가에 대한 이해가 필요합니다. '부조리'를 두고 단순히 '조리가 없다'라는 식으로 이해하는 것은 곤란합니다. 오독을 피하기 위해서 우리는 그 개념을 명확히 이해할 필요가 있습니다.

먼저 카뮈의 문학에서 주의할 점은 '부조리의 감정'과 '부조리의 개념'은 다르다는 것입니다. 카뮈가 말하는 '부조리'는 이쪽 세계와 이어진 저쪽 세계에서 생겨나는 틈에서 발생하는 불편한 느낌을 초래하는 것들입니다. 예를 들어, 합리적인 세계와 비합리적인 세계와 같이 대립하는 항들 사이에서 발생하는 어떤 현상이나 그 상태를 말합니다. 예컨대 소설 『이방인』에서 주인공 뫼르소는 자신과 자신을 판단하는 사람들 사이에서 어떤 이질감을 느끼는데 이와 같은 상태가 부조리라고 할 수 있습니다. '부조리의 감정'은 이러한 부조리한 상황에서 느끼는 감정입니다. 이쪽과 저쪽의 연결고리가 끊어질 때 느끼는 절연(絶緣)과 같은 감정입니다. 소설 『이방인』에서 주인공 뫼르소가 자신의 말을 이해하지 못하는 사람들에게 느끼는 거리감, 거기에서 느끼는 세계에 대한 막연한 불안감, 낯설음과 같은 것입니다. '이해할 수 없는 현상이나 감정'으로 말할 수도 있겠습니다. 따라서 카뮈가 말하는 '부조리'는 어떤 부정적 의미만을 한정해서 말하는 것이 아닙니다. 어쨌든 이런 '부조리'와 '부조리의 감정'은 명확하게 밝히기 어렵다는데 소설을 읽는 어려움이 있습니다. 카뮈는 '부조리'를 접하면 "이 시대의 어느 작가(그는 사르트르입니다)가 말한 바 있듯이 구토'를 느낀다고 했는데 이는 '부조리의 감정'을 아주 잘 나타내는 말이라고 할 수 있습니다.

"그 어느 경우에 있어서든 부조리함은 두 가지 항의 비교에서 생겨난다. 따라서 내가, 부조리의 감정은 어떤 사실 또는 인상에 대한 단순한 검토에서 생겨나는 것이 아니라 어떤 하나의 사실과 일정한 실제 현실 사이의 비교, 어떤 행동과 그것을 초월하는 세계 사이의 비교에서 태어난다고 말하는 것 자체가 근거 있는 일이다. 부조리라는 것은 본질적으로 일종의 이혼, 즉 절연이다. 그것은 서로 비교되는 두 요소의 어느 한쪽에만 있는 것이 아니다. 부조리는 두 가지의 대비에서 생겨난다. 부조리야말로 양자를 묶어주는 유일한 유대이다. 오직 중요한 문제는 거기에서 이끌어낼 수 있는 모든 결과를 얻어내는 일이다."

또 하나 주의할 점은, '부조리의 인간'과 '부조리한 인간'은 다르다는 점입니다. '부조리의 인간'은 소설 『이방인』의 뫼르소와 같은 인물입니다. '부조리의 인간'은 반항하는 인간입니다. 스스로 이방인임을 느끼며 세계와 불화합니다. '부조리의 인간'은 인간이 선택할 수 있는 것은 없다는 것을 받아들입니다. '부조리의 인간'에게 삶은 죽음에 달려있습니다. '부조리의 인간'은 다양성이 존중받는 세계를 원합니다. 하나의 생각으로 획일화되는 것을 거부합니다. 반면에 '부조리한 인간'은 그 반대편에 있는 인물로 법정의 재판관, 신부, 뫼르소에게 죄를 묻는 주변인들입니다. '부조리한 인간'은 세계와 타협하고 화해합니다. 세계와 싸우지 않아요. 인간이라는 존재는 무엇이든지 선택할 수 있고 그 의지에 따라 삶은 달라질 수 있다고 확신합니다. 그래서 스스로 자유롭다고 느끼죠(물론 착각입니다). '부조리한 인간'은 용기와 이성을 바탕으로 세계를 통일하려고 노력합니다.

▪▪ 남김없이 소진하라

카뮈는 '부조리의 인간'만이 진정한 자유를 느낄 수 있다고 말합니다. '부조리의 인간'은 거부는 해도 포기는 하지 않는 인간입니다. 그는 깨달은 자, 자각한 자, 반항하는 자입니다. 실패를 반복하면서도, 안 될 것을 뻔히 알면서도 그럼에도 불구하고 행동하는 자입니다. 카뮈는 이를 고대 그리스의 시지프 신화를 예로 들어 설명합니다. 형벌을 받은 시시포스는 언덕 위로 돌을 계속해서 굴려 올립니다. 떨어질 것을 알면서도 시시포스는 이 행동을 멈추지 않습니다. 시시포스는 자신에게 주어진 형벌의 참혹함을 알고 고통스러워합니다. 그러면서도 그 고통을 회피하지 않고 온몸으로 통과시킵니다. 그가 고통을 느끼는 이유는 그 형벌이 영원히 계속 되리라는 것을 알았기 때문입니다. 카뮈는 그러한 시시포스의 통찰이 그의 운명보다 그가 더 우월하다는 것을 보여준다고 말합니다. 고통을 자각하지 못하고 맹목적으로 돌을 굴려 올리기만을 되풀이하는 인간은 노예적 인간에 불과합니다. 시시포스의 그 고뇌는 오히려 그를 성숙하게 하고 정신적 승리를 손에 쥐게 합니다. 부조리의 상황을 알고 자각하는 자는 역설적으로 해방감과 자유를 얻을 수 있다고 말합니다. '부조리의 인간'은 부조리를 피하거나 회피하지 않고, 부정하지 않으면서 그것에 맞서서 남김없이 스스로를 다 태워버리므로 그의 삶은 자유롭습니다. 그는 "인생에 의미가 없으면 없을수록 그만큼 더 훌륭히 살아갈 수 있다고 믿는 사람"입니다. 그는 어떤 경험, 어떤 운명을 산다는 것을 받아들입니다. 카뮈는 "산다는 것은 부조리를 살려놓는 것이다."라고 말했습니다.

> "나는 끊임없는 노력을 통해서만 겨우 창조할 수 있다. 나의 타고난 천성은 부동(不動)으로 쏠리는 쪽이다. 나의 가장 뿌리 깊고 확실한 성향은 침묵과 일상적인 행동이다. 파스칼적인 기분전환에서, 기계적인 것의 매혹에서 벗어나기 위해 내게는 여러 해에 걸친 고집이 필요했다. 그러나 나는 내가 바로 그 노력에 의해 쓰러지지 않고 버틴다는 것을, 그래서 만약 단 한순간이라도 그 사실을 굳게 믿지 않게 되면 벼랑으로 굴러 떨어지고 만다는 것을 잘 알고 있다. 이렇게 해서 나는 병으로부터, 포기로부터 벗어나 온힘을 다해 머리를 쳐들고 숨을 쉬며 극복한다. 그것이 내 나름대로 절망하는 방식이며, 내 나름대로 절망을 치유하는 방식인 것이다."
>
> 『알베르카뮈』, 토담미디어

카뮈는 이 '부조리'를 극한에까지 밀고 나갑니다. 그 끝에는 무엇이 있을까요? 물론 '부조리'의 끝에는 죽음이 있습니다. 하지만 카뮈는 "이러한 요청들을 파괴하거나 회피하거나 교묘히 비껴가거나 하는 모든 것은 부조리 자체를 없애버리는 결과를 가져오고 부조리에 대처하기 위하여 제시할 수 있는 태도를 평가 절하시키게 된다."라고 말합니다. '부조리'는 회피하는 것이 아니라 정면으로 대면하고 맞닥뜨리고 뚫고 나가야만 하는 것입니다. 그런데 인생이 고달프다고 해서 자살하는 것은 삶 자체를 외면하고 거부해 버리는 일입니다. '부조리의 인간'은 고통을 맞닥뜨림으로써 자유를 얻습니다. 그런 '부조리의 인간'에게 고통과 고뇌는 필연입니다.

"부조리의 인간은 오직 남김없이 다 소진하고 자기 자신의 전부를 마지막까지 소진할 뿐이다. 부조리는 인간의 최극단의 긴장, 고독한 노력으로 끊임없이 지탱하는 긴장이다. 왜냐하면 그는 자신이 매일 매일의 의식과 반항을 통해서 운명에 대한 도전이라는 그의 유일한 진실을 증언하고 있음을 알고 있기 때문이다."

죽음을 맞이하는 그 순간까지 "남김없이 자신의 전부를 소진"하라고 카뮈는 주문합니다. 실패할 줄 알면서도, 남김없이 다 태워버리는 삶은 그냥 주어지는 것이 아니라, 우리가 시도하고 쟁취해서 만들어 가지는 삶입니다.

"진실은 신비롭고 달아나기 쉬운 것이어서 늘 새로이 쟁취해야만 하는 것입니다. 자유는 위험하고 우리를 열광케 하는 것만큼이나 체득하기 어려운 것입니다. 우리는 이 두 가지 목표를 향해서 힘겹게, 그렇지만 꿋꿋하게 걸어 나가야 합니다. 그렇게 먼 길을 가다가 도중에 쓰러질지 모른다는 사실을 미리부터 단단히 새겨두고서 말입니다."

(알베르 카뮈 노벨문학상 수상 기념 스웨덴 연설, 1957년 12월 10일)

이방인

"부조리의 인간에게 중요한 것은 이제 더 이상 설명하고 해결하는 것이 아니라 실감하고 묘사하는 것이다. 모든 것은 투시력을 갖춘 무관심으로부터 시작된다. 묘사하는 것, 이것이야말로 부조리한 사고의 최종적 야망이다. 과학 역시 그 역설의 절정에 이르면 대안의 제시를 그만두고 발걸음을 멈춘 채 현상들이 보여주는 영원히 순결한 풍경을 관조하고 묘사하게 되는 것이다. 이리하여 우리는 세계의 여러 가지 모습들을 바라보면서 가슴 속에서 열광과 더불어 솟아오르는 이 감동은 세계의 깊이에서가 아니라 그 다양성에서 온다는 것을 마음 깊이 깨닫는다. 설명은 헛된 것이지만 감각은 없어지지 않고 남는다."

– 알베르 카뮈

사형수가 맛보는 기막힌 자유로움
_『이방인』 읽기

　　　　　　　　　소설 『이방인』은 두말할 것 없이 카뮈의 대표작입니다. 카뮈의 작품 세계에서 주요 키워드인 '부조리'와 '반항'이라는 개념은 이 소설에서도 전체적으로 드러나고 있는데요. 소설은 부조리를 대면한 한 인간이 그것을 어떻게 뚫고 나가는지를 보여줍니다. 주인공 뫼르소는 "있는 그대로를 말하고 자신의 감정을 은폐하지 않는" 인물입니다. 그는 실패할 줄 알면서도 포기하지 않고, 부조리의 극단까지 밀고 나가는 인물로 그려집니다. 말하자면 뫼르소는 카뮈가 창조한 '부조리의 인간'의 한 유형입니다. 우리는 진실을 위해서는 죽음도 마다하지 않는 뫼르소라는 인물의 말과 행동, 신념을 통해 지금의 삶을 돌아보고 또 다른 삶을 상상해 볼 기회를 얻을 수 있습니다. 카뮈는 우리 세계에서 명확히 잡히지 않는 '부조리한 상황'를 포착하여 드러내고, 그것에 맞서는 인물을 형상화하고 있습니다. 그런 의미에서 『이방인』은 장폴 사르트르가 말했던 것처럼, "부조리와 관련해서, 부조리에 맞서서 쓰인 책"이라고 할 수 있습니다.

소설은 1부와 2부로 나뉘는데, 상당히 구조적이라는 느낌을 받습니다. 1부는 부조리의 감정을 잘 느낄 수 없는 자연과 감각이 살아있는 세계입니다. 여기서 뫼르소는 자연에서 지극한 일체감을 느낍니다. 그는 바다에서 수영하고 내리쬐는 태양을 온몸으로 받으며 땀을 흘립니다. 뫼르소가 마리를 보고 느끼는 정욕도 아주 솔직하게 표현됩니다. 뫼르소는 일체의 가식이 없이 자신이 느낀 감정과 감각을 있는 그대로 표현하는데요. 그래서인지 1부의 문체는 솔직하고 감정을 잘 살린 지극히 서정적인 문체로 표현됩니다. 그러나 2부에서는 1부와는 완전히 다른 국면으로 전환됩니다. 부조리한 상황이 전면적으로 드러납니다. 뫼르소가 살인 사건 이후 재판을 받는 과정을 그리고 있는 2부는 사회 질서와 도덕, 법이 작동되는 세계입니다. 뫼르소는 여기서 부조리의 감정을 느끼게 됩니다. 태양을 사랑하는 인간 뫼르소는 부조리한 상황에 맞서 싸우기 시작하는데 끝내는 사형 선고를 받습니다. 부조리의 극단까지 가보는 것이죠. 그래서인지 2부의 문체는 굉장히 건조하고, 딱딱하게 표현됩니다.

하나 더 말해둘 점은, 카뮈는 무엇보다 '육체성'을 중요하게 생각한 작가라는 점입니다. 그는 "육체가 내리는 판단도 정신이 내리는 판단 못지않은 가치가 있다"라고 말했는데요. 그런 카뮈의 생각은 작품에도 그대로 반영됩니다. 카뮈가 1부에서 뜨거운 태양 빛을 받으면서 계속 걸어가는 장면과 바다에서 수영하고 땀을 흘리면서 육체가 느끼는 감각들을 정성 들여 묘사하는 이유도 여기에서 비롯되지 않았나 생각합니다.

▪️ 그것은 아무 의미도 없는 거다

소설 『이방인』은 선박회사에 다니는 평범한 청년 뫼르소가 엄마의 죽음 알리는 문장으로 시작합니다.

"오늘 엄마가 죽었다. 아니 어쩌면 어제였는지도 모른다."

엄마가 죽었는데, 그 날짜가 오늘인지 어제인지 정확히 알지 못하는 그야말로 '쿨'내가 진동하는 청년이 뫼르소입니다. 이 일에 대해 뫼르소는 시종일관 무덤덤합니다. 그러나 이러한 태도는 그가 사형 선고를 받게 되는 결정적인 이유가 됩니다. 엄마의 장례를 치르는 동안 마지막으로 엄마의 얼굴을 볼 기회를 거절한 일, 엄마의 시신 앞에서 담배를 피운 일, 슬퍼하는 기색을 보이지 않는 태도, 태연하게 밀크커피를 마신 일, 엄마의 나이를 묻는 질문에 "정확한 나이를 모른다."라고 대답 한 일 등은 뫼르소를 주변 사람들에게 이상하게 보이게 만드는 행동들이었기 때문입니다. 요컨대, 뫼르소의 행동은 엄마의 죽음 앞에서 큰 슬픔을 표현하기를 기대하는 주변 사람들의 상식에 어긋나는 행동이었던 것입니다. 카뮈는 "뫼르소가 사람들의 유희에 참가하고자 하지 않았기 때문에 유죄선고를 받았다는 말을 하고 싶었다."라고 말한 바 있습니다.

그러거나 말거나 뫼르소는 주변 사람들의 반응에 신경 쓰지 않는 인물입니다. 그럼에도 억울함을 느낄 뫼르소에게 굳이 발언권을

준다면 그는 뭐라고 말할까요? 아마도 이렇게 말할 겁니다. '엄마의 얼굴을 볼 기회를 거부하고, 담배를 피우고, 밀크커피를 마신 일은 엄마를 사랑하지 않는다거나 엄마의 죽음에 슬퍼하지 않기 때문에 나온 행동이 아니라 그저 우연으로 나온 행동일 뿐입니다'라고요. 하지만 그의 이런 행동이 '우연으로 일어났다.'라는 것은 주변 사람들이 받아들이기 어려운 부분이 됩니다. 사회 관습에 어긋나는 행동이니까요. '엄마가 죽었으므로, 그 아들은 슬퍼하는 모습을 보여야 한다.'라는 것이 주변 사람들의 상식이니까요. 요컨대, 사람들은 어떤 현상을 이해할 때 그것이 기존의 상식과 맞아야 하고 충분히 설명될 수 있어야, 그제 서야 그 현상을 이해하고 받아들입니다. 인간들은 명확하게 설명될 수 있는 것이 올바른 것이라고 판단합니다.

하지만 사람들에게 비친 뫼르소의 행동이 그들의 이해를 얻지 못한다는 것이 그가 '나쁜 아들'이 되는 근거가 될 수는 없습니다. 자신의 감정을 있는 그대로 표현했을 뿐인 뫼르소의 행동은 '우연'적으로 나온 행동입니다. 이해할 수 없고, 설명할 수 없고, 밝혀낼 수 없다고 해서 '우연'이 없다고 할 수는 없는 것입니다. 누구나 인정하는 바, 세계는 본디 이렇게 설명할 수 없는 것들도 분명 존재하기 때문입니다. 그렇지만 사람들은 뫼르소의 '우연'을 이해하지도 못하고 이해하려고 하지도 않습니다. 그래서 사람들이 '이해할 수 없는 부분'들은 간편하게 뫼르소의 죄의 동기가 되어 버립니다. 뫼르소의 진짜 죄목은 '이해받지 못한 죄'라고 해도 무리가 아닐 겁니다. 또한 알다시피, 뫼르소는 있는 그대로를 느끼고 솔직하게 표현합니다. 자신의 범죄 혐의를 벗기 위해 과장되게 말하거나, 꾸며서 말하지 않습니다. 이러한 태도 또한 뫼르소에게 아주 불리하게 작용합니다.

뫼르소는 죽음에 대한 생각도 여타의 사람들과 다릅니다. 뫼르소에게 엄마의 죽음은 그렇게 충격적인 일이 아니고, 슬퍼할 일도 아닙니다. 왜냐하면 인간은 시기의 차이가 있을 뿐, 누구나 다 죽기 때문입니다. 지금 죽든지, 예순 살에 죽든지 죽는다는 사실은 변함이 없습니다. 뫼르소에게 엄마의 죽음은 해가 뜨고 지는 것처럼 그저 흘러가는 삶의 일부분일 뿐입니다. 지금은 엄마가 죽었지만 얼마 지나지 않아 자신도 죽을 것이므로 누군가 죽는다는 것은 아무런 의미를 지니지 못합니다. 삶도 다르지 않습니다. 누구든지 다 살아가기 때문입니다. 이렇게 뫼르소에게 삶과 죽음은 하나로 연결됩니다. 죽음은 끝이 아니라 새로운 세계로의 시작입니다. 따라서 어머니의 죽음이 슬프기는 하겠지만 그렇다고 현재의 삶을 통째로 흔들어 버릴 만큼은 아닙니다.

"물론 나는 엄마를 사랑했지만 그러나 그런 것은 아무 의미도 없는 거다. 건전한 사람은 누구나 사랑하는 사람들의 죽음을 다소간 바랐던 경험이 있는 법이다."

그보다 뫼르소를 덮쳐오는 시급한 문제는 시시때때로 찾아오는 정욕입니다. 아름다운 마리가 웃을 때, 그녀와 수영을 할 때, 뫼르소

114

는 불같이 번지는 정욕을 느낍니다. 자신을 사랑하느냐고 묻는 마리의 질문에 뫼르소는 "그런 것은 아무 의미도 없는 말이지만, 사랑하는 것 같지는 않다고 대답"합니다. 마리는 금세 슬픈 표정을 짓습니다. 하지만 이는 뫼르소에게 당연한 일입니다. 뫼르소는 당장 느끼는 감정에 충실한 사람이니까요. 뫼르소에게는 자신이 젊기 때문에 아름다운 여자를 보고 정욕을 느끼는 것은 당연한 일이지, 정욕을 느끼면 사랑해야 하고, 결혼해야 하는지는 알 수 없는 일인 것입니다. 뫼르소는 "육체적 욕구에 밀려 감정은 뒷전이 되는 그런 천성"의 사람입니다.

■ 태양 때문에 쐈다니까!

사건의 발단은 친구 레몽과 여자 친구 마리와 함께 간 바닷가에서 일어납니다. 뫼르소는 휴양 차 갔던 바닷가에서 우발적인 살인을 저지릅니다. 이것이 그 유명한 '태양살인'입니다. 버스 역에서 레몽 일행을 따라온 아랍인들은 레몽의 전 여자 친구의 오빠와 그 동료입니다. 그들은 레몽이 자신의 여동생을 때려서 내쫓은 것에 원한을 품고 그를 혼내주려고 뫼르소 일행을 따라온 것입니다. 바닷가에서 마주친 두 일행은 이내 싸움이 벌어지고 레몽은 아랍인이 가진 칼에 팔을 찔려 부상을 당합니다. 레몽에게 응급처치를 해주고 뫼르소는 기분전환을 하려고 다시 바닷가로 나갑니다. 때는 한낮이어서 날씨는 지독히도 무더웠습니다. 뫼르소는 내리쬐는 태양을 피하기 위해

바닷가 "바위 뒤의 서늘한 샘을 생각"하며 계속해서 걸어갑니다. 그 그늘과 샘물은 뫼르소를 이 지독한 더위로부터 구해줄 것입니다. 그 길에서 뫼르소는 아랍인과 다시 마주칩니다. 아랍인은 칼을 빼서 뫼 르소에 위협을 가합니다. 그때 아랍인의 그 칼에 태양 빛이 반사되 어 뫼르소의 눈 앞을 가립니다. 이어서 탕! 소리가 나고 아랍인은 쓰 러집니다.

"더위가 어찌나 지독한지 눈을 멀게 할 듯 하늘에서 쏟아 붓는 햇볕 의 비를 맞으며 우두커니 서 있는 것 또한 괴로운 일이었다. 모래 위 에서 바다는 잔물결들의 급하고 가쁜 숨결을 다하여 헐떡거리고 있 었다. 나는 천천히 바위께로 걸어가고 있었는데, 햇볕에 쬐어 이마 가 부풀어 오르는 것 같았다. 더위 전체가 내 위로 내리눌러 대면서 나의 걸음을 막았다. 그리하여 얼굴 위에 엄청나게 무더운 바람이 와 닿을 때마다, 나는 이를 악물고, 바지 호주머니 속에서 두 주먹 을 부르쥐었고, 태양과 태양이 쏟아 부어 주는 그 영문 모를 취기를 견뎌 이기려고 전력을 다해 몸을 버티는 것이었다. 모래나 흰 조개 껍질이나 유리 조각에서 뿜어 나오는 빛이 칼날처럼 번뜩일 때마다 양쪽 턱뼈가 움찔하곤 했다. 나는 오랫동안 걸었다. 햇빛과 바다의 먼지 같은 수증기 때문에 눈부신 후광에 둘러싸인 거무스름한 바위 덩어리가 멀리 조그맣게 바라다보였다. 나는 바위 뒤의 서늘한 샘 을 생각했다. 나는 졸졸 흐르는 그 샘물의 속삭임을 되찾아가고 싶 었고, 태양과 힘겨운 노력과 여자의 울음소리를 피하고 싶었으며, 그리하여 마침내 그늘과 그 그늘 밑의 휴식을 되찾고 싶은 마음이 간절했다. 그러나 보다 더 가까이 갔을 때, 나는 레몽과 상대했던 녀석이 다시 돌아와 있는 것을 보았다."

뫼르소는 태양의 뜨거운 빛을 받으며 걸어가고 있었고, 그것을 피할 수 있는 그늘과 샘물 생각에 몰두해 있었습니다. 그 뜨거운 태양 빛에 타 죽지 않기 위해서는 뫼르소는 가만히 있으면 안 되고 계속 걸어가야만 했습니다. 뫼르소는 이 뜨거운 태양을 정복할 수 없다는 것을 알고 있습니다. 다만 끊임없이 앞으로 나아갈 뿐이죠. 이 것은 마치 〈시지프 신화〉에 나오는 시시포스처럼 바위가 굴러떨어질 것을 알면서도 계속해서 언덕 위로 바위를 굴려 올릴 수밖에 없는 인간의 모습과 같습니다. 여기에서 뫼르소는 자신의 앞길을 막고 있는 아랍인을 쏩니다. 아랍인이 죽은 이유는 그가 뫼르소가 가는 길을 가로막고 그를 방해했기 때문입니다. 만약 아랍인이 그곳에 없었다면 죽을 이유도 없습니다. 뫼르소가 아랍인을 죽인 이유는 계획된 범죄라거나, 아랍인에게 원한의 감정이 있어서가 아니라, 단순히 우발적인 사고였습니다.

살인을 저지른 뫼르소는 법정에 섭니다. 살인의 이유를 묻는 재판장에게 뫼르소는 "햇볕이 따가워서 죽였다."라고 말하는데, 이는 뫼르소의 입장에서는 너무도 솔직하고 정직한 말입니다. 햇볕이 따갑지 않았다면, 바위 뒤의 그늘과 샘물을 생각하지도 않을 것이며, 그곳으로 가지도 않았을 것입니다. 아랍인에게 총을 겨눌 일도 없었겠죠. 그렇지만 여기서도 마찬가지로 재판부를 비롯한 주변 사람들은 뫼르소의 그 '우발성'을 이해하지 못합니다. 사람들에게 뫼르소의 살인 이유는 이성에 어긋나 있습니다. 그 이유로 '이해받지 못한 인간' 뫼르소에게 남는 것은 이제 처벌밖에 없습니다. 예상대로 뫼르소에게는 사형이 선고됩니다. 뫼르소는 이해할 수 없는 이 상황을 다음과 같이 설명합니다.

"내 선의에도 불구하고, 나는 그러한 턱없는 확실성을 받아들일 수가 없었다. 어쨌든 그 확실성에 근거를 제공한 판결과, 판결이 언도된 순간부터의 가차 없는 전개 과정과의 사이에는 어처구니없는 불균형이 있었기 때문이다. 판결문이 17시가 아니라 20시에 낭독되었다는 사실, 그 판결문이 전혀 다를 수도 있었으리라는 사실, 그것이 속옷을 갈아입는 인간들에 의해 결정되었다는 사실, 그것이 프랑스 국민의 이름으로라는 지극히 모호한 관념에 의해 언도되었다는 사실, 그러한 모든 것은 그러한 결정의 진지성을 많이 깎아 내는 것 같았다. 그러나 그 선고가 내려진 순간부터 그 결과는, 내가 몸뚱이를 비벼 대고 있던 그 벽의 존재와 마찬가지로 확실하고 심각한 것이 된다는 사실을 인정하지 않을 수 없었다."

그럼에도 뫼르소는 자신의 형량을 덜기 위해 어떠한 변호도 취하지 않습니다. 알다시피 뫼르소는 거짓말을 거부하는 인간입니다. 뫼르소에게 "거짓말을 한다는 것은 단순히, 있지도 않은 것을 말하는 것만이 아니라 실제로 있는 것 이상을 말하는 것, 자신이 느끼는 것 이상을 말하는 것을 뜻"합니다. 뫼르소는 자신의 목숨이 경각에

달린 그 순간에도 일관되게 거짓말을 거부합니다. 이는 뫼르소에게 는 너무도 당연한 일입니다.

한편 뫼르소는 재판정을 꽉 채운 사람들에게서 기이한 느낌을 받습니다. 자신에게 비난의 화살을 내리 꽂는 사람들이 분간할 수 없을 정도로 닮아 있다는 사실을 발견한 것입니다.

"나는 또 그 닫힌 방 안에 들어찬 그 모든 사람들 때문에 좀 어리둥 절하기도 했다. 재판정 안을 다시 한 번 둘러보았으나, 어느 얼굴 하나 분간할 수 없었다. 그때 나는, 모든 사람들이 서로 아는 얼굴 을 찾아서 말을 걸고 대화를 나누는 것이 마치 같은 세계의 사람들 끼리 서로 만난 것이 즐겁기만 한 무슨 클럽에라도 와 있는 것 같다 는 데 주목했다. 또, 내가 어쩐지 침입자 같고 남아도는 존재인 것 같다는 기묘한 느낌도 들었다."

"모든 사람들이 구별이 되지 않고 서로 닮아 있는 사람들"은 부 조리를 자각하지 못하는 무지의 인물들로 표현되고 있습니다. 그들 은 그 무지를 이용하여 뫼르소가 사형 선고 받는 데 일조합니다. 그 들은 똑같이 말하고, 똑같이 행동합니다. 그러니 모두 닮아 있습니 다. 부조리를 자각하지 못하는 사람들이 다수가 되어 군중을 이룰 때, 그들이 같은 생각으로 똘똘 뭉칠 때, 그 무지는 옳은 것이 되며 또한 생각을 달리하는 소수의 한 사람에게 폭력으로 작용할 수 있는 것을 카뮈는 뫼르소를 통해 보여주고 있습니다.

▉ 부조리와 반항

이렇게 카뮈는 소설 『이방인』에서 부조리의 상황과 그 부조리를 대면한 한 인간의 모습과 부조리를 자각하지 못하는 인물들이 엮어내는 상황을 보여줍니다. 카뮈가 보기에 이 세계는 부조리로 가득차 있습니다. 그러나 그 부조리를 헤치며 뚫고 가는 인간은 흔하지 않습니다. 대개 사람들은 뫼르소를 도덕적으로 재단하여 궁지로 모는 소설 속의 사람들처럼 행동하기 쉽습니다. 카뮈가 뫼르소라는 인물을 창조한 것도 우리에게 결여된 부분 즉, 뫼르소와 같은 인간을 육화시켜서 보여줌으로써 지금까지와는 다른 세계에 대한 상상력을 불러일으키기 위함입니다. 우리는 뫼르소라는 인물이 부조리의 극단까지 가는 모습을 통해 우리가 도달하지 못한 그 세계에 대한 이미지를 그려볼 수 있는 것입니다. 뫼르소는 그것을 '반항하는 인간'의 한 유형으로 보여줍니다. 뫼르소는 부조리의 상황에서 그것을 받아들이고, 그것에 타협하는 인물이 아니라, 거부하고 불화함으로써 부조리의 속살을 드러내는 인물입니다.

카뮈는 말합니다.

"부조리는 인간의 호소와 세계의 비합리적인 침묵 사이의 대면에서 생겨난다."

그러나 그것이 끝이 아닙니다. "나의 관심은 부조리의 발견이 아니라 오히려 거기서 이끌어내는 귀결 쪽에 있다." 세계에서 발생하는 부조리의 속살을 드러내는 것이 중요한 것이 아니라, 부조리의 결과로 나타나는 현상들에 카뮈의 관심이 있는 것입니다. 요컨대, 『이방인』에서 발견되는 부조리의 상황에서 그것을 뚫고 가는 인간 뫼르소는 결국 사형에 처해졌습니다. 카뮈는 이것에 주목합니다. 부조리의 상황은 한 인간을 죽음으로 내몰 수도 있다는 사실, 그러므로 인간은 가만히 있으면 안 되고, 부조리의 상황을 맞닥뜨리고 그것에 반항하는 태도를 보여야 한다고 강조하고 있는 것입니다. 부조리에 맞선 인간이 해야 할 일은 바로 '반항'입니다. 카뮈는 바로 이 '반항하는 인간'에게 세계에 대한 희망을 걸고 있는 것입니다.

"유일하게 일관성 있는 철학적 태도는 곧 반항이다. 반항은 인간과 그 자신의 어둠과의 끊임없는 대면이다. 반항은 어떤 불가능한 투명에의 요구다. 반항은 한 순간 한 순간마다 세계를 재고할 대상으로 문제 삼는다. 반항은 인간이 자신에게 끊임없이 현존함을 뜻한다. 반항은 갈망이 아니다. 반항에는 희망이 없다. 반항은 짓눌러오는 운명의 확인이다. 그러나 그런 확인에 따르기 마련인 체념은 거부한 채의 확인인 것이다."

"반항은 삶에 가치를 부여한다. 한 생애 전체에 펼쳐져 있는 반항은 그 삶의 위대함을 회복시킨다. 편협하지 않은 사람의 눈에는 인간의 지성이 자신을 넘어서는 현실과 부둥켜안고 대결하는 광기보다 더 아름다운 광경은 없을 것이다. 현실의 비인간적인 면 때문에 바로 인간이 더욱 위대해지는 것인데, 이런 현실을 보잘것없는 것으로 평가절하한다는 것은 곧 인간 자신을 평가절하 하는 것이 된다."

『시지프 신화』, 책세상

▪️ 세계의 정다운 무관심

이제 뫼르소에게 남겨진 건 사형집행뿐입니다. 뫼르소는 사형집행일이 다가오자 "애써서 다른 것에 정신을 쏟으려고 노력했고, 생각의 방향을 돌리려고 애를 써 보았으나" 소용이 없었습니다. "이 심장의 고동 소리가 자신에게 들리지 않을 순간을 상상해 보려고 애썼으나 헛수고"였습니다. 뫼르소는 매일 새벽녘에 사형집행 소식을 들고 간수들이 온다는 것을 알게 됩니다. 그래서 자정이 지나면 뫼르소는 그들이 오기를 기다리게 됩니다. 뫼르소는 "바스락 소리만 나도 문으로 달려가 판자에 귀를 대고 기다리노라면, 나중에는 자신의 숨소리만 들린다는 것"을 알게 됩니다. 평소 뫼르소는 "갑자기 당하는 것을 싫어하며, 자신에게 무슨 일이든 생길 때면 거기에 대한 마음의 준비가 되어 있는 편이 더 낳다"고 생각하는 사람입니다. 그러나 간수가 언제 올지 모른다는 사실에서 뫼르소는 큰 깨달음을 얻습니다. 기다리는 삶은 그 기다리는 시간으로 인생을 채웁니다. 사형수 뫼르소의 남은 삶은 집행일을 기다리는 일뿐입니다. 그러나 이는 역설적으로 자신의 한정된 삶을 다시 새로운 삶으로 살아볼 기회가 되기도 한다는 것을 알게 된 것입니다. 내가 죽음을 맞이할 날

짜가 언제인지 확실히 안다면, 지금부터 그 시간까지의 한정된 삶은 오롯이 자신만의 삶으로 살아볼 수 있는 것입니다. 그래서 뫼르소는 자신의 사형 선고의 이 '확실성' 앞에서 무한한 자유를 느낍니다. 그리고 "그토록 죽음이 가까운 시간에 엄마가 왜 남자친구를 새로 만들어서 가졌는지"를 깨닫게 됩니다.

"그토록 죽음이 가까운 시간 엄마는 거기서 해방감을 느꼈고, 모든 것을 다시 살아 볼 마음이 내켰을 것임이 틀림없다. 아무도, 아무도, 엄마의 죽음을 슬퍼할 권리는 없는 것이다."

그 한정된 삶, 한정된 시간 앞에서 뫼르소는 비로소 해방감을 느낍니다. 카뮈는 그 해방감을 다음과 같이 설명합니다.

"밑바닥 없는 이 확실성 속을 몰입하는 것, 스스로가 이방인임을 느낌으로써 그 삶을 확장시키고, 연인처럼 근시안이 되지 않은 채 삶을 두루 편력하는 것, 그것이야말로 어떤 해방의 원리라고 할 수 있다. 이 새로운 독립은 모든 행동의 자유가 다 그렇듯이 기한부이다. 그것은 영원을 담보로 한 수표를 끊지 않는다. 그러나 독립은 '자유'라는 온갖 환상들을 대신한다. 그 환상들은 죽음 앞에서 무효가 되고 만다. 어느 이른 새벽 감옥의 문이 열릴 때 그 문 앞으로 끌려나온 사형수가 맛보는 기막힌 자유로움, 삶의 순수한 불꽃 이외의 모든 것에 대한 엄청난 무관심, 죽음과 부조리야말로 단 하나 온당한 자유의 원리, 즉 인간의 가슴이 경험할 수 있고 체현할 수 있는 자유의 원리임을 우리는 분명히 느낄 수 있다."

인간은 "한정된 세계"에서 해방과 자유를 느낍니다. 뫼르소가 사형 집행일을 자각하는 그 순간 왜 그렇게 행복함을 느꼈는지, 이로써 우리는 이해할 수 있게 됩니다.

"부조리의 인간은 투명하고 한정된 세계, 아무것도 가능한 것이 없으면서도 모든 것이 주어진 세계, 그 한계 밖으로 넘어서면 붕괴와 허무뿐인 하나의 세계를 엿보게 된다. 이리하여 그는 그 같은 세계 속에서 살아가기로, 그 세계에서 힘을, 희망의 거부를, 그리고 위안 없는 한 삶의 고집스러운 증언을 이끌어내기로 결심할 수 있는 것이다."

『시지프 신화』, 책세상

행복이란 무한히 주어지는 것이 아니라 내 삶과 죽음이 무한하지 않다는 것을 자각할 때 우리에게 진정한 삶의 진리를 선사합니다. 뫼르소는 자신 또한 죽음이 선고된 그 한정된 시간이 자신에게 진정한 자유를 가져다준다는 것을 깨닫고 다음과 같이 말합니다.

"나도 또한 모든 것을 다시 살아볼 수 있을 것 같은 생각이 들었다. 나는 처음으로 세계의 정다운 무관심에 마음을 열고 있었던 것이다. 세계가 그렇게도 나와 닮아서 마침내는 형제 같다는 것을 깨달으면서, 나는 전에도 행복했고, 지금도 행복하다는 것을 느꼈다. 모든 것이 완성되도록, 내가 덜 외롭게 느껴지도록, 나에게 남은 소원은 다만, 내가 사형 집행을 받는 날 많은 구경꾼들이 와서 증오의 함성으로 나를 맞아 주었으면 하는 것뿐이었다.”

중요한 것은 카뮈는 이 세계에서 부조리를 해결하라고 했던 것이 아니라는 점입니다. 알다시피, 부조리는 해결할 수 있는 것이 아니며 누구도 부조리를 피할 수 없습니다. 인간에게 부조리는 숙명입니다. 카뮈는 부조리를 해결하려는 것이 아니라 부조리에 반항하는 인간 뫼르소를 창조해서 보여줌으로써 우리가 부조리에 맞설 수 있는 상상력을 제공했습니다. 그렇지만 뫼르소가 보여주듯이 부조리에 반항한 결과는 희망적이지는 않습니다. 반항하는 인간은 사람들에게 이상한 사람 취급을 당하고, 이해받지 못했습니다. 그래도 카뮈는 낙담하지 않습니다. 카뮈는 “진실은 쟁취하는 것”이라고 강조합니다. 진실은 가만히 있어도 거저 주어지는 것이 아닙니다. 자신이 힘으로 골을 파서 진실의 물줄기를 만드는 노력이 뒷받침되어야만 가능한 것입니다.

우리의 개인적인 결함이 무엇이든 간에 우리의 직업이 가진 고귀함은 언제나, 지키기 어려운 두 가지의 약속, 즉 자기가 알고 있는 것에 대해 거짓말 하는 것을 거부하는 것과 억압에 맞서서 저항하는 것 속에 뿌리를 내리게 될 것입니다.

(알베르 카뮈, 노벨상 수상 기념 스웨덴 강연, 1957년 12월 10일)

깊이 읽기 위한 질문
『이방인』

1. 변호사와 재판관, 사제 등 뫼르소를 도우려는 누구도 그를 온전히 이해하지 못하고 그 또한 주위 세계를 받아들이지 못합니다. 이처럼 자신을 둘러싼 것들에서 철저하게 소외된 뫼르소는 이방인의 삶을 살아가는데요. 여러분도 자신이 속해 있는 집단에서 '이방인'같다는 느낌이 들 때가 있었나요? 경험을 나누어 봅시다.

2. 뫼르소는 어느 날 양로원에 있던 어머니가 돌아가셨다는 연락을 받고 어머니의 장례를 치릅니다. 장례식에서도 주위 시선을 의식하지 않고 눈물도 흘리지 않습니다. 집으로 돌아온 뫼르소는 옛날 여자 친구와 해수욕을 하며 즐거운 시간을 보내는데요. 그는 자신의 감정에 솔직한 것이 나쁜 것이라고 생각하지 않기 때문에 자유롭게 행동합니다. 사람들은 이러한 뫼르소의 행동이 사회 도덕이라는 고귀한 덕목을 해치는 것이라고 생각하는데요. 사람들이 뫼르소의 행동을 문제 삼는 이유는 무엇일지 생각해 봅시다.

3. 뫼르소는 사형 선고를 받고 나서 "이제 나와는 영원히 관계가 없어

진 한 세계로의 출발"을 예감하면서 엄마를 떠올립니다. "엄마가 왜 한 생애가 다 끝나 갈 때 약혼자를 만들어 가졌는지, 왜 다시 시작해 보는 놀음을 했는지 이해"할 수 있게 됩니다. 뫼르소는 엄마가 분명 "죽음이 가까운 시간에 진정한 해방감을 느꼈고, 모든 것을 다시 살아 볼 마음이 내켰을 것"이라고 생각하는데요. 뫼르소는 자신 또한 엄마처럼 죽음을 앞 둔 지금, "모든 것을 다시 살아 볼 수 있을 것 같은 생각"을 합니다. 뫼르소가 죽음에 임박해서 얻게 된 깨달음은 무엇일까요?

4. 책『이방인』에는 세 번의 죽음이 나옵니다. 먼저 병을 앓다가 돌아가신 어머니, 뫼르소의 총에 맞은 아랍인, 사형 선고를 받은 뫼르소의 죽음이 그것입니다. 마지막 뫼르소의 죽음은 아직 완성되지 않은 '예정된 죽음'이라는 것이 다른 두 개의 죽음과 다른 점이라 할 수 있습니다. 알베르 카뮈는 "삶의 의미를 찾으려 한다면 삶이란 결코 불가능하다."라는 말을 남겼는데요. 이를 위의 세 사람의 죽음과 예정된 죽음을 연결해서 생각해 봅시다. 카뮈가 말하고자 하는 삶과 죽음은 무엇일까요?

페스트

"나는 페스트를 통해서 우리 모두가 고통스럽게 경험했던 숨막힘과 우리가 겪었던 위협과 유배의 분위기를 표현하고자 한다. 그와 동시에 이 해석을 일반적인 생존 개념으로 확대하고자 한다. 페스트는 그 전쟁 동안 나름대로 반성과 침묵을 강요당했던 사람들의 이미지를—그리고 정신적 고통의 이미지를 제공하게 될 것이다."

– 알베르 카뮈

나는 투쟁한다, 고로 존재한다
_『페스트』읽기

▪▪ 투쟁의 이유

'투쟁'은 카뮈 작품을 설명하는 주요 키워드입니다. 카뮈 소설에 등장하는 인물들은 굽히지 않고 싸웁니다. 소설『이방인』의 뫼르소가 그 대표적 인물인데요. 뫼르소는 죽음에도 아랑곳하지 않고 부조리에 맞서서 끝까지 싸웁니다. 그 '투쟁'은 이기는 데만 목적을 둔 싸움이 아닙니다. 오히려 카뮈의 인물들은 끊임없이 패배합니다. 카뮈는 승리보다는 패배의 모습에 더 관심을 두고 그것을 세밀하게 그려내는 작가입니다. 질 것을 뻔히 알면서도 기어코 다시 일어나 주먹을 불끈 쥐는 권투선수처럼 카뮈도 죽어라고 일어나서 이 세계를 향해 펀치를 날리는데, 어떤 면에서는 다소 무모해 보이기도 합니다. 여기에서 생겨나는 궁금증이 있습니다. '카뮈는 왜 그렇게 세계와의 투쟁을 고집하는가?'라는 것이죠. 그 이유는 무엇일까요?

카뮈가 보기에 이 세계는 부조리에서 발생하는 문제들로 꽉 차 있습니다. 이 세계에서 부조리의 문제는 절대 해결되지 않습니다. 인간이 존재하는 곳이라면 부조리는 생겨나게 마련입니다. 인간들이 머리를 맞대고 사는 이 세계에서 부조리의 문제는 소멸하거나 제거되지 않아요. 그러므로 인간은 부조리에서 벗어날 수 없습니다. 그렇다면 '어떻게 살아야 하는가?'라는 질문이 생겨납니다. 이 세계를 피할 수 없다고 해서 그 부조리한 상황에 편입하여, 익숙해진 채로 살아가면 안 된다고 카뮈는 말합니다. 그것은 노예적 삶입니다. 그렇기 때문에, 카뮈는 부조리가 야기시키는 문제들과 기꺼이 맞서서 싸워야 한다고 강조합니다. 이것이 카뮈의 '투쟁'입니다. 이길 수 없는 싸움이라고 해서 미리 포기하는 것은 비겁합니다. 일단 싸우다 보면 부조리한 현상에 대해 우리가 몰랐던 인식들이 생겨나고, 완전하지는 않더라도 그것을 해결할 힘을 얻을 수 있을 테니까요. 그것은 패배이더라도 완전한 패배는 아닌 겁니다. 어쩌면 작은 승리일 수도 있습니다. 카뮈는 그 '투쟁'에서 인물들의 패배를 그리고 있지만, 속마음은 사실 그 반대입니다. 카뮈는 이 세계와의 대립에서 무릎을 꿇을 마음이 추호도 없습니다. 뫼르소가 사형 선고를 받았다고 해서 패배했다고 볼 수는 없습니다. 뫼르소는 부조리한 세계에서 다른 것은 몰라도 부조리한 상황에 동조하지 않는 자신 하나는 지켜냈기 때문입니다. 그래서 카뮈는 "인간은 존재하기 위해 반항하지 않으면 안 된다."라고 강조합니다.

카뮈는 머뭇거리지 않고 세계의 부조리의 문제들과 싸우자고 말합니다. 그런데 카뮈가 보기에는 이 싸움보다 더 심각한 문제가 있습니다. 그것은 이 세계의 사람들이 그 '부조리의 상황'이 무엇인 지조차 자각하지 못한다는 점입니다. 사람들은 무엇이 부조리한 현 상이고 또 무엇을 위해 싸워야 하는지도 잘 알지 못합니다. 이것은 매우 위험한 일입니다. 부조리한 상황을 자각하지 못하고 그대로 두 었을 경우 그것은 거대한 폭력으로 탈바꿈하여 인간을 억압할 수도 있기 때문입니다. 뫼르소의 경우를 떠올려 보세요. 주변 사람들은 뫼르소가 자신들의 상식에 반하는 행동을 했다는 이유로 비난을 퍼 붓고 집단적인 린치를 가합니다. 이는 생각이 같은 인간들이 다수가 되어 집단을 이루어 한 목소리를 낼 때 그 목소리는 쉽게 광기로 변 질되어 그 안에 속하지 않는 누군가에게 폭력을 가할 수 있다는 것 을 보여줍니다. 집단의 무지는 그 자체로 폭력의 근거가 됩니다. '투 쟁'을 위해서는 먼저 부조리한 세계의 문제를 명확히 볼 수 있어야 합니다. 그래야 제대로 싸울 수 있는 것이죠.

> "몇몇 협잡꾼들을 제외하고는 모든 사람들은 다 자신의 진리는 인 간의 행복을 이룩하는 데 적합하다고 생각한다. 그러나 이 선의들 을 서로 합쳐놓으면, 사람들이 여전히 죽임을 당하고 위협당하고 강제 수용소로 추방되는 세상, 전쟁이 준비되고 있고, 어떤 말을 입 밖에 내면 그 당장에 모욕당하고 배반당하는 이 지옥 같은 세상에 이르게 된다."

『시사평론』, 1948

카뮈의 소설은 사회에서 자행되는 부조리한 상황을 드러내면서 그 본질을 파악할 수 있게 해줍니다. 여기서 '투쟁하는 인간' 뫼르소는 부조리한 상황에 맞서서 어떻게 싸워야 하는지를 연기하는 배우와 같습니다. 우리는 뫼르소의 섬세한 연기를 통해 부조리한 상황을 제대로 직시하지 못하는 우리의 얼굴을 마주하게 됩니다. 카뮈는 뫼르소를 통해 '투쟁하는 인간'의 표본을 보여주었습니다. 알다시피, 뫼르소는 "거부는 해도 포기는 하지 않는 인간"입니다. 이를 통해 카뮈는 "세계의 부조리와 명백한 불모성을 뼈저리게 느꼈던 한 인간의 반항적 정신 덕분"에 우리의 성찰은 일보 전진하게 되었다고 말한 바 있습니다. 소설에서 뫼르소와 같은 인물이 차지하는 중요성이 여기에 있습니다.

　　하지만 카뮈가 보여주려는 세계는 여기가 끝이 아닙니다. 이걸로는 부족해요. 카뮈는 더 다양한 모습을 보여주면서 앞으로 나아가고자 합니다. 바로 거기에 소설 『페스트』가 위치합니다. 카뮈가 뫼르소를 통해 '투쟁'에서 끝까지 가보는 인간의 유형을 보여주었다면, 소설 『페스트』에서는 재앙 앞에서 '투쟁'하는 평범한 인간의 여러 모습을 그려내면서 인간과 세계에 대해 더 진지한 성찰을 시도합니다. 소설 『페스트』의 인물들은 뫼르소와 같은 실험적 인물이 아니라, 우리 주변에서 쉽게 접할 수 있는 인물들입니다. 소설은 평범한 사람들이 '페스트'라는 재앙을 만났을 때 그것을 어떻게 극복해 가는지를 구체적으로 보여줌으로써 우리 스스로의 모습을 되돌아보게 합니다.

■ 재앙의 시작

소설의 배경은 프랑스의 식민지 알제리의 한적한 해안 도시 오랑입니다. 화자는 이 도시를 '평범한 도시'라고 소개하면서 다음과 같이 묘사합니다.

"일견 한가로워 보이는 이 도시가 전 세계 각지의 수많은 상업 도시들과 어디가 다른지를 알아차리자면 시간이 많이 걸린다. 가령, '비둘기도 없고 나무도 없고 공원도 없어서 새들이 날개 치는 소리도 나뭇잎 흔들리는 소리도 들을 수 없는 도시, 요컨대 오랑은 중성적인 장소일 뿐이다."

오랑은 "완전히 현대적인 도시"로 이곳 사람들은 무심하면서도 열광적으로 살아갑니다. 여기서는 "사람들이 권태에 절어 있으며 여러 가지 습관을 붙여 보려고 기를 쓰면서도, 단순한 즐거움에 대한 취미도 없지 않아서, 여자와 영화와 해수욕을 즐기며 살아갑니다." 사랑에 대해서 말하자면, 이 도시의 남자들과 여자들은 "이른바 성행위라고 하는 것 속에 파묻혀서 짧은 시간 동안에 서로를 탕진해 버리거나 아니면 둘만의 기나긴 습관 속에 얽매이는 모습"을 보입니다. 화자는 이러한 오랑 사람들의 삶의 모습을 매우 "중성적"이라고 설명하는데요. 그렇다면 이와 같은 오랑의 사람들의 모습을 어떻게 이해할 수 있을까요? 화자는 그 이유를 다음과 같이 말합니다. "무엇보다 오랑의 사람들은 시간이 없고 생각할 여유가 없어서 사랑이 무엇인지도 알지도 못한 채 사랑할 수밖에 없는 것이다." 요컨대, 오랑의 사람들은 열정이 무엇인지도 모른 채 열정적으로 살아가는 사람들로, 부조리한 상황을 자각하지 못한 채 부조리한 세계에서 살아가는 사람들을 나타냅니다. 이러한 사실은 '페스트'라는 재앙이 더욱 커지는 원인이 되기도 합니다.

이 도시에서 베르나르 리유는 의사로 일하고 있습니다. 그는 어느 날 거리로 나와 비틀거리다가 최후를 맞는 쥐를 목격하게 됩니다. 이후 이런 장면은 더 자주 나타나고, 리유는 얼마 후 온 동네가 쥐 이야기를 하고 있다는 것을 알게 됩니다. 이를 시작으로 도시는 걷잡을 수 없는 페스트의 재앙 속으로 빠져들게 되는데요. 쥐의 출몰이 사라지자 이제는 사람들이 죽어 나가기 시작합니다. 사망자는 하루에 몇 명에서 갈수록 늘어나 수십 명이 되기에 이릅니다. 상황이 이러한데도 당국의 태도는 미온적입니다. 당국은 전염병이라는 정확한 근거가 없다는 이유로 어떠한 조치도 취하지 않습니다. 그렇지만 리유는 한집 한집 회진해나갈수록 이 병의 증세가 심각하다는 것을 직감하고 당국에게 새로운 환자들의 격리를 요청하고 위급한 상황임을 국민에게 알리자고 건의하지만 받아들여지지 않습니다. 시민들 또한 이유를 알 수 없는 병으로 사람들이 죽어 나가는데도 아직까지는 이 상황을 무감각하게 받아들입니다. 여기서 재앙에 대한 사람들의 안일한 인식이 드러나는데요. 이를 두고 카뮈는 페스트를 전쟁에 빗대어 다음과 같이 말합니다.

"이 세상에는 전쟁만큼이나 많은 페스트가 있어 왔다. 전쟁이 일어나면 사람들은 말한다. "오래가지는 않겠지. 너무나 어리석은 짓이야." 전쟁이라는 것은 필경 너무나 어리석은 짓임에 틀림이 없을 것이다. 그러나 그렇다고 해서 전쟁이 오래 가지 않는 다는 법도 없는 것이다. 어리석음은 언제나 악착같은 것이다. 만약 사람들이 늘 자기 생각만 하고 있지 않는다면 그 사실을 깨달을 수 있을 것이다. 그런 점에서 우리 시민들은 다른 모든 사람들과 마찬가지로 자기네들 생각만 하고 있는 셈이다. 다시 말해서 그들은 휴머니스트들이었다. 즉 그들은 재앙의 존재를 믿지 않았다. 재앙이란 인간의 척도로 이해할 수 있는 것이 아니다. 그래서 사람들은 재앙이 비현실적인 것이고 지나가는 악몽에 불과하다고 여긴다. 그러나 재앙이 항상 지나가 버리는 것은 아니다. 악몽에서 악몽을 거듭하는 가운데 지나가 버리는 쪽은 사람들, 그것도 첫째로 휴머니스트들인 것이다. 왜냐하면 그들은 대비책을 세우지 않았기 때문이다. 우리 시민들이 딴 사람들보다 잘못이 더 많아서가 아니었다. 그들이 겸손할 줄을 몰랐던 것뿐이다. 그래서 자기에게는 아직 모든 것이 다 가능하다고 믿으며 그랬기 때문에 재앙이란 있을 수 없는 일이라고 추측했던 것이다. 그들은 사업을 계속했고 여행을 떠날 준비를 했고 제각기 의견을 지니고 있었다. 미래라든가 장소 이동이라든가 토론 같은 것을 금지해 버리는 페스트를 어떻게 그들이 상상인들 할 수 있었겠는가? 그들은 자신들이 자유롭다고 믿고 있었지만 재앙이 존재하는 한 그 누구도 결코 자유로울 수는 없는 것이다."

거대한 재앙이 밀려오고 있는데도 그 위험을 현실적으로 받아들이지 않는 사람들, 아무것도 변한 것이 없는 시가지 풍경을 바라보면서 의사 리유는 '구토증'이 일어나는 것을 느낍니다. 하지만 여전히 질병이 곧 멈출 것이고, 가족들과 함께 무사히 모면하리라는 희망을 품고 있는 사람들의 모습을 보면서 리유는 불행이 지닌 추상성에 대해 생각합니다.

"불행 속에는 추상적이고 비현실적인 일면이 있다. 그러나 추상이 우리를 죽이기 시작할 때에는 정신을 바짝 차리고 그 추상과 대결해야 한다. 다만 리유는 그것이 그리 쉬운 일이 아니라는 것을 알고 있었다."

시민들에게 페스트라는 재앙은 그저 추상에 불과했습니다. 그러나 병이 급속도로 퍼져 나가기 시작하여 사망자의 수가 서른 명으로 늘어나면서 당국이 허겁지겁 페스트를 선포하고 도시를 폐쇄하자 그제 서야 사람들은 페스트를 추상이 아닌 현실로 받아들기 시작합니다. 시민들은 "이 상태가 중지되지 않는 한 이 개월 내에 이 도시의 반수가 생명을 잃게 될 위험"이 닥쳐올 것을 알게 되고 불안은 커져만 갑니다. 페스트는 전염병이므로 누구나 그 질병에서 안전하지 못하고 또 자유로울 수 없습니다. 도시의 문이 폐쇄되자 오랑시의 모든 사람은 독 안의 든 쥐 신세가 된 것입니다. 이제, 페스트는 오랑에 사는 사람들 전체의 문제가 되었습니다. 이 난국을 타개하기 위해 리유는 전력을 다합니다. 페스트 환자들의 환부를 수술하고, 본국에 페스트를 치료하는 혈청을 요청하는 한편, 병이 발생한 환자들을 격리하고 치료하는데 온 힘을 쏟지만 역부족입니다. 병의 속도는 더욱 빨라집니다. 페스트는 인간 세계에서 벌어지는 예기치 못한 혼란이며 고통입니다. 그 원인도 알 수 없고, 앞으로 어떻게 해야 할지 정확히 알고 있는 사람은 아무도 없습니다. 이러한 대혼돈의 세계에서 카뮈는 과연 인간은 무엇을 할 수 있고, 또 어떻게 행동해야 하는가를 깊이 고민해보자고 말합니다.

ᛝ 이미 창조된 있는 그대로의 세계를 거부한다

> "중요한 것은 아직 사물의 근본에까지 거슬러 올라가 천착하는 일이 아니라, 그보다는 세계가 지금과 같이 돌아가고 있는 한, 이 세계 속에서 어떻게 처신해야 하는가를 아는 일이다."
>
> 『반항하는 인간』, 책세상

이 혼란을 유심히 관찰하고 기록하는 인물이 있었는데, 그는 장 타루입니다. 타루는 "페스트에 휩쓸린 도시의 하루 생활을 꽤 세세하게 묘사해 보려고 노력함으로써 그 여름 동안 시민들의 관심사와 하나의 정확한 생각"을 기록합니다. 타루의 수첩에는 "주정꾼들 이외에는 아무도 웃는 사람이라고는 없다, 손님들은 돈을 흥청망청 쓴다, 고급 또는 고급이라 여겨지는 술, 가장 비싼 안주, 그렇게 시작해서 걷잡을 수 없는 경주가 벌어진다." 와 같은 글들이 기록됩니다.

이를 통해 그는 재앙 앞에 선 인간들의 특징을 알게 됩니다. 타루는 재앙에 직면한 사람들의 불안이 향락으로 변모될 수 있다는 것을 깨닫습니다. 타루는 또 적습니다. "그들은 향락이라는 것에 생각이 미쳤던 것이다. 낮에 사람들 얼굴에 그려져 있던 그 모든 고뇌는 뜨겁고 먼지투성이인 황혼 녘이 되면 일종의 흉포한 흥분이나 모든 시민을 열에 들뜨게 하는 서투른 자유로 낙착되고 만다." 사람들은 페스트가 주는 불안에 휩쓸려 끝없는 쾌락이 제공하는 나락으로 빠지고 있었던 것입니다. 인간은 불안을 덮기 위해서는 더 자극적인 어떤 것을 필요로 하는 아주 나약한 존재일지도 모릅니다. 그러나 주목할 점은 그 속에서도 자신의 정신을 지키고 사는 사람들이 분명 있다는 사실입니다. 카뮈는 그들을 또 하나의 '투쟁하는 인간'으로 그려내고 있습니다.

리유는 완전한 패배를 거부하며 자신의 자리에서 페스트와 계속해서 싸워나갑니다. '투쟁'만이 "페스트에서 벗어나는 유일한 방법"이라고 리유는 생각합니다. 그 싸움은 병의 전염이라는 위험을 담보합니다. 하지만 페스트를 잡기 위해서는 페스트와 접촉해야만 한다는 것을 리유는 알고 있습니다. 병을 잡기 위해서는 병균을 만져야 합니다. 그래서 리유는 의사라는 본분을 다합니다. 리유에게 페스트와의 투쟁은 "자신이 맡은 직책을 충실히 수행하는 일"입니다. 이런 리유의 모습을 의아하게 생각한 타루는 그에게 질문합니다. "당신은 신도 믿지 않으면서 왜 그렇게까지 헌신적입니까?" 이에 리유는 대답합니다.

"앞으로 무엇이 나를 기다리는지, 이 모든 일이 끝난 다음에는 무엇이 올 것인지 나는 모릅니다. 당장에는 환자들이 있으니 그들을 고쳐 주어야 합니다. 그런 다음에 그들은 반성할 것이고, 또 나도 반성할 것입니다. 그러나 가장 긴급한 일은 그들을 고쳐 주는 것입니다. 나는 힘이 미치는 데까지 그들을 보호해 줄 것입니다. 그뿐이지요."

리유는 '의사이고, 자신 앞에 환자가 있고 그래서 그들을 치료하는 것 뿐입니다.' 이것이 리유가 무덤덤한 '투쟁'을 이어나가는 이유입니다. 이와 같은 리유의 대답은 무엇인가 거창하고 숭고한 대답을 기대하는 사람들의 입장을 궁색하게 만들지도 모릅니다. 하지만 리유에게 이것은 "이미 창조되어 있는 그대로의 세계를 거부하며 투쟁함으로써 진리의 길을 걸어가는" 방법이기도 합니다. 페스트라는 재앙이 왔다고 해서 두려움에 떨면서 죽을 날만을 기다리고 있을 수는 없습니다. 인간은 어떻게든 거부하며 투쟁해야만 하는 것입니다. '투쟁'은 이미 창조된 세계를 거부하는 일입니다. "끝없는 패배"를 의미하는 페스트 앞에서 투쟁하는 인간, 리유는 패배에 아랑곳하지 않고 싸움의 격전지로 들어가 전투를 치릅니다. 그것은 '대단한 일'이 아니고, 리유가 할 수 있는 일입니다. 타루 또한 기록하는 것에 그치지 않고 보건대의 일원이 되어 리유를 도와 환자를 돌보는 등 자신이 맡은 책무에 최선을 다합니다. 이렇게 카뮈는 『페스트』에서 '투쟁'의 의미를 숙고합니다. 여기서 그가 보여주는 '투쟁'은 그 결과를 예상하지 않는 담대한 싸움이며 포기하지 않는 싸움입니다. 차분

하지만 힘이 있는 '투쟁'입니다. 카뮈는 그것을 '성실성'이라고 표현합니다.

> "페스트와 싸우는 유일한 방법은 성실성입니다. 성실성이란 자기가 맡은 직분을 완수하는 것이라고 알고 있습니다."

■■ 참혹함의 극단, 무관심

그럼에도, 페스트의 재앙은 점점 극단으로 치닫습니다. 페스트라는 병균에 속수무책인 시에서 의사와 보건대가 할 수 있는 일이라고는 진단하고, 격리시키고, 사망선고를 내리는 일뿐입니다. 사망자가 감당할 수 없이 늘어나자 망자에 대한 격식을 갖추는 장례절차는 생략되고 가족을 떠나보내는 슬픔을 느낄 여유도 없이 사람이 죽으면 신속하게 땅에 파묻어 버립니다. 사망자를 넣는 관도 소독하여 무한 재사용됩니다. 도시는 혼란 속으로 빠져들었습니다. "보건상의 이유로 폐쇄되었거나 화재가 난 집들이 약탈을 당했고, 도시는 무장한 소규모 집단에게 습격을 받아 총격전이 벌어졌으며 부상자가 생겼고 도망자도 있었습니다." "대개의 경우 여태껏 점잖았던 사람들이 돌발적인 기회에 비난받을 만한 일을 저질렀으며, 그런 행위에 이어서 이내 딴 사람들의 흉내"를 내었습니다.

> "비록 처음에는, 격식을 갖추어 땅에 묻히고 싶다는 욕망이 우리가

생각하는 이상으로 널리 퍼져 있었기 때문에 시민들은 그러한 처리 방식에 마음 괴로워하기도 했지만, 그 후에는 다행히도 식량 보급 문제가 어렵게 되어 주민들의 관심은 보다 더 직접적인 문제 쪽으로 쏠렸다. 먹기 위해서는 줄을 서야 하고 수속을 밟아야 하고 서식을 갖춰야 하는지라 그런 일에 골몰하다 보니 사람들은 자기네 주위에서 어떻게들 죽어 가는지, 또는 앞으로 자기네들이 어떻게 죽어 갈는지를 생각해 볼 겨를이 없었다. 그리하여 고통스럽게 느껴져야 마땅할 물질적인 곤란이 나중에는 오히려 고마운 일로 여겨지게 된 것이다.”

페스트가 2단계에 접어들자 사람들은 페스트에 익숙해져서 더 이상 사람이 죽어도 슬퍼하거나 동요하지 않았습니다. 페스트는 그렇게 “현재 속에 자리를 잡았고” 사람들은 그 상황을 “습관적 삶”으로 받아들이고 그 속에서 페스트에 적응하며 아무런 희망도 없이 살아갑니다. “다시 말하면, 사람들은 더 이상 아무것도 선택하는 법이 없었습니다. 페스트가 가치 판단을 말소해 버린 것입니다. 그러한 것은 자기가 사는 옷이나 식료품의 질을 더 이상 따지려고 들지 않는 그 태도에서 알 수 있습니다. 사람들은 모든 것을 일괄해서 받아들였습니다.” 그럼으로써 사람들은 페스트에 대해 무감각해졌습니다. 페스트가 가져다준 가장 무서운 재앙은 바로 삶에 대한 ‘무관심’이었던 것입니다.

리유와 일하면서 그를 신뢰하게 된 타루는 자신의 속마음을 털어놓기 시작합니다. 타루는 자신과는 아무 상관도 없는 이 절망의 도시를 왜 떠나지 않는지를 리유에게 들려줍니다. 어린 시절 사형을 집행하는 모습을 보게 된 타루는 큰 충격을 받았다고 고백합니다. "사형수가 죽음을 맞이하도록 하는 모든 조치"를 바로 인간들이 결정하는 모습을 보면서 그것이 얼마나 참혹한 도살행위인지를 깨달았다고 말합니다. 그리고 타루는 그동안 자신 또한 "간접적으로 인간 수천 명의 죽음에 동의했다는 것. 필연적으로 그러한 죽음에 이르도록 만든 행위나 원칙들을 선이라고 인정함으로써 자신이 그러한 죽음을 야기하기까지 했다는 것을 알았다."라고 말합니다. 타루는 한없이 부끄러웠고 곧 결심을 합니다. "내가 살고 있는 사회는 사형선고라는 기반 위에서 서 있으니, 그것과 투쟁함으로써 살인행위와 싸우겠다." 타루에게 이제 남은 것은 '어떻게 행동하느냐'는 것이죠. 타루는 적어도 그러한 부조리한 상황을 거부하면서 살겠다고 다짐합니다.

"그래도 최소한 나로서는 그 진저리나는 도살 행위에 대해 단 한 가지라도, 오직 한 가지라도 정당성을 부여하는 것은 절대로 거부하겠다고요. 그렇습니다. 나는 더 뚜렷하게 사리를 깨달을 때까지 고집스럽게 맹목적인 태도를 지켜 나갈 겁니다. 오랫동안 나는 부끄러워했어요. 시간이 지나감에 따라서 내가 깨달은 것은, 다른 사람들보다 나은 사람들조차도, 오늘날의 모든 논리 자체가 잘못되어 있기 때문에, 사람들을 죽게 하는 위험을 무릅쓰지 않고서는 이 세상에서 몸 한번 마음대로 움직일 수 없다는 것이었습니다. 나는 여

알베르 카뮈

전히 부끄러웠고, 우리들 모두가 페스트 속에 있다는 것을 깨달았습니다."

그래서 타루는 부끄럽지 않기 위해 '성자'와 같은 삶을 살려고 합니다. 그는 마음의 평화를 얻기 위해 완전한 성스러움을 추구합니다. 그러나 이런 타루의 이야기를 들으면서 리유는 타루가 너무도 대단한 것에 희망을 걸고 있다고 생각합니다. 리유는 완전한 존재로서의 인간으로 거듭나고자 하는 타루에 대해 다음과 같은 걱정을 합니다.

"희망 없이 마음의 평화는 있을 수 없는 법이다. 인간을 단죄할 권리는 인간에게 주어서는 안 되며, 그러면서도 누구도 남을 단죄하지 않을 수 없으며, 심지어는 희생자가 때로는 사형 집행인 노릇을 하게 됨을 알고 있었던 타루는 분열과 모순 속에서 살아왔던 것이며, 희망이라곤 전혀 알지 못했던 것이다. 그래서 성스러움을 추구하고, 인간에 대한 봉사에서 마음의 평화를 찾으려고 했던 것일까?"

스스로 성자가 되려 했던 타루는 자신에게 너무나도 엄격한 잣대를 들이밀 수밖에 없었습니다. 타루는 어리석고 나약한 인간 본연의 모습을 거부하고 성자와 같은 완전함만을 추구하느라 분열과 모순 속에서 살아온 것입니다.

■ 사람은 제각기 자신 속에 페스트를 지니고 있다

많은 사망자를 낸 페스트는 점점 그 기세가 꺾이기 시작합니다. 그러나 안타깝게도 페스트가 물러가는 이 시점에서 타루는 페스트로 죽어 갑니다. 리유는 타루를 병원에 보내지 않고 집에서 어머니와 직접 간호를 하기로 합니다. 하지만 끝내 숨을 거두는 타루를 보면서 리유는 타루의 투쟁이 완전한 패배로 끝났음을 시인합니다. 그럼에도 리유는 '모든 것을 다시 시작해야만 한다는 것'을 깨닫습니다. 지금은 패배했지만 앞으로도 패배할 수는 없습니다. 앞으로의 패배가 예상되더라도 리유는 끝까지 페스트와 싸울 것을 다짐합니다. 카뮈는 이렇게 한 치 앞도 내다볼 수 없는 "암흑 속에서 더듬거리면서라도 전진을 계속해야만 하고 선을 행하도록 노력해야 한다"라고 말합니다. 그러므로 우리는 미리 패배를 인정하지 않기 위해 지금은 '반항'해야만 합니다.

부조리의 경험에 있어서 고통은 개인적인 것이다. 반항적 운동을 기점으로 하여 그 고통은 그것이 집단적인 것임을 의식하게 되고, 그 고통은 인간 모두가 겪는 모험이 된다. 이상함의 느낌에 사로잡힌 인간이 최초로 내딛는 진일보는 그러므로 이 이상함을 다른 모든 사람들과 함께 나누어 느낀다는 사실과 인간의 현실은 전체가 다 자아로부터의, 그리고 세계로부터의 이 거리감을 고통스럽게 느끼고 있다는 사실을 인식하는 데 있다. 오직 한 사람만이 앓고 있던 병이 집단적 페스트로 변한 것이다. 우리가 겪는 일상적 시련 속에서 반항은 사유의 차원에서의 '코기토cogito'와 같은 역할을 한다. 즉 반항은 원초적 자명함 그 자체인 것이다. 그러나 이 자명함은 개인을 그의 고독부터 끌어낸다. 반항은 모든 인간들 위에 최초의 가치를 정립시키는 공통적 토대이다. 나는 반항한다. 그러므로 우리는 존재한다.

『반항하는 인간』, 책세상

카뮈는 "사람은 제각기 자신 속에 페스트를 지니고 있다."라고 말합니다. 페스트는 병균을 지닌 누군가의 입김으로부터 내가 전염될 수 있고 나는 그 병균을 누군가에게 간단한 입김을 불어 옮길 수 있습니다. 세상의 모든 사람들은 피해자이자 동시에 가해자입니다. 그러므로 페스트는 우리 모두의 문제입니다.

깊이 읽기 위한 질문
『페스트』

1. 랑베르는 취재차 왔던 오랑에서 페스트가 발생하여 도시가 폐쇄되자 다시 고향으로 돌아갈 수 없게 됩니다. 그는 도시를 빠져나가기 위해 "모든 기관을 다 찾아다녀 보았고 모든 교섭을 다 시도"해 보지만 결국 실패로 돌아갑니다. 그는 탈출을 포기하고 도시 오랑의 시민이 되어 그곳에 남기로 결심하는데요. 랑베르가 이렇게 생각을 바꾼 이유는 무엇이라고 보십니까? 생각을 나눠 봅시다.

2. 리유는 "이 페스트가 선생님에게는 어떠한 존재인가요?"라는 타루의 질문에 "끝없는 패배"라고 대답합니다. 인간의 삶도 어쩌면 이처럼 "끝없는 패배"의 연속일지도 모릅니다. 인간의 삶이 리유의 말처럼 "끝없는 패배"라고 한다면 우리는 어떤 마음가짐과 태도를 가지고 살아야 할까요? 생각을 나눠 봅시다.

3. 소설의 마지막에는 이런 대목이 나옵니다. "페스트가 대체 무엇입니까? 그게 바로 인생이에요. 그뿐이죠." 화자는 "페스트는 인생"이라고 말하는데요. 페스트와 인생과 닮은 점은 무엇인지 말해봅시다.

전락

"참다운 노력이란 포기하는 쪽이 아니라 오히려 가능한 한 그곳에 살아남아 버티면서 멀고 구석진 고장에서 서식하는 괴이한 식물들을 가까이에서 관찰하는 일이다. 집요함과 통찰이야말로, 부조리와 희망과 죽음이 서로 대화를 주고받는 비인간적 유희를 구경하는 관객의 특권적 자질이다. 그럴 때에야 비로소 정신은 기본적인 동시에 미묘한 그 춤의 갖가지 모습들을 밝혀내고 또 스스로 체험적으로 살기에 앞서 그것들을 분석할 수 있을 것이다."

– 알베르 카뮈

추락하는 이유
_『전락』읽기

　　　　　　　　　　불의의 교통사고로 갑작스럽게 세상을 떠난 카뮈는 생전에 세 편의 장편소설을 남겼습니다. 바로 『이방인』,『페스트』,『전락』인데요. 1956년에 세상에 나온 소설『전락』은 가장 마지막에 나온 소설입니다. 소설『반항하는 인간』(1951) 이후 오랜 공백기를 깨고 나온『전락』은 카뮈의 깊은 고뇌가 그대로 담긴 작품이라 할 수 있습니다. 그 시기에 카뮈는 1954년에 일어난 알제리 전쟁으로 인하여 인생에서 가장 고통스러운 시간을 보내고 있었습니다. 알제리를 사랑하는 작가로서 갖는 무력감과 죄책감으로 카뮈는 글을 쓸 수 없었습니다. 학살과 테러, 고문이 자행되는 참혹한 전쟁의 상황에서 카뮈는 인간이 가진 잔인함과 그 이중성에 대해서 깊이 생각했습니다. 소설『전락』은 심판을 못 견뎌 하면서도 심판하기를 즐기는 인류의 이중성을 짚어내고 동시에 인간이 인간을 심판할 수 있는 권리가 있는지 즉 심판이라는 행위에 대한 근본적인 문제를 제기합니다. 그리고 진정한 재판관의 자리에 올라서기 위해서 인간은 스스로 참회자 겸 재판관이 되어 '전락' 할 줄 알아야 한다고 역설하고 있습니다.

소설『전락』은 네덜란드의 항구도시 암스테르담의 한 레스토랑을 배경으로 시작합니다. 전직 변호사 클라망스는 바에 앉아서 이 레스토랑을 찾아온 한 손님에게 장장 5일 동안 자신의 장광설을 늘어놓습니다. 클라망스의 이 천연덕스러움과 거침없이 쏟아내는 언변은 혀를 내두를 정도인데요. 소설은 처음부터 끝까지 클라망스의 독백으로만 이루어져 있는데, 이야기가 소설적인 짜임새를 갖추고 있지는 않습니다. 그는 앞뒤를 맞춰서, 맥락에 맞게 이야기를 하는 것이 아니라, 생각나는 대로 이야기의 주제와 상관없이 말을 합니다. 이 이야기를 했다가 저 이야기를 하는 식입니다. 그럼에도 우리는 클라망스의 이 두서없고 모호한 이야기를 인내심을 가지고 들어볼 필요가 있는데요. 그의 이야기 속에는 카뮈가 세상을 향해 던지는 의미심장한 질문들이 담겨 있기 때문입니다.

▪▪ 자기도취(narcissism)에 빠진 현대인의 독백

소설『전락』에서 끊임없이 자기 자랑을 늘어놓는 클라망스는 한 마디로 자기도취(narcissism)에 빠진 현대인을 대변하는 인물입니다. 그가 어떤 사람인지 자세히 소개하기 전에 그가 가졌다는 현대인의 '우월의식'의 연원에 대해 알아야 할 필요가 있습니다. 그래야 소설에 비친 현대인을 깊이 이해할 수 있기 때문입니다. 현대인이 자기 스스로를 사랑하고 높이 평가하는 태도의 연원을 거슬러 올라가 보면, 그 시기는 근대에서 비롯되었음을 알 수 있습니다. 니체가 '신은 죽었다'라고 일갈한 이후 근대적 인간들은 삶을 지배했던 '신'이라는 존재가 희미해진 정신세계 속에 남겨졌습니다. '신'이라는 절대 개념이 사라진 시대 속에서 인간들은 보다 자유로워지긴 했지만 대신 삶이 주는 불확실성 속에 빠져들 수밖에 없었고 그 결과 인간들은 불안 속에서 살게 되었는데요. 현대인들은 '신'이 없으면 살 수 없었던 듯, 그 빈자리는 다른 것으로 채워졌습니다. 그것은 바로 인간 자신인데요. '신'이 사라진 세계에서 인간들은 스스로가 자신의 '신'이 되고자 했습니다. 교회에 나가지 않아도 살 수 있게 된 인간들은 자신의 이성과 신념을 믿고 살아가게 된 것입니다. 쉽게 말해 '믿고 의지할 만한 신이 없다, 그렇다면 누구를 믿을 것인가?, 나를 믿자.'라는 인식이 퍼지기 시작한 것이죠. 이 세계에서 현대인들은 "스스로가 자신의 왕이라고 믿고"있습니다. 각자가 모두 스스로에게 '신'과 같은 존재입니다. 그렇게 스스로에게 '신'이 되어버린 인간들은 그러므로 자신이 대단한 존재라고 생각하며, 이성적이고 합리적이고, 이 세계를 움직이는 주체라고 생각합니다. 이러한 현대인들의 특징은 당연하게도 대단한 '우월의식'을 가지고 있다는 점입니다.

이렇게 '우월의식'에 빠진 인간들은 어떤 특징이 있을까요? 스스로에게 '신'이 되고 싶은 인간들, 스스로 '신'이라고 생각하는 인간들은 자신에 대한 타인의 평가나 심판을 못 견뎌 하기 마련입니다.

내가 '신'인데 누가 나의 죄를 물어 벌을 내릴 수 있느냐는 논리입니다. 남들이 자신을 평가하는 것 또한 용납하기 어렵습니다. 그런데 아이러니한 것은 현대인들은 자신이 심판받는 것을 못 견뎌 하면서도 자신이 다른 사람을 심판하는 것은 옳고 심지어는 정당하다고 생각한다는 점입니다. 자기도취에 빠진 현대인의 착각은 여기서 비롯됩니다. 이러한 착각은 다른 사람을 심판하고 사형선고를 내리고 한 인간을 죽음에 몰아넣을 수도 있다는 것을 카뮈는 소설『이방인』에서 보여준 바 있습니다. 카뮈는 여기서 한 발 더 나아가 소설『전락』에서는 우월의식에 빠져있는 현대인 클라망스를 통해 인간 존재에 대하여 진지하게 숙고합니다.

> "인간들은 말입니다, 정말이지 심판을 견디지 못하거든요. 모든 문제는 바로 거기에 있어요. 어떤 율법을 따르는 자는 심판을 두려워하지 않아요. 심판으로 인하여 자신이 믿는 질서 속으로 되돌아갈 수 있게 되니까요. 그러나 인간이 맛보는 최대의 고통은 율법도 없는 가운데 심판받는 일입니다."

클라망스의 지독한 자화자찬은 소설의 중반 부분까지 이어집니다. 좀 지루하더라도 그의 말을 성의껏 들어주는 것도 한 인간에 대한 예의를 지킨다는 차원에서 참아보기로 하죠(남의 자랑을 잘 못 들어 주는 것도 현대인의 특징이라면 특징이라 할 수 있습니다). 그는 자신을 "남들에게 말 붙이기를 좋아하는 천성의 소유자이며, 파리에서 상당히 이름난 변호사"였다고 소개합니다. 그의 쉴 새 없는 자기 자랑을 조금 들어보시죠.

"나의 정확한 어조, 적절한 감정, 내 변론의 설득력과 열정, 지그시 억누르면서 터뜨리는 분격, 이런 걸 선생께서 직접 구경하셨더라면 틀림없이 감탄했을 겁니다. 태어날 때부터 체격도 좋은 편이었고 고결한 태도 역시 별로 힘들이지 않고도 저절로 지니게 되더군요."

유능한 변호사이기도 한 클라망스는 당연히 자신의 직업에 대해서도 대단한 자부심을 느끼고 있습니다. 게다가 클라망스는 '가난하고 불쌍한 사람을 도울 줄 알고, 그 공덕을 자랑삼아 떠들지도 않으며, 인심도 후한 것으로 소문이 났고, 누구에게나 예의 바른 태도'까지 겸비했다고 자신을 설명합니다. 클라망스는 언제나 "떳떳한 편에 서 있었고, 그것만으로도 양심상의 평화를 충분히 누리고 있었으며, 자신에게 권리가 있다는 느낌, 자신이 옳다는 만족감, 자신을 평가하는 데서 오는 기쁨을 느끼는" 인물입니다. 그것은 "그야말로 야심뿐인 속한 따위보다 일층 더 높은 경지, 그러니까 미덕이 오직 미덕 그 자체만 먹고 자라는 그런 경지에 도달하는 일"이었다고 클라망스는 말합니다. 그는 "말씀드리긴 좀 민망합니다만, 저는 선택받은 존재, 초인(超人)이 된 듯한 느낌이 들었습니다."라며 자신을 추켜세웁니다. 그야말로 클라망스는 누구도 범접할 수 없는 경지에 다다른 인간, 신과 같은 인간입니다. 물론 본인이 생각하기에만 그렇습니다.

"직업이 직업인지라 나는 판사 위에 서서 오히려 내가 그들을 재판할 수 있었고, 또 피고 위에 서서 그들로 하여금 내게 감사하지 않을 수 없게 만들었거든요. 마치 극 중에서 가끔 기계장치를 타고 내려와 가지고 줄거리를 뒤집어놓거나 의미를 부여하곤 하는 신(神)들처럼 말입니다. 뭐니 뭐니 해도 남보다 높은 데서 산다는 것은 최대 다수의 사람들에게 쳐다보이면서 존경받는 유일한 방법임에 틀림없습니다."

그러나 이와 같은 클라망스의 태도는 사실 남들에게 존경받고 싶은 욕망에서 비롯된 것임을 그는 고백합니다. 남들에게 존경받는 사람이 되기 위해서는 '신'과 같은 존재가 되어야 했기 때문입니다. 그리고 이런 욕망이 사실은 "남을 억압하고 싶어 하는 감미로운 꿈들"이었다는 것도 고백합니다. "자신이 인격적으로나 직업적으로나 남들에게 존경받고 있는 완전무결한 사람이라는 것"을 증명하면서 "남들에게 군림"하고 싶었다는 속내를 비치고 있는 것이죠. 이 놀라운 자기 고백, 이는 자신이 가진 욕망의 실체까지도 적나라하게 파악하고 있는 클라망스가 얼마나 지적인 능력의 소유자인지를 말해줍니다. 클라망스는 "스스로의 우월성을 만끽"하면서 삶의 의미를 찾았던 인물입니다.

"그래요, 나는 사실 높이 위치한 곳이 아니면 도무지 편치가 않았어요. 삶의 사소한 것에 이르기까지 내겐 높은 곳에 있고 싶은 욕구가 있었어요. 나는 지하철보다는 버스가, 택시보다는 마차가, 반지하

층보다는 테라스가 좋았어요. 하루 종일, 혼자 마음속으로건, 남들과 섞여 있을 때건, 나는 높은 곳으로 기어올랐고 또 그곳에다가 뚜렷하게 보이는 불을 켜놓았답니다. 그러면 기쁨에 넘친 기원이 나를 향하여 솟구쳐 오르는 것이었어요."

⠇⠇ 죄인이 죄인을 심판할 수 있습니까

자신을 높은 곳에 위치시키면서 자신은 사람들의 존경을 받아 마땅한 사람이라고 생각했던 클라망스는 사실 가슴 깊은 곳에 자신을 괴롭히는 기억 하나를 가지고 있습니다. 그 기억은 클라망스 내면의 죄의식으로 끊임없이 떠올라 그를 궁지로 몰아붙입니다. 그 일은 다리 난간에서 자살하는 여자를 구하지 않고 외면해 버렸던 일인데요. 수년 전 센강을 지나가던 클라망스는 다리 난간에서 물에 뛰어들려고 하는 여자를 보고 그냥 지나쳐 갑니다. 곧바로 그의 뒤에서 첨벙하는 소리가 들렸지만, 클라망스는 뒤를 돌아보지도 않고 그대로 가던 길을 가버렸던 것입니다. 자살하는 여자를 구하지 못했던 일은 그의 뇌리에 깊은 죄의식으로 새겨져 수시로 클라망스의 기억으로 소환됩니다. 그리고 클라망스는 이 기억에서 영원히 빠져나갈 수 없다는 사실을 깨닫게 됩니다. 자신의 양심에 떳떳하지 못했던 클라망스는 이제 더 이상 자신을 높은 곳에 위치시킬 수 없게 되었다는 사실 입니다. 죄의식은 끊임없이 그를 끌어내렸기 때문입니다.

그러므로 클라망스가 가장 시급히 해결해야 하는 문제는 바로 자신을 옥죄고 있는 이 죄의식에서 벗어나는 일입니다. 그래야만 우월한 존재로서의 자의식을 잃지 않은 채 계속해서 잘 살아갈 수 있을 테니까요. 자신의 죄를 고백하고 용서를 받든, 세상의 단죄를 받든 클라망스는 이 문제에서 벗어나야만 하는 것입니다. 센강에서 여자는 이미 죽었으므로 클라망스가 실천할 수 있는 가능한 방법은 법정에서 재판관의 판결을 받는 일일 것입니다.

그러나 클라망스는 재판관이 하는 심판에 대해 의문을 제기합니다. 그는 재판관을 신뢰하지 않습니다. 클라망스의 직업은 전직 변호사입니다. 클라망스는 재판관들의 심판과 판결하는 과정을 지켜보면서 그 속에 은폐된 재판의 부조리함을 파악해 냅니다. 그는 재판관이 죄인을 단죄할 수 없다고 생각하는데요. 클라망스가 보기에 인간은 모두 죄인입니다. 산다는 것은 죄를 짓는 일이고 그러므로 그 누구도 죄를 짓지 않고 살 수는 없습니다. 클라망스는 바지를 입은 인간이 바지를 입은 어떤 인간에게 죄를 묻고 판결을 내려서 그의 목숨을 끊어 놓을 수 있다는 사실이 부당하다고 생각합니다. 신과 종교의 존재의미가 희미해진 이 시대에 신과 종교의 역할이 있다면, 그것은 "인간의 무죄를 보증하는 일"이 되어야 하고, "종교란 것은 일종의 대대적인 세탁 작업으로 봐야 한다."라고 클라망스는 생각합니다.

"우리는 어떤 사람이 무죄라는 것을 단언할 수 없는 반면에, 모든 사람이 다 유죄라는 것은 확실하게 단언할 수 있습니다. 인간은 누구나 다른 모든 사람의 죄를 증언하고 있다 하는 것이 바로 내 신념이고 또 내가 바라는 바입니다."

이런 이유로, 클라망스는 다른 사람이 자신을 심판하는 것을 그냥 두고 볼 수 없습니다. 죄인이 죄인을 심판하다니요. 그것은 어불성설입니다. 그러나 앞서도 밝혔지만, 사람들은 자신은 죄를 짓지 않는다고 생각하면서도 다른 사람을 심판하는 것은 즐기는 존재입니다. 타인을 심판대에 세워놓음으로써 인간들은 묘한 쾌락을 얻습니다. 타인이 추락하는 것을 지켜보면서 상대적으로 자신이 상승하고 있다고 착각하는 것이죠. 그러므로 사람들의 심판을 막는 것은 그렇게 쉬운 일이 아닙니다. 사람들에게는 심판의 욕망이 있기 때문이죠.

"그러나 심판을 방지하는 건 쉬운 일이 아닙니다. 오늘날 심판받는 일이라면 우린 항상 준비가 되어 있죠. 내 말 잘 들으세요. 저들에게 조금이라도 우리를 심판할 구실을 주어서는 안 됩니다. 그랬다가는 당장에 갈가리 찢기고 말아요. 우리에겐 맹수를 다루는 사람과 다를 바 없는 조심성이 필요해요. 아마도 나는 생각만큼 그렇게 훌륭한 사람이 아닐지도 모른다는 생각이 머릿속에 떠오르던 날, 나는 그걸 단번에 깨달았어요. 그때부터 경계하기 시작했죠. 내 몸에 피가 좀 났으니까 자칫하면 송두리째 당할 가능성이 있었어요."

그러므로 정신을 차리고 있지 않는다면 눈 깜짝할 사이에 자신이 다른 사람들이 하는 심판의 희생양이 될 수 있다는 것을 클라망스는 깨닫습니다. 심판대에 오른 자신을 사람들은 물어뜯을 것입니다. 그러나 클라망스가 누구입니까. 대단한 지적능력의 소유자입니다. 클라망스는 다른 사람들이 자신을 심판대에 올려놓고 떨어뜨리기 전에 스스로 자신을 심판대에 올려놓고자 합니다. 선수를 치는 전략으로 클라망스는 자신을 지켜내고자 하는 것이죠. 이는 스스로 자신의 죄를 고백한다는 의미이면서 동시에 자신이 그 죄를 스스로 심판할 수 있는 위치에 있다는 것을 뜻합니다. 그렇게 클라망스는 참회자 겸 재판관의 자리에 서고자 합니다.

여기서 카뮈는 인간이 가진 이중성을 예리하게 짚어냅니다.

"드디어 더 이상 참을 수가 없게 된 날이 왔습니다. 내 최초의 반응은 무계획한 방식으로 나타났어요. 나는 거짓말쟁이니까 그걸 겉으로 드러내고, 바보 같은 녀석들이 스스로 알아내기 전에 나의 이중성을 그 녀석들의 낯짝에다가 던져 보여줄 참이었어요. 가면을 벗으라고 달려들면 나는 그 도전에 당당하게 응해줄 생각이었죠. 나에 대한 비웃음에 대하여 선수를 치려고 만인의 멸시 속으로 과감히 뛰어들 것을 상상해보았어요. 요컨대 여기서도 심판을 미리 막자는 게 주된 의도였던 겁니다. 나를 비웃는 자들을 내 편으로 삼든가, 그게 안 되면 적어도 내가 그들 편이 되기라도 할 심산이었습니다. 가령 나는 길에서 만나는 장님을 떠밀어 넘어뜨려버릴 생각을 해보았는데 거기서 음흉하고도 예기치 않은 쾌감을 느끼게 되는 것을 보고서 내 마음속의 어느 한 부분이 장님들을 증오하고 있었던가를 알 수가 있었어요. 또 장애자들이 타고 다니는 조그만 차의 타이어를 펑크내놓는다든가, 노동자들이 작업을 하고 있는 공사장의 발판 밑으로 달려가서 "이 더러운 가난뱅이야."하고 소리를 지른다든가 지하철 찻간에서 젖먹이 아이의 따귀를 후려갈긴다든가 하는 따위의 생각도 해보았어요. 그런 모든 것을 상상은 해보았으나 실천하지는 않았습니다. 혹 그와 비슷한 일을 했다 하더라도 잊어버렸습니다. 어쨌든 정의라는 말만 들어도 나는 이상하리만치 분노가 치미는 것은 어쩔 수가 없었습니다. 변론을 할 때는 나도 그 말을 계속 사용하는 수밖에 없었지만 대신 공공연하게 인간애의 정신을 저주함으로써 그 앙갚음을 했어요. 나는 핍박받는 자들이 죄 없는 사람들에게 가하는 억압을 고발하는 어떤 선언문을 발표하겠노라고 예고하기도 했습니다."

인간은 "자신의 심판은 못 견뎌 하면서도, 다른 사람들을 심판하는 것을 즐겨"하는 존재입니다. 사람들의 존경을 받고 싶어 하지만 한편으로는 그들의 보잘것없음을 멸시하고 증오하는 존재도 인간인 것입니다. 카뮈는 이렇게 인간 내면의 넓은 층위를 섬세하게 들여다봅니다.

▪▪ 더 나은 인간이 되기 위한 추락

클라망스는 타인에게 심판받기 전에 자신을 심판하고자 합니다. 이는 클라망스의 죄에 대한 고백과 참회를 전제로 합니다. 클라망스의 고백은 진심으로 스스로에게 자신의 죄를 반성할 수 있게 만듭니다. 그리고 난 후에야 자신을 심판대에 세울 수 있을 것입니다. 스스로에게 행하는 고백과 심판에서 어떤 거짓이나 왜곡이 있을 수는 없습니다. 만약 자신에게 하는 고백에서조차 거짓을 고한다면 그것은 진정한 참회와 반성이 아닐 것이고 재판은 왜곡될 것입니다. 그러므로 진정한 참회와 심판은 어쩌면 자발적으로 하는 반성과 재판에서만 가능할 것입니다.

"자기 자신을 비판함이 없이 남을 비판한다는 것은 불가능하므로, 남을 비판할 권리를 갖기 위해서 자기 자신을 통렬히 비판할 수밖에 없었습니다. 재판관은 누구나 다 결국은 참회자가 되고 마는 법이니까 길을 반대방향으로 거슬러 가서 우선 참회자로서의 직업에 종사하다가 마침내는 재판관이 되도록 하지 않으면 안 되는 일이었습니다."

그런데 클라망스의 이런 모든 행동은 그가 저 높은 곳에 있는 우월한 존재라는 것을 다시 한번 확인해주는 일이기도 합니다. 우월한 존재만이 클라망스처럼 행동할 수 있습니다. 스스로 참회자 겸 재판관이 된다는 것은 인간이 가진 이중성을 인식하면서도, 자신이 그것에서 벗어날 수 있다는 의미이기도 하며, 타인을 재판하면서 언는 은밀한 즐거움으로 자신을 추켜세우는 우를 범하지 않는다는 의미이기도 한 것입니다. 또한 스스로 참회자 겸 재판관이 되기 위해서는 자신의 죄를 고백할 수 있는 용기가 있어야 합니다. 그래야만 스스로의 죄를 심판할 수 있는 것입니다.

"다만 내 과오를 스스로 고백하기 때문에 전보다 더 가벼운 마음으로 그런 일을 다시 시작할 수가 있고, 두 번, 그러니까 첫째로는 나 자신의 본성을, 다음으로는 흐뭇한 참회를 즐길 수가 있는 겁니다."

이제 클라망스는 참회자 겸 재판관이 되면서 진정으로 다른 사람들 위에서 군림하는 인간으로 거듭나게 됩니다. 자신의 죄를 고백하고, 단죄할 수 있는 용기를 가진 자, 가차 없이 자신을 전락시킬 수 있는 자만이 다른 사람들보다 높은 곳에 있으면서 그들이 보지 못하는 이 세계의 거짓과 오류 속에서 군림할 수 있는 것입니다. 이것이 카뮈가 말하는 '전락'의 진정한 의미입니다.

"마침내 나는 군림하게 된 겁니다. 그것도 영원히. 나는 또다시 정상을 찾았지요. 오직 나 혼자만이 기어 올라갈 수 있는 그 정상으로부터 나는 만인을 심판할 수 있게 된 겁니다."

말하자면, 클라망스의 '전락'은 군림하기 위한 것입니다. 우월한 존재만이 그렇지 못한 인간들 위에서 군림할 수 있습니다. 여기서 말하는 '군림'은 권력을 가지고 물리적으로 누군가를 지배하는 것이 아닙니다. 클라망스는 그들보다 더 나은 인간이라는 사실을 증명하면서 그들 위에 군림하고자 합니다. 이를 위해 그는 자신을 절벽 아래로 망설임 없이 떨어뜨리고 있는 것입니다. 우월한 존재만이 떨어질 수 있습니다. 그런데 그 '전락'은 날아오르기 위한 '전략'입니다. 그러므로 '전락'하는 클라망스가 행복하다고 외치는 것은 충분히 예상된 일입니다. 왜 아니겠습니까. 클라망스는 떨어졌기 때문에 행복한 것입니다.

"몸부림이 쳐지는군요. 어떻게 얌전하게 누워만 있을 수 있겠어요? 나는 당신보다 더 높아야 하겠으니, 내 머릿속의 생각들이 나를 일으켜 세우는 겁니다. 이런 저녁이 되면, 아니 이런 새벽이 되면 이라고 해야겠지요, 전락은 새벽녘에 일어나는 것이니까 말입니다. 나는 죽도록 행복하다 이겁니다!"

클라망스는 마지막 독백을 이어갑니다. "숱한 실망과 모순을 체험하고 나서 마침내 안정적으로 확보한 재판관 겸 참회자라는 이 어려운 직업을 나는 양심적으로 수행할 수 있었습니다." 카뮈는 참회자 겸 재판장이 되는 길이 진정한 행복에 이르는 길이라고 말합니다. 이 모든 방법은 거저 얻을 수 있는 것이 아니라 그 방법을 배워서 익혀야 한다고 강조합니다. 카뮈는 제대로 '전략'하는 법을 이 소설에서 힘 있게 말하고 있는 것입니다.

"반항은 자기 점검을 마다하지 말고 그로써 행동하는 방법을 배우지 않으면 안 된다."

깊이 읽기 위한 질문
『전락』

1. 소설 『전락』은 자살하는 여자를 구해내지 못했다는 죄책감에 괴로
   위하는 한 변호사의 참회와 심판의 과정을 그리고 있습니다. 자기
   우월의식에 젖어 있던 주인공 클라망스는 자신을 옥죄는 죄의식으
   로 인해 서서히 추락해 가는데요. 그는 자신의 죄의식을 양심에 비
   추어 예리하게 감지하는 사람입니다. 클라망스가 스스로에게 느끼
   는 이러한 각성과 참회에 대해 어떻게 생각하는지 말해봅시다.

2. 세속적인 삶을 살던 유능한 변호사 클라망스는 자신의 양심에 비추
   어 참회하고 스스로를 심판대에 세웁니다. 이로써 소설은 진정한 의
   미의 '전락'을 생각해 보게 하는데요. 만약 우리에게 이런 일이 닥친
   다면 어떤 모습일지 상상해 봅시다. 여러분의 '전락'은 어떤 모습인
   가요. 우리는 과연 어디까지 '전락'할 수 있을까요.

3. 카뮈는 소설에서 "남들에게 심판받는 것을 견디지 못하면서도 다른
   사람을 심판하는 것을 즐겨한다"라는 인간의 내면적인 이중성에 대
   해 말하고 있습니다. 지금 우리 사회에서 이와 비슷한 경우가 있다
   면 이야기해 봅시다.

3장
밀란 쿤데라

커튼을 찢고 그 안을 보라 – 쿤데라의 삶과 문학
• 모든 일들이 처음 생각했던 것과는 다르게 끝난다 『농담』 읽기
• 삶의 모순이 빚어내는 미묘함과 신비로움
  『참을 수 없는 존재의 가벼움』 읽기
• 선택의 자유가 있다는 것, 그걸 아셔야지! 『정체성』 읽기
• 소소하고 보잘 것 없는 것들의 의미 『무의미의 축제』 읽기

/ 밀란 쿤데라에 관하여

"우리가 막 태어나는 순간 우리에게 달려온 그 세상은 단장을 마친 상태, 가면을 쓴 상태, 선(先)해석이 가해진 상태다. 모든 것에 그리고 모두에게 너무도 반기를 들고 싶어 하는 존재들은 세상의 어떠한 부분에 순응해야 하는지 납득하지 못한다. 그래도 그들은 저항할 만해 보이는 해석된 것에 대해서만 분노할 것이다."

– 밀란 쿤데라

커튼을 찢고 그 안을 보라
_ 쿤데라의 삶과 문학

▞ 해석을 거부한다

밀란 쿤데라는 1929년 체코슬로바키아의 한 음악가 집안에서 태어났습니다. 그는 피아니스트인 아버지에게 음악적 감수성을 이어받아 작곡에도 재능을 보였다고 합니다. 프라하 음악예술대학교에서 교편을 잡은 것을 보면 쿤데라는 성인이 될 때까지 문학보다는 음악에 열정을 쏟았던 것 같습니다. 하지만 그 이후의 쿤데라의 삶은 평탄치 않았는데요. 1968년 체코 민주화 운동에 참여한 것이 빌미가 되어 직장에서도 쫓겨나고 더 이상의 작품 활동을 하는 것도 어렵게 되었습니다. 결국 1979년 체코 정부가 쿤데라의 시민권을 박탈하자 프랑스로 망명하여 지금까지 살고 있습니다. 지금 까지(2018년) 출간된 쿤데라의 작품은 소설(11권), 에세이(4권), 희곡(1권)으로 총 16권 남짓입니다. 1967년 『농담』을 발표하면서 본격적인 소설가로 활동하기 시작한 그는 올해 89살(1929년생)이 되기까지 50년이 넘는 시간동안 왕성한 작품 활동을 펼치고 있습니다. 1980년대 프랑스에서는 "누구나 쿤데라를 읽는다"라는 말이 나올 정도로 그는 작가로서 대중적인 사랑도 많이 받았고 비평가들에게도 우호적인 평가를 받았습니다. 쿤데라의 작품은 전집으로 출간될 만큼 우리나라에서도 독자들의 사랑을 받고 있습니다. 대중성과 문학성이라는 두 마리 토끼를 다 잡은 쿤데라는 현존하는 세계적 작가 중 한 사람입니다.

대개의 소설가가 그렇듯이 쿤데라 또한 자신의 작품에 대한 여러 해석을 못마땅하게 여깁니다. 특히 소설 『농담』이 "전체주의에 대한 비판을 담고 있다"라는 식의 단순한 해석에 대해서는 강력하게 항의표시를 합니다. 소설을 어느 하나의 주제로 쟁점화시키는 것을 싫어하는 것입니다. 이는 소설이 갖는 해석의 다의적인 면을 확보하려는 쿤데라의 신념에서 나온 행동이라 볼 수 있습니다. 이를 보여주듯, 쿤데라는 본인의 책에 어떠한 작품 해설도 수록하지 못하게 합니다. 책 날개에 달리는 작가 소개도 간단하기 이를 데 없습니다.

"체코슬로바키아에서 태어났다. 1975년 프랑스에 정착하였다."

작가 소개는 "태어났고, 정착했다", 이게 전부입니다. 두 문장 안에 들어있는 함의는 '작품은 작품으로만 봐 달라'는 쿤데라가 독자에게 보내는 요청입니다. 작가는 어디에서 태어나 어떻게 자랐고, 어느 학교를 나왔으며, 어떤 상을 받았는가와 같은 이력을 바탕에 깔고 작품을 읽지 말기를 바라는 바램이기도 합니다. 작가에 대한 정보가 독자의 눈을 가려 소설을 제대로 읽는데 방해물이 될 수 있기 때문입니다. 이와 관련하여 쿤데라는 그의 에세이 『커튼』에서 흥미로운 이야기 하나를 들려줍니다.

"형식이나 화성, 선율이 베토벤과 비슷한 소나타를 쓴 현대 작곡가 한 사람을 상상해 보자. 심지어 이 음악이 만약 진실로 베토벤의 것이었다면 걸작의 반열에 올랐으리라고 생각해보자. 그러나 아무리 훌륭하다 해도 현대 작곡가가 쓴 작품이라면 비웃음을 면치 못할 것이다. 그 작곡가는 잘해야 혼성 모방의 달인으로 찬사를 받을 것이다."

이 이야기는 작가가 지닌 이력이 그 작품을 평가하는 데 얼마나 많은 영향력으로 작용하는지를 단적으로 보여줍니다. 쿤데라는 예술 작품에 대해 기존에 우리가 가지고 있는 "역사적 의식은 우리 인식에 내재해서 작용하며, 이러한 시대착오는 자연스럽게 우스꽝스럽거나 거짓되고 엉뚱한 것, 심지어는 흉측한 것으로까지 느껴질 것이다."라고 말합니다. 기존에 형성된 "우리의 의식은 너무나 강해서 이는 각 예술 작품을 지각(知覺)할 때마다 작용한다"라는 것이죠. 이렇기에 쿤데라는 자신의 작품에 일체의 해설을 달기를 거부하고, 작가 소개도 아주 최소한의 것만 하도록 고집했던 것은 아닐까요. 마찬가지로 쿤데라는 자신의 소설을 이러한 선이해의 바탕에서 이해하고 해석하려는 모든 시도를 거부합니다.

█▀ 인간의 구체적인 실존 탐구

쿤데라는 소설은 "인간의 가능성 영역"을 보여준다고 말합니다. 소설은 실제 하지는 않지만, 인간이 될 수 있고, 할 수 있는 모든 것들을 인물을 통해 구현합니다. 그리하여 우리가 미처 알지 못한 것들의 진실을 드러내는 것입니다.

"소설은 무엇인가를 이해해야 합니다. 역사가는 실제로 일어났던 일들을 이야기하지요. 반대로 라스콜리니코프의 범죄는 실제로 일어났던 일은 아닙니다. 소설은 실제를 탐색하는 것이 아니라 실존을 탐색하는 겁니다. 그런데 실존이란 실제 일어난 것이 아니고 인간의 가능성의 영역이지요. 인간이 될 수 있는 모든 것, 그가 할 수 있는 모든 것입니다. 소설가들은 인간의 이러저러한 가능성들을 찾아내 실존의 지도를 그리는 것이죠. 소설은 실존의 가능성을 포착하고 그렇게 함으로써 우리로 하여금 우리가 누구인가를 보게 하고 우리가 무엇을 할 수 있는가를 알게 해줍니다."

밀란쿤데라, 『소설의 기술』中

그래서 쿤데라에게 "이제껏 알려지지 않은 존재의 부분을 찾아내려 하지 않는 소설은 부도덕한 소설"입니다. 게으른 소설에 불과합니다. "앎이야말로 소설의 유일한 모럴이다."라고 쿤데라는 말합니다. 그래서 쿤데라의 소설 세계는 커튼으로 가려진 그 뒤의 세계를 보려 주려는 시도라고 할 수 있습니다. 쿤데라는 우리 앞에 드리워진 "선(先) 이해와 해석"의 커튼을 찢어 버리고, 그 안을 들여다보고자 합니다.

농담

"소설의 정신은 복잡함의 정신이다. 모든 소설은 독자들에게 "사실은 당신이 생각하는 것보다 더 복잡하다."라고 말한다. 소설의 영원한 진실은 이것이지만, 묻기도 전에 존재하면서 물음 자체를 없애 버리는 단순하고 성급한 대답들의 시끄러움 때문에 점점 들리지 않는다."

– 밀란 쿤데라

모든 일들이 처음 생각했던 것과는 다르게 끝난다
_『농담』읽기

　　　　　　　　　　　대개 작가에게 있어서 '첫 소설'은 이후에 나올 작품에 대한 예고편이라 할 수 있습니다. 쿤데라도 예외가 아닌데요. 쿤데라의 첫 장편 소설『농담』또한 그의 작가적 잠재성을 가늠해 볼 수 있는 소설인 동시에, 작가의 소설관과 세계관을 엿 볼 수 있게 해줍니다. 소설『농담』이후에 나오는 소설들,『참을 수 없는 존재의 가벼움』이나『불멸』,『느림』,『정체성』,『무의미의 축제』와 같은 대표작들은 모두 그의 첫 소설『농담』이 제시하는 주제의 큰 틀에서 벗어나지 않고, 그 의미를 진전시키거나, 더 깊이 파고들거나, 더욱 확장하는 내용입니다. 따라서 소설『농담』을 꼼꼼히 읽는 일은 쿤데라의 작품 세계를 이해하는 데 매우 중요하다 할 수 있습니다.

▪▪ 넓은 의미의 소설 읽기

소설 『농담』에 좀 더 가까이 다가가기 위해서는 당시의 시대적 배경을 알아둘 필요가 있습니다. 소설의 배경이 되는 당시 체코는 1948년 즈음입니다. 독일의 오랜 지배하에 있던 체코슬로바키아는 1945년 2차 세계대전이 끝나면서 독립을 하게 됩니다. 이후 체코슬로바키아 공산당이 정권을 잡는데요. 그들은 1948년 혁명을 성공시키고 국민의 지지를 얻어 공산 정권을 수립하기에 이릅니다. 소설 『농담』은 1945년에 즈음한 20여 년 동안의 체코슬로바키아의 정치사를 배경으로 하고 있습니다. 실제로 쿤데라는 1948년 무렵 체코슬로바키아 공산당에 가입해서 활동했다고 전해지는데요. 이후, '반공산당' 활동을 했다는 죄목으로 공산당에서 추방당하는 일을 겪습니다. 그러나 그가 어떤 '반공산당' 활동을 했는지, 그 이유는 무엇인지에 대해서는 여러 추측은 있으나 사실로 알려진 바는 없습니다. 어쨌든 소설 『농담』은 소설가의 체험적 이야기로, 쿤데라가 그때 받은 인상을 풀어썼다고 볼 수 있습니다.

소설 『농담』은 체코슬로바키아의 공산정권 수립과 함께 공산당으로부터 추방당하는 인물의 이야기를 15년의 시간 흐름으로 따라갑니다. 공산당의 열성 당원이었던 주인공 루드비크는 여자 친구에게 농담조로 써서 보낸 편지가 문제가 되어 당으로부터 축출되면서 자신의 인생을 망친 인물들에 대한 증오를 품고 복수를 펼칩니다. 소설은 그 과정에서 공산주의 체제가 지닌 다양한 얼굴들을 드러내면서 그 역사 한 가운데서 부침을 겪는 인간의 내면 심리를 그려내고 있습니다. 이렇게 소설『농담』은 역사와 개인의 대립을 다룹니다.

소설 읽기에서 유의해야 할 점은, 쿤데라는 소설『농담』에 대한 공산주의 또는 전체주의라는 체제 비판이나 역사의 주제로 국한해서 해석하는 것을 강력하게 거부해왔다는 점입니다. 소설에 대한 해석의 폭이 좁아지는 것을 경계했던 것인데요. 그럼에도 소설『농담』읽기에 있어서, 어떤 체제에 대한 비판이나 옹호 혹은 역사라는 주제를 완전히 빼버리고 읽는 것도 불가능한 일입니다. 왜냐하면 소설은 이미 1948년의 체코슬라바키아의 정치사적 상황을 배경으로 하고 있고 또 그 바탕 위에서 쓰였기 때문입니다. 이에 대해서 쿤데라는 구체적으로 자기 입장을 밝히는데요.

"『농담』을 쓰면서 내가 한동안 1950년대를 천착한 이유는 역사적인 사실들을 폭로해서 남의 이목을 집중시키고자 함도, 이른바 시대의 모습을 그려내고자 함도 아니었다. 그 당시에 역사가 아무도 예측할 수 없는 실험을 인간을 상대로 하고 있었다는 점, 역사가 자신의 반복될 수 없는 상황들을 통해 결코 짐작할 수도 없었던 인간의 모습들을 보여주었다는 점, 그리고 이를 통해 인간과 인간의 운명에 대한 나의 의심과 이에 대한 나의 인식의 폭이 넓어졌다는 점, 바로 이 때문에 나는 1950년대를 천착한 것이다."

크베토슬라프 흐바틱,『밀란쿤데라의 문학』中

그러니까, 쿤데라가 이 소설을 쓴 궁극적인 이유는 '비판'이나 '고발'이 아니라는 겁니다. 쿤데라는 소설을 통해 사회에 대한 체제 비판이나 고발로 사람들을 선동 하고 싶은 마음은 추호도 없습니다. 그는 '공산주의'로의 이행이라는 시대의 변혁 속에서 인간들이 어떻게 반응하고, 어떤 방식으로 의식화되며, 또 무엇이 그들을 행동하게 만드는지를 포착하여 보여주고자 했던 것입니다. 그의 의도는 '비판'이나 '고발'이 아닌 '관찰'과 '포착'에 있습니다. 말하자면, 이전과는 다른 시대적 상황 속에서 인간들 삶의 모습을 현미경으로 들여다보면서 결국 그것이 의미하는 바를 찾고 싶었던 것이지요. 그러므로 우리는 소설 『농담』을 '넓은 의미의 장'으로 불러내어 읽는 것이 필요할 것입니다. 자, 그럼 지금부터 쿤데라의 소설 『농담』이 선사하는 그 '넓은 의미의 장'으로 천천히 들어가 봅시다.

▪▪ 농담하지 마라

당시 체코슬로바키아의 시대적 명령은 한마디로 '농담하지 말라'가 되겠습니다. 소설의 배경이 되는 1948년 2월은 체코슬로바키아의 공산당이 혁명에 성공하여 사회주의 공화국을 선포한 시기입니다. 중대하고도 엄중한 대변혁의 시기이기도 합니다. 공산 정권은 부르주아들의 재산을 몰수하여 국고로 귀속시키고, 공적 기관이나 대학에서는 공산당에 대한 부정적인 견해를 가진 사람들을 가려내어 축출시키는 등과 같이 새로운 체제는 사회에서 엄중하고 무겁게 작동되었습니다. 진지한 말 한마디가 그 무게를 갖는 시대였습니다. 이런 분위기에서 농담은 허용되지 않습니다. 농담하면 안 됩니다. 이 시대에 농담은 체제를 부정하고 비난하는 것으로 받아들여지기 십상입니다. 사람들은 웃으면 안 됩니다. 모두 진지한 태도로 이 공산주의 체제를 옹호하고 따라야 하는 것이죠.

이런 분위기에서 농담 한마디 했다가 인생이 고약하게 꼬여버린 남자 루드비크가 등장합니다. 루드비크는 대학에서 누구보다도 열성적인 공산당 당원이었지만, 그에 못지않게 여자 친구와의 관계도 진전시키고 싶은 남자입니다. 루드비크에게는 '이념'도 중요하지만 사랑도 중요합니다. 그런데 여자친구 마르케타는 연애에 관심이 없고 공산당 위원회 일에만 몰두해 있습니다. 루드비크는 자신 혼자만 애가 닳는 것 같아 내심 자존심도 상하고 여자 친구가 괘씸하기도 합니다. 그래서 평소 "바보 같은 농담을 즐기는 성향"을 지녔던 루드비크는 사랑 따위에는 안중에 없는 여자 친구 마르케타에게 "그녀의 마음을 상하게 하고, 충격을 주고, 혼란에 빠지게 하려고" 다음과 같은 편지를 써서 보냅니다.

"낙관주의는 인민의 아편이다! 건전한 정신은 어리석음의 악취를 풍긴다. 트로츠키 만세! 루드비크"

여자 친구에게 장난삼아 보낸 편지였습니다. 여기서 루드비크가 말한 "낙관주의"는 공산주의를 말합니다. "종교는 인민의 아편이다."라는 말을 패러디 한 것이죠. 이 말을 '농담'으로 읽지 않는다면, 이 말은 공산주의를 부정하거나 비판하는 말 그대로 읽힐 수 있습니다. 공산주의자들은 "낙관주의"는 공산주의를 수립하는 데 도움이 된다고 생각하니까요. 그러니까 루드비크의 농담은 공산당 위원회에게 '공산주의는 인민의 아편이다!'라고 받아들여졌던 것입니다. 얼마 후, 루드비크의 이 농담조가 섞인 편지는 큰 파문을 일으킵니다. 대학의 공산당 위원회가 루드비크의 편지를 입수하게 된 것이죠. 공산당 위원회는 인민재판을 열어 루드비크를 추방하려고 합니다. 루드비크는 혼신의 힘을 다하여 단순한 농담이었다, 나는 공산주의자다 등 변론을 펼치지만 사태를 해결하기에는 역부족입니다. 누구도 루드비크의 말을 '농담'이라고 생각하지 않습니다. 고향 친구 제마네크가 새로운 당 위원장을 맡았다는 이야기를 듣고 그를 찾아가 도움을 요청해 보지만 오히려 그는 루드비크를 당에서 축출시키는 데 앞장을 섭니다. 결국 루그비크는 자신의 "저항이 헛된 것"임을 깨닫고 공산당원 증을 반납하고 학교를 떠납니다.

소설은 이렇게 '농담'이라고 해도 믿을만한 이야기로 시작합니다. 이념이라는 역사 속에서 개인의 운명이 뒤틀리기 시작했습니다. 정말 어처구니없는 일입니다. 인간의 운명이 이렇게 가볍게 던진 농담 때문에 한순간에 바뀔 수 있는 상황을 쿤데라는 포착합니다. 이를 통해 쿤데라는 마치 어쩌면 우리 삶 전체가 지독한 농담일지 모른다고 말하는 듯합니다.

▚ 우리와 같지 않다면, 나가시오

대학에서 쫓겨난 루드비크는 탄광으로 끌려가 노역을 합니다. 탄광으로 오기 전 루드비크는 공산주의 열성 당원으로 대학에서 공산주의의 체제를 정립하고 퍼뜨리기 위해 열심히 일했습니다. 그는 이것이 현실에서 실현되기를 믿어 의심치 않는 인물입니다. 그러나 지금은 납득할 수 없는 이유로 당으로부터 축출되었고 지금은 탄광으로 끌려와 지옥 같은 삶을 살고 있습니다. 이런 일련의 과정을 거치면서 루드비크는 자신이 그토록 믿고 신봉했던 공산주의 체제에 대해 다시금 돌아보게 됩니다. 자신을 공산주의자로 규정하면서 목소리를 높였던 지난날의 행동들이 과연 무엇인가를 다시 생각해보게 된 것입니다.

사실, 대학에서 루드비크가 가진 공산주의 혹은 사회주의에 대한 생각은 확고했습니다. 그는 고향 친구에게 사회주의가 왜 꼭 실현되어야 하는지를 설명하는데 목소리를 높여 왔습니다. 루드비크는 사회주의의 필요성을 자본주의와 비교해서 설명합니다. 그의 견해는 이렇습니다.

"집단생활을 불가능하게 하는 자본주의는 인간의 기반, 존재 이유, 기능을 상실하게 한다, 그러나 사회주의는 인간들이 집단 속에 살게 하면서 동일한 공동 이익으로 연대하여 사적인 삶과 공적인 삶의 일체를 이룰 것이다."

그러나 루드비크가 공산당에 경도되었던 그 이유 즉, "사회주의는 공동의 이익으로 연대한다."라는 것은 루드비크가 공산당에서 추방당하는 이유가 되었으며 또 그가 공산당에 대해 등을 돌리는 이유가 됩니다. "공동의 이익"을 위해 이를 방해하는 "개인"은 제거되어야 하는 것입니다. 이제 루드비크는 이러한 사회주의 체제에 대해 회의합니다. 바로 "공동의 이익"이라는 이유를 내세워 공산당 위원장들은 자신과 같은 "개인"의 목소리는 누구도 귀담아 듣지 않았기 때문입니다.

루드비크는 공산주의 혹은 사회주의라는 새로운 이념이나 체제에 대한 이미지에 흠뻑 취했던 지난날을 떠올립니다. 공산당 위원회에서 열심히 일하면서 "역사의 수레바퀴"를 직접 돌린다는 환상에 사로잡혀있던 자신을 똑바로 보게 된 것입니다.

"여러 위원회에 소환되었을 때 나는 나를 공산주의로 이끌었던 동기를 수십 가지는 늘어놓았지만, 이 운동에서 무엇보다 나를 매혹시키고 심지어 눈물을 흘리기까지 했던 것은 내 시대의 역사의 수레바퀴였다. 그 당시 우리는 정말로 사람이나 사물의 운명을 실제로 결정했다. 그리고 그것은 대학에서 특히 더 했다. 당시 교수단에는 공산당원이 한 손에 꼽을 정도였기 때문에 처음 몇 년간 학생 당원들이 교수 임용도 결정하고 교육 개혁이나 교과 과정 개편도 결정하는 등 거의 단독으로 대학을 이끌어 가고 있었다. 그러니까 우리는 역사에 매혹되었던 것이다. 우리는 역사라는 말 위에 올라탔다는 데 취했고, 우리 엉덩이 밑에 말의 몸을 느꼈다는 데 취했다. 대부분의 경우 그것은 결국 추악한 권력에의 탐욕으로 변해 버리고 마는 것이었지만, 그러면서도 거기에는 동시에 아름다운 환상이 있었다. 사람이 이제 역사의 바깥에 머물러 있거나 역사의 발굽 아래 있는 것이 아니라 오히려 역사를 이끌어 나가고 만들어 나가는 그런 시대를 우리, 바로 우리가 여는 것이라는 그런 환상이 있었다."

여기에서 전체주의적 사회주의가 갖는 문제가 슬쩍 드러납니다. 전체주의는 전체를 위해서 개인의 희생을 그다지 문제 삼지 않는다는 의미입니다. 그 과정에서 개인의 자유는 억압되고 전체 집단의 가치는 우선시 됩니다. 그래서 전체주의에서 개인의 생각은 존중되지 않지요. 바로 그들과 같지 않다는 이유, 전체에 속하지 않는 인간들은 그들에게 위험한 존재라는 의미가 되어버립니다. 그리고 결국 그들로부터 배제되고 축출당합니다. 이는 사람들을 엄격하게 통제하는 기능으로 작용합니다. 루드비크는 다음과 같이 생각합니다.

"그 사건들은 내가 할 수 있는 것의 영역을 엄밀하게 경계 지어 놓았고, 이제부터 내게 운명 지어진 사랑의 지평이 어떤 것인지 그 모습을 정확하게 그려 주고 있었다. 그것은 나의 자유를 보여 주는 것이 아니라 내가 이렇게 결정되었다는 사실, 나의 한계들, 내가 받은 선고를 나타내 주는 것이었다. 그러자 두려움이 엄습해 왔다. 이 처참한 미래의 모습, 이 운명이 두려웠다. 내 영혼이 두려움으로 웅크리며 뒷걸음질 치는 것이 느껴졌고, 내 영혼이 포위

당한 채 어느 곳으로도 도망 칠 수 없다는 생각이 들면서 나는 공
포에 떨었다."

만약 루드비크가 공산당 위원회에서 추방당하지 않으려면, '자
신이 그들과 다르지 않음'을 증명해야만 합니다. 전체주의적 사회주
의에서는 '다름'은 용납되기 어렵습니다. 그들과 '같다'라는 것을 증
명하기 위해서는 자기 부정의 거짓과 위선도 필요합니다. 하지만 루
드비크는 이 역할을 거부했고, 그 결과 당에서 추방당했습니다.

"동지들의 엄격한 비판을 알아듣고, 거기에 찬동하고, 나도 그렇게
생각한다고 하고, 그런 동질화를 통하여 이제 그들에게 이해를 호
소할 수 있었던 마지막 기회였다. 그러나 우발적인 답변을 해 버림
으로써 나는 단번에 그들의 사고의 영여에서 분명하게 떨어져 나왔
고, 수많은 회합, 수많은 징계 절차, 심지어 수많은 재판정에서도
공통적으로 수행되는 역할, 그러니까 자기 자신을 열렬히 비난함으
로써(그렇게 해서 자신의 죄를 묻는 자들과 스스로를 동질화함으로
써) 동정을 구해 보려 하는 피고의 역할을 거부했다."

주의해야 할 점은 앞에서도 언급했듯이, 쿤데라가 이 소설을 쓴
이유가 체제나 역사에 대한 '비판'이나 '고발'이 아니라고 했습니다.
쿤데라는 전체주의적 사회주의를 긍정도 부정도 하지도 않습니다.
그저 상황을 보여줍니다. 쿤데라가 루드비크를 통해 말하고 싶은 것
은 어떤 이념이나 체제를 맹목적으로 받아들이고 확신하는 태도입

니다. 쿤데라는 기본적으로 인간의 확고한 신념에 의한 행동에 대해 신뢰하지 않습니다. 변화하고 유동적인 것이 인간이라는 것이죠. 그에 비해 인간이 이념이나 체제에 대해 갖는 생각은 고정적입니다. 이념은 고정되어 있고 인간은 변화합니다. 아쉽게도 인간이 이성에 의해서 내린 판단은 우리가 생각한 것만큼 그렇게 믿을만한 것은 못 됩니다. 문제는 그 이념이나 체제가 아니라, 그것을 실행하는 인간들에게 생겨나기 때문입니다. 그러니 인간의 확고부동한 생각이란 것이 언제까지나 인간에게 유효할 수 없다는 것이 쿤데라의 입장입니다. 소설에서 공산주의나, 사회주의 혹은 전체주의가 좋다, 나쁘다를 따지는 일은 중요한 일이 아닙니다. 그보다는, 쿤데라가 중요하게 묻고 싶은 것은 이것입니다.

"우리가 열망해 왔던 것, 우리가 모든 힘을 다 기울여 이루고자 했던 것, 이제 우리가 죽음까지도 바치려고 하는 그것이 이루어졌을 때 과연 우리의 삶은 어떠할 것인가?"

쿤데라는 "모든 고난이 다 끝나고, 그리하여 자유로운 삶을 다시 시작한다면 그다음의 삶은 어떠한 모습을 띠게 되는가?"를 조망해 보자고 말합니다. 혁명의 성공이나 변화보다 더 중요한 것은 그다음의 세계, 그 너머의 세계의 모습인 것입니다. 그다음을 말할 수 있어야만 완전한 성공 혹은 변화가 실현되는 것입니다.

◨▪ 우스꽝스러운 복수

이러한 역사의 심오한 흐름을 알 리가 없는 루드비크는 자신을 인민재판에 세우고 탄광으로 내쫓는 데에 앞장섰던 인물 제마네크에 대한 증오심과 복수심에 불타오릅니다. 그는 자신을 취재하러온 기자가 제마네크의 아내임을 알고 그녀를 호텔로 유인합니다. 자신의 아내가 다른 남자의 유혹에 넘어갔다는 사실은 제마네크에게 큰 상처가 된다는 것이 루드비크의 계산입니다. 그러나 루드비크의 복수는 그가 생각했던 대로 되지 않습니다. 제마네크의 아내 헬레나가 자신의 유혹에 빠져들어 오히려 루드비크를 열렬하게 사랑하게 되었기 때문입니다. 심지어 헬레나는 사랑 없는 남편과의 무의미한 결혼 생활은 이미 끝장이 났다고 루드비크에게 고백하기에 이릅니다. 제마네크는 더 젊고 아름다운 여자를 애인으로 두고 있습니다. 제마네크에게 루드비크는 이제 그만 끝내고 싶은 결혼 생활을 정리할 수 있게 도와준 고마운 존재가 되어버렸습니다. 설상가상으로 헬레나는 루드비크가 더 이상 자신의 사랑을 받아주지 않자 자살을 시도합니다. 놀란 루드비크는 헬레나에게 달려갑니다. 하지만 헬레나가 죽기 위해 통째로 입속으로 들이부었던 약은 설사약이라는 사실이 밝혀지면서 자살 소동은 한 번의 해프닝으로 끝납니다. 쿤데라가 보여주는 대단한 '유머'입니다. 진지하게 소설을 읽다가 이 부분에서 빵 터지는 것이죠.

어쨌든 루드비크는 이 일로 자신의 복수가 진정한 의미에서의 복수가 아니었다는 사실을 깨닫게 됩니다. 자신이 하려는 복수는 추상화된 복수에 지나지 않았던 것입니다. 자신이 증오했던 공산당 위원장 제마네크는 루드비크의 생각 속에서만 자리를 잡아 확고해졌습니다. 그 생각은 루드비크의 관념에 파묻혀 오랜 시간을 거쳐 그대로 화석화되었습니다. 루드비크에게 제마네크는 언제까지나 비열한 공산주의자로 낙인찍힌 사람으로 고정불변의 존재가 되었습니다. 하지만 시간은 여지없이 흘러갔고 이 사건에 대해 15년이라는 간극을 벌려놨습니다. 그 시간 동안 복수는 미루어졌고, 그 "미루어진 복수는 루드비크의 환상으로, 자신만의 종교로, 신화로 바뀌어 버리고 말았습니다." 이제 그것은 제마네크와는 별개의 문제가 된 것입니다. 실제로도 제마네크는 15년 만에 루드비크를 우연히 만나서 반갑게 인사를 건넵니다. 제마네크는 루드비크가 자신에게 복수를 하려고 한다는 생각은 전혀 하지 못합니다. 제마네크에게 15년 전의 일은 공산당 위원장으로서 마땅히 해야 할 일이었을 뿐, 그때의 일에 대한 기억도 희미해졌습니다. 루드비크는 '제마네크'에 대한 비열한 이미지를 자신에게 심어놓고 그에 대한 복수를 현실에서 실행하고자 했던 것입니다.

"내 기억 속에서 제마네크는 마지막 보았던 모습으로 화석화되어 있었고, 지금 나는 그가 예전에 내가 예전에 알았던 사람이 다른 사람이 될 수 없다고 격분하여 주장하고 있는 것이었다."

이렇게 루드비크는 역사와 인간 사이에 "피할 수 없는 거대한 망각"이 흐르고 있다는 것을 잘 알지 못했습니다. 그것은 시간이었죠. 루드비크는 "모든 것은 잊히고, 고쳐지는 것은 아무것도 없다. 무엇을(복수에 의해서, 그리고 용서에 의해서)고친다는 일은 망각이 담당할 것이다. 그 누구도 이미 저질러진 잘못을 고치지 못하겠지만 모든 잘못이 잊힐 것이다."라는 사실을 알게 됩니다. 루드비크가 제마네크에게 복수를 하고 싶었다면, 15년 전 그 인민재판의 현장에서 했어야 하는 것입니다. 루드비크가 제마네크에게 날려야 하는 따귀는 그 현장에서만이 유효했을 것입니다. 그는 "내 인생 전체가 훨씬 더 광대하고 전적으로 철회 불가능한 농담 속에 포함된 이상, 나 자신의 농담을 아예 없던 것으로 만들 수는 없다는 것을" 알게 된 것이죠.

　　루드비크가 여자를 사랑하는 방식도 이와 비슷합니다. 그는 탄광에서 우연히 루치에라는 아가씨를 만나 사랑에 빠집니다. 그녀의 몸과 마음을 얻기 위해 온갖 노력을 다해 보지만, 루치에는 루드비크와 정신적인 사랑만 나눌 뿐 몸은 허락하지 않습니다. 끈질긴 구애에도 실패하자 루드비크는 불같이 화를 내게 되고 놀란 루치에는 그를 떠납니다. 이후 루드비크의 머릿속에 루치에는 자신이 가지지 못한 순결한 육체를 가진 여성이라는 이미지로 자리 잡습니다. 그 이미지는 루드비크의 뇌리에 그대로 화석화됩니다. 루드비크가 15년 만에 만난 루치에를 잘 알아보지 못하는 이유도 여기에 있습니다. 기억 속에 그녀의 모습과 15년이라는 시간 동안 변한 그녀의 모습은 너무도 달랐기 때문입니다. 사실 루두비크는 15년 전, 루치에를 "그녀 자체로서 그리고 그녀가 자신에게 어떤 사람인지 잘 알지 못"했다는 것을 알게 됩니다. 이렇게 인간은 루드비크 처럼 "자기 방식대로 자신을 속여 넘기는" 존재인지도 모릅니다.

"언제나 나는 루치에가 내게 일종의 추상이고 전설이자 신화라는 생각을 즐겨 되뇌어 왔다. 나는 그녀의 존재를 오로지(청년기의 자아중심주의에 빠져 있었던 탓에) 나에게로 (나의 고독, 나의 예속, 애정과 사랑에 대한 나의 욕구로) 곧바로 향해 있는 측면에서만 받아들였다. 그녀는 나에게 있어서 내가 체험한 상황의 기능에 불과했다. 내 삶의 이 구체적인 상황을 벗어나는 모든 것, 그 자체로서의 그녀 모습은 모두 간과되었던 것이다. 그러나 그녀가 나에게 진정 어떤 상황의 기능에 불과했다고 가정해야 한다면, 이 상황이 달라지 게 되자마자(다른 상황이 대신 이어지자마자, 내가 늙고 변하자마자)나의 루치에 또한 사라질 것이라는 사실은 논리적으로 확실하다. 왜냐하면 나에게 간과된 그녀의 모습, 나의 관심을 끌지 못하고 그래서 나를 벗어난 그녀의 모습만이 남게 될 것이므로."

▪▪ 과거의 깊은 우물 속에 비친 현대

루드비크는 공산주의를 옹호하는 자신의 신념에 의해 행동하지만, 결국 그 단단했던 신념들은 무너져 버렸음을 인식합니다. 여기서 루드비크의 고향 친구 야로슬라프가 등장합니다. 둘은 어릴 적

매우 가까운 친구였습니다. 루드비크가 대학을 가고 난 뒤 떨어지게 되었지요. 야로슬라프는 고향에 남아 전통 민속 음악가로 활동합니다. 루드비크가 탄광 노역을 마치고 고향에 돌아오면서 둘 사이에는 어색한 기류가 흐르면서 멀어지게 되는데요. 그 이유는 루드비크가 야로슬라프가 하는 민속 음악에 대해서 쓴 소리를 한마디 했기 때문입니다. 루드비크는 야로슬라프에게 "너의 민속 음악은 다 망가져 버렸으며, 공산주의 체제를 선전하고 유지하는 데에 이용되는 음악으로 전락해 버렸다"라고 쏘아붙입니다. 루드비크의 말에 상처를 받은 야로슬라프는 이를 강하게 반박합니다.

야로슬라프는 고향에서 살며 조상 대대로 내려온 민속 음악을 지키고 계승 발전시키기 위해 애쓰는 인물입니다. 하지만 야로슬라프는 민속 예술을 지켜야 한다는 확고한 신념만 있지 정작 매년 열리는 전통 예술 행사인 '왕들의 기마행렬'이 언제 생겨났는지, 그 의미는 무엇인지, 또 왕은 왜 말을 하면 안 되는지 잘 알지 못합니다. 그에게 민속 예술이란 그저 지켜내야만 하는 그 무엇일 뿐입니다. 야로슬라프에게 민속 예술이란 변하지 않는 진리요, 확고한 신념입니다. 루드비크가 공산주의를 이념적으로 신봉한 것과 마찬가지로 야로슬라프 또한 민속 예술에 절대절인 가치를 부여하고 신봉합니다.

매년 열리는 전통 행사 '왕들의 기마행렬'에서 왕의 역할을 맡은 그의 아들 블라드미르가 야로슬라프를 속이고 오토바이 경주에 간

것을 알고 그가 분노하는 일이 벌어집니다. 전통은 중요한 것이지만 가족에게 전달하기조차 쉽지 않은 일입니다. 그런 야로슬라프를 두고 아내는 "지독한 몽상가"라고 조롱합니다. 야로슬라프는 여전히 전통이라는 환상의 세계에 머물러 있는 듯합니다. 결국 야로슬라프는 파국을 맞습니다.

"나는 언제나 두 세계를 동시에 살았다. 나는 그 두 세계 사이의 조화를 믿었다. 그것은 헛된 미망이었다. 지금 나는 그중 하나의 세계로부터 추방당한 것이었다. 현실 세계로부터 내게 남은 것은 다른 하나의 세계. 상상의 세계뿐이었다. 그러나 내가 살아 나가는 데에는 그곳만으로, 그 상상의 세계만으로 충분하지 않았다. 왜 그가 내게 베일을 벗지 못하게 한 채 모든 것을 자기가 이야기해서 알려 주려 했는지 이제 알게 되었다. 이제야 비로소 나는 왜 왕이 얼굴을 가리고 있어야 하는지 이해할 수 있었다. 그것은 사람들이 그를 보지 못하도록 하기 위해서가 아니라 그가 아무것도 보지 못하도록 하기 위해서였던 것이다."

루드비크와 야로슬라프는 모두 저마다의 방식대로 개인적인 신념을 만들었고, 그것에 매몰되었고, 그로써 무너져 내렸습니다. 우리가 물을 수 있는 것은 이것이 아닐까 합니다. '공산주의라는 새로운 개혁에 앞장서서 나섰던 루드비크, 고향 마을에서 전통 민속 예술을 끝까지 지키려고 했던 야로슬라프, 그들이 삶에서 놓쳤던 것, 간과했던 것은 무엇'이었는지 말입니다.

쿤데라는 자신의 에세이 『배신당한 유언들』에서 전통을 들여다보는 일의 중요함을 강조했습니다. 그는 소설 『농담』에서 야로슬라프를 통해 과거의 우물 속을 들여다보고자 했다고 말합니다. 과거의 심층 깊은 곳에 내려가면 인간 삶의 본질적인 것을 볼 수 있다는 믿음이 쿤데라에게 있습니다. 쿤데라는 과거의 심층으로 시선을 돌려야 지금의 모습을 바로 알 수 있다고 말합니다.

"과거의 우물 속을 들여다보지 않고는 역사를 파악할 수 없다. 역사가처럼 거기에서 연대순으로 전개되는 사건들을 해독하기 위해서가 아니라, 이렇게 자문해 보기 위해 들여다보아야 한다는 말이다. 즉, 한 인간의 본질이란 무엇인가? 소설은 묘사하기 어려운 뭔가를, 어떻든 문학에서 한 번도 본 적 없는 뭔가를 창조한다."

밀란 쿤데라, 『배신당한 유언들』中

그러나 소설에서 야로슬라프가 추구했던 민속 예술에는 과거의 심층을 보기 위한 노력보다는 그 전통을 중시하는 생각이나 태도만이 강했을 뿐입니다. 여기서 쿤데라의 메시지는 뚜렷합니다. 민속 예술, 아직 인간에 의해 유린당하지 않은 전통을 보려는 노력은 필요합니다. 하지만 그것만이 전부가 될 수는 없습니다. 전통은 현실을 위해 존재하기 때문입니다. 인간은 전통에만 머무를 수 없고, 인간은 전통의 기반 위에서 실존의 존재로 살아야만 합니다.

▐▌ 모든 일들이 처음 생각했던 것과는 다르게 끝난다

　루드비크는 전통 예술 행사 '왕들의 기마행렬'을 보면서 기묘한 기분에 빠져듭니다. 그 행사는 자신이 그렇게도 경멸했던 행사였습니다. 그러나 이제는 그 행렬이 주는 매력에 흠뻑 취합니다. "'왕들의 기마행렬'의 혼잡했던 출발 앞에서 내가 느꼈던 처음의 불신도 놀랍도록 모두 사라져 버리고, 나는 이 집에서 저 집으로 천천히 움직이는 이 기마행렬의 모습에 완전히 매료되고 말았습니다." "그것은 숭고하고도 다성적인 음악이었고 전령들은 각기 저마다 단조로운 톤으로 노래했지만, 그러나 서로 다른 높이로 읊었기 때문에 부지불식간에 소리는 서로 어울려 화음을 만들어 냈습니다." 루드비크는 지난 기억을 떠올립니다.

> "바로 그저께만 하더라도 나는 단지 야로슬라프가 짜증나는 민속음악의 화신이라는 이유 하나만으로 그를 피하지 않았던가? 오늘 아침까지도 나는 민속 축제에 불편한 심기로 다가가지 않았던가? 침발롬이 있는 악단에서 보냈던 내 젊은 시절의 행복한 기억을 떠올리지도 못하게 하고, 설레는 마음으로 고향을 자주 찾아오지도 못하게 했던 저 십오 년 동안의 장벽이 이렇게 갑자기 사라져 버린 것은 무엇 때문인가?"

　그러나 어떤 이유로, 루드비크가 이렇게 달라진 생각을 하게 되었는지 우리도 루드비크 자신도 알 수 없습니다. 여기에서 우리는 소설을 관통하는 중요한 메시지에 다다르게 됩니다.

"모든 일들이 처음 생각했던 것과는 다르게 끝난다."

루드비크, 야로슬라프, 또 소개하지는 않았지만 루드비크의 또 하나의 친구 코스트카가 보여준 삶에서 알 수 있듯이 '모든 일은 처음과 다르게 끝날 수 있습니다.' 그렇다면, 우리의 삶에 대한 태도는 조금은 달라질 수 있습니다. 확고하게 갖고 있던 나의 생각이나 견해, 또 그에 따라 했던 모든 행동이 내 생각과는 다르게 흘러갈 수 있다는 사실입니다.

쿤데라는 마지막으로 인생이 숨기고 있는 그 불확실성에 대해 다음과 같이 전합니다.

"아주 먼 옛날 사람들이 분명 무언가 아주 중요한 말을 하고 싶어 했던 것 같다. 그래서 장려하고도 불가해한 몸짓으로 군중에게 긴 연설을 하는, 듣지도 말하지도 못하는 농아 웅변가 같은 후손들에 게서 오늘날 다시 태어나고 있는 것이다. 그들의 메시지는 결코 해독되지 않을 것이다. 단지 그것을 풀 수 있는 열쇠가 없기 때문만이 아니라, 아주 오랜 메시지와 새로운 메시지들이 서로 겹겹이 겹치고 쌓여 가면서 무슨 내용인지 파악조차 되지 못하는 그런 시대에, 이제 사람들은 인내심을 가지고 그런 메시지에 귀를 기울이려고도 하지 않기 때문이다. 오늘날에도 벌써 역사는 잊힌 것들의 망망대해 위에 떠 있는 가느다란 기억의 밧줄일 따름이지만, 시간은 계속 앞으로 나아가고, 이제 한정된 개개인의 기억 속에 모두 들어올 수조차 없는 또 다른 수천 년의 세월이 이미 지나가 버리고 난 후인 시대가 다시 또 올 것이다. 수백 년, 수천 년이 또한 와르르 모두 무너져 내릴 것이며, 몇 백 년의 그림과 음악, 몇 백 년의 발견, 투쟁, 책들이 모두 무너져 내리리라. 불행한 일이 아니겠는가. 인간은 자기 자신의 개념 자체를 잃어버릴 것이고, 파악도 이해도 불가능한 인간이 역사는 의미를 상실한 도식적인 기호 몇 개로 축소되어 버리고 말 테니 말이다. 듣지도 말하지도 못하는 수천의 '왕들의 기마 행렬'은 무언지 뜻 모를 구슬픈 메시지들을 가지고 먼 곳에 있는 사람들에게로 떠날 테지만, 사람들은 그것을 듣고 있을 시간이 없을 것이다."

인생에서 확실한 것은 아무것도 없습니다. 우리가 확실하다고 여기는 것도 사실은 불확실합니다. 확실히 말할 수 있는 것은 세상의 모든 것은 불확실하다는 사실뿐입니다. 삶에서 전제되어야 할 것은 '내가 하는 모든 일에 정해진 것은 없다'라는 사실입니다. 그래서 인생은 다채롭게 펼쳐질 수 있습니다. 삶은 새로운 발견의 연속인 것입니다.

깊이 읽기 위한 질문
『농담』

1. 소설 『농담』에는 농담 한 마디 했다가 인생이 고약하게 꼬여버린 한 남자 루드비크가 등장합니다. 여러분은 평소 농담이나 유머를 즐기십니까? 농담과 유머에 대한 다양한 생각들을 나눠 봅시다.

2. 쿤데라는 이성의 힘으로 역사를 이끌어가는 근대적 존재로서의 인간을 회의적으로 바라봅니다. 그는 소설 『농담』에서 "삶은, 아직 미완인 그들을, 그들이 다 만들어진 사람으로 행동하길 요구하는 완성된 세상 속에 턱 세워 놓는다. 그러니 그들은 허겁지겁 이런저런 형식과 모델들, 당시 유행하는 것, 자신들에게 맞는 것, 마음에 드는 것 등을 자기 것으로 삼는다. 그리고 연기를 한다"라고 말합니다. 쿤데라는 인간을 여전히 '미숙한 존재'로 보고 있는데요. 여러분의 생각은 어떤가요? '인간이라는 존재가 어떤 존재'인지 소설의 등장인물 루드비크, 제마네크, 야로슬로프 등의 예를 들어 자유롭게 이야기를 나눠 봅시다.

3. 소설의 마지막에 이르러 루드비크는 말합니다. "나는 증오의 대상 제마네크를 쓰러뜨리는 것을 목표로 했던 이 귀향이 결국은 이렇게 땅에 쓰러진 내 친구를 두 팔에 안고 있는 것으로 귀결되었다는 사실을 확인하며 전율하였다." 루드비크의 "전율"은 무엇을 의미하는지 이야기 나눠 봅시다.

참을 수 없는 존재의 가벼움

"예술은 모두 같지 않다. 그것들 각각이 세계에 도달하는 것은 서로 다른 문을 통해서다. 이 문 가운데 하나는 전적으로 소설의 몫이다. 소설에서 고유한 독특함이나 독자적인 예술을 보지 못한다면, 소설에서 아무것도 이해하지 못할 것이다."

– 밀란 쿤데라

삶의 모순이 빚어내는 미묘함과 신비로움
_ 『참을 수 없는 존재의 가벼움』 읽기

▗▖ 스스로 탐색하고 발견하는 소설

쿤데라의 소설은 철학 소설로 읽히곤 합니다. 그의 소설이 세계와 존재에 대해 끊임없이 성찰하게 만들기 때문인데요. 실제로 쿤데라는 철학서를 많이 읽는다고 밝히기도 했고, 그의 소설에는 데카르트와 헤겔과 니체가 언급되기도 합니다. 하지만 그렇다고 해서 그의 소설이 철학가들의 사상에 크게 기대고 있지는 않습니다. 오히려 그는 소설은 "모든 선입관의 체계로부터 철저하게 독립적"이어야 한다고 강조하는데요. 그의 에세이 『커튼』을 보면 철학과 소설에 대한 쿤데라의 생각을 엿볼 수 있는 대목이 나옵니다.

"사실 소설가가 자신의 것이 아닌, 학자들이나 철학자들의 수단에 의지한다면 온전한 소설가가 될 능력이 없다는 증거이며 예술적 결함의 증거가 아닐까? 소설가는 자신의 생각을 소설 속에 집어넣는

다. 지적으로 매우 까다로운 사색을 소설 속에 통합하는 것, 그리고 아름답고 음악적인 방법으로 그것을 작품의 필수 요소로 만드는 것이야말로 현대 예술의 시대에 소설가가 감행할 수 있는 가장 대담한 혁신 중의 하나다."

쿤데라가 보기에 "훌륭한 소설은 어떤 사상에 기대지 않고 소설가 자신만의 생각을 소설 속에서 나타내어야" 합니다. 그래서 쿤데라는 그렇게 독립성을 획득한 소설은 "심지어 일부러 비철학적, 더 나아가 반 철학적이기까지 하다"라고 말합니다. 소설은 "스스로 질문하고 놀라고 탐색"할 뿐이라고 쿤데라는 말합니다. 이것은 "소설만이 발견하고 말할 수 있는 것"이기도 하죠. 소설 『참을 수 없는 존재의 가벼움』 또한 이러한 쿤데라의 소설관을 잘 보여줍니다.

소설 『참을 수 없는 존재의 가벼움』은 니체의 '영원회귀사상'을 언급하면서 시작합니다. 쿤데라는 '영원회귀사상을'에 대해 나름의 해석을 하고, 이를 소설의 주제라고 할 수 있는 무거움과 가벼움이라는 키워드에 연결하여 설명합니다. 처음부터 니체 어쩌고 나오니, '소설이 너무 어렵지 않을까?'라는 생각이 들게 하는데, 사실 이 소설을 이해하는데 니체의 '영원회귀사상'을 완전히 알아야만 되는 것은 아닙니다. 쿤데라는 니체의 '영원회귀사상'에서 뻗어 나오는 개념 하나를 인용하여 그에 대한 쿤데라 자기 생각을 소설에서 진전시키고 있기 때문입니다. 중요한 것은 '영원회귀사상'이 아니라 그것에 대한 확장된 쿤데라의 생각입니다.

니체의 '영원회귀사상'은 "똑같은 것이 영원히 반복된다."라는 의미입니다. 쿤데라는 이를 뒤집어서 생각해보자고 말합니다. '영원회귀사상'을 뒤집으면 '일회적 삶'이 됩니다. 삶이 단 한 번밖에 주어지지 않는 것을 뜻하죠. 그렇다면, 삶이 단 한 번밖에 없고, 다시는 주어지지 않는 것이라면, 인생은 너무도 덧없는 것이 됩니다. 이 상태에서 인생은 아무런 의미를 갖지 못하고 깃털처럼 가볍게 됩니다. 단 한 번밖에 없는 삶이니까요.

"뒤집어 생각해 보면 영원한 회귀가 주장하는 바는, 인생이란 한 번 사라지면 두 번 다시 돌아오지 않기 때문에 한낱 그림자 같은 것이고, 그래서 산다는 것에는 아무런 무게도 없고 우리는 처음부터 죽은 것과 다름없어서, 삶이 아무리 잔혹하고 아름답고 혹은 찬란하다 할지라도 그 잔혹함과 아름다움과 찬란함조차도 무의미하다는 것이다. 14세기 아프리카의 두 왕국 사이에 벌어진 전쟁 와중에 30만 흑인이 이루 말할 수 없이 처참하게 죽어 갔어도 세상 면모가 바뀌지 않은 것과 마찬가지로, 인생의 잔혹함이나 아름다움 따위는 전혀 염두에 둘 필요가 없는 셈이다."

하지만 만약에 한 번뿐인 삶이 계속해서 반복된다면 인생은 그 가벼움을 유지할 수 있을까요? 그렇지 않다는 것이 쿤데라의 생각입니다. 한 번뿐인 삶이 무한히 반복된다면 인생은 반대로 무거워집니다. 왜 그럴까요? "우리 인생의 매 순간이 무한히 반복되어야만 한다면, 우리는 예수 그리스도가 십자가에 못 박혔듯 영원성에 못 박힌 꼴이 될 것"이기 때문입니다. 예컨대, 역사 속에서 단 한 번 십자가에 못 박힌 예수와 반복해서 출현하여 십자가에 못 박히는 예수는 엄청난 차이가 있습니다. 예수가 영원히 등장을 반복하여 십자가에 못 박힌다면 역사는 잔혹해질 것입니다. 그렇다면 그런 인생이 가볍다고 말할 순 없습니다. '단 한 번'과 '무한한 반복' 사이에는 이렇게 엄청난 차이가 있는 것입니다. 그렇기 때문에 '영원회귀의 세상'에서는 인간의 사소한 행동 하나에조차도 심혈을 기울여야 하고 그에 따른 몸짓 하나하나가 견딜 수 없는 책임의 짐을 떠맡게 됩니다. "바로 그 때문에 니체도 영원 회귀의 사상은 가장 무거운 짐이라고 말했던 것"입니다.

여기에 쿤데라는 자신의 생각을 덧붙입니다.

"영원한 회귀가 가장 무거운 짐이라면, 이를 배경으로 거느린 우리 삶은 찬란한 가벼움 속에서 그 자태를 드러낸다."

삶이라는 것은 인간을 무겁게 짓누릅니다. 그런데 쿤데라는 그 무거운 짐이 동시에 삶을 생생하게 만든다고 말합니다. 그래서 인간은 그 무게를 견디면서도 그것을 갈망하기도 합니다. 결혼은 무겁지만 연애는 가볍습니다. 사랑을 위해 결혼이라는 무거운 짐을 원하고 견딜 수 있는 것입니다. "유사 이래 모든 연애 시에서 여자는 남자의 육체의 하중을 갈망하고, 그에 따라 무거운 짐은 가장 격렬한 생명의 완성"이 되는 것처럼 말입니다.

"짐이 무거우면 무거울수록, 우리 삶은 보다 생생하고 진실해진다. 반면에 짐이 완전히 없다면 인간 존재는 공기보다 가벼워지고 어디론가 날아가 버려, 지상의 존재로부터 멀어진 인간은 겨우 반쯤만 현실적이고 그 움직임은 자유롭다 못해 무의미해지고 만다."

우리의 삶은 너무 가벼우면 "어디로 날아가 버려 무의미해"지고 너무 무거우면 "행동 하나에도 무거운 책임을 져야 하므로" 자유와 행복을 느낄 수 없게 됩니다. 그렇다면, 우리는 어떤 삶을 선택해서 살아야 할까요? 삶의 균형감을 잃고 싶지 않은 독자라면 '가벼움과 무거움 사이의 그 중간'이라거나 '적당히'라는 말 정도로 대답할지도 모릅니다. 그런데 우리는 살면서 '그 중간 부분에서 적당히' 사는 것이 쉽지 않은 일이라는 것을 경험으로 알고 있습니다. 그렇습니다. 바로 소설 『참을 수 없는 존재의 가벼움』은 삶의 '그 중간' 부분에서 일어나는 일들과 그 속에서 방황하는 인물들의 내면 상황을 묘사합니다.

그러므로 우리는 소설을 읽는 내내 '가벼움과 무거움 중에서 무엇을 선택할 건인가?' 혹은 '가벼움과 무거움의 적당한 부분은 어디인가?'라는 질문 앞에 서게 됩니다. 짐작하듯이 이러한 질문에 대한 해답은 무 자르듯이 쉽게 나올 수 있는 것이 아닙니다. 당연히 쿤데라도 이에 대한 어떠한 해답도 제시하지 않습니다. 그저 가벼움과 무거움 사이에서 방황하는 인물들의 삶을 밀착해서 보여줄 뿐입니다. '우리는 어떤 삶을 선택해서 어느 만큼의 무게를 가지고 살아야 할까?'라는 질문에 대한 해답은 결국 나 스스로에게서 나와야 한다는 의미입니다. 우리는 끝끝내 그에 대한 해답을 찾을 수 없을지도 모릅니다. 그래도 '그 해답을 찾기 위한 사유'가 그 해답에 가깝게 이르도록 해줄 것입니다.

여기서 소설을 읽는 이유가 나옵니다. 소설을 읽는다는 것은 우리가 처한 인생이라는 미궁 속에서 길을 찾아가는 여정입니다. 소설은 조그마한 불빛입니다. '가벼움과 무거움' 사이에서 진동하는 소설 속 인간들의 모습과 내면세계를 통해 우리는 삶과 인간에 대한 이해의 지평을 넓힐 수 있을 것입니다. 그 미궁 속에서 어떤 길이 나타날지, 어떤 상황이 발생할지 찾아가 보는 것이죠.

쿤데라는 '우리는 어떤 삶을 선택해서 어느 만큼의 무게를 가지고 살아야 할까?'라는 질문에 해답은 제시하지 않지만 나름의 견해는 제시합니다.

"오직 한 가지만은 분명하다. 모든 모순 중에서 무거운 것-가벼운 것의 모순이 가장 신비롭고 가장 미묘하다."

쿤데라는 "삶의 무거움-가벼움 사이의 모순이 가장 신비롭고 가장 미묘하다"고 보고 있습니다. 무엇이 미묘하고 신비로운지 또 그것으로부터 변주되는 새로운 것은 무엇인지를 포착하는 것이 우리가 소설『참을 수 없는 존재의 가벼움』에서 읽어내야 할 부분입니

다. 철학자는 사상을 개념으로 설명하지만 소설가는 인물에게 육화
시켜서 구체적으로 보여줍니다. 소설 속에서 실제로 살아보게 한 다
음 어떻게 되는지 관찰합니다. 쿤데라는 소설은 판단하거나 어떤 진
리를 부르짖지 않는다고 말한 바 있습니다. 따라서 소설『참을 수 없
는 존재의 가벼움』에서 가벼움과 무거움 중에서 어떤 것이 더 좋은
것이냐를 판단하는 것은 소모적입니다. 그저 소설은 탐색하고 새롭
게 발견된 사실에 대해서 놀라워할 뿐입니다.

▓▓ 무거움과 가벼움 사이

소설『참을 수 없는 존재의 가벼움』에 등장하는 탐색의 대상은
4명입니다. 가벼움을 추구하는 토마시와 사비나 그리고 무거움을
삶을 사는 테레자와 프란츠입니다. 먼저 토마시와 테레자의 사랑 이
야기로 소설은 시작합니다. 쿤데라는 전혀 어울릴 것 같지 않은 이
두 사람이 '무거움'과 '가벼움' 사이를 '왔다갔다'하면서 사랑하고
갈등하는 모습을 통해 인간의 실존을 탐구합니다.

외과의사 토마시는 '가벼움'을 나타내는 인물입니다. 아내와 이
혼한 후 그는 천하의 둘도 없는 바람둥이로 살아갑니다. "사랑과 섹
스는 별개다"라고 생각하는 토마시는 족히 200여 명의 여자들을 만
나왔습니다. 그런데 만남에서 여자들과의 관계가 깊어지는 것은 딱
질색입니다. 무거워지지 않을 만큼만 가볍게 즐길 따름입니다. 토마

시는 여자들과의 만남이 무거워지지 않기 위한 자신만의 방식도 정해 놓고 실천하는 인물입니다. 가령 여자를 만나더라도 "잠은 꼭 집에 돌아와서 잔다거나 12시 이전에는 꼭 귀가하고, 한 여자가 자신의 아파트에 들어앉지 못하도록 소파도 일인용 하나만 놓는 등 생활을 정교"하게 꾸리는 데 노력을 기울입니다. 삶이 무거워지지 않기 위한 나름의 방편인 셈인데, 참으로 '치밀한 가벼움'입니다.

어느 날 토마시는 보헤미아의 한 작은 마을에 외과 과장 대신 진료를 갔다가 그곳 레스토랑에서 종업원으로 일하는 테레자를 만납니다. 우연한 만남입니다. 헤어지면서 토마시는 테레자에게 명함을 건네면서 프라하에 올 일이 있으면 찾아오라고 말합니다. 그런데 열흘 후 테레자는 정말로 토마시를 찾아옵니다. 두 사람은 그날로 동침을 하는데 그날 밤 테레자의 몸이 독감으로 펄펄 끓자 어쩔 수 없이 토마시는 그녀를 집에 머물게 합니다. 토마시는 테레자의 곁에서 그녀를 정성껏 간호합니다. 토마시는 한없이 연약해 보이는 테레자가 "마치 송진으로 방수된 바구니에 넣어져 강물에 버려진 아이" 같이 느껴집니다. 그는 끙끙 앓는 테레자에게 "무어라 형언할 수 없는 사랑을 느낍니다." 토마시는 망설임 없이 그녀를 강물에서 건져 올려서 그녀를 자신의 삶에 끌어 들이는데, 그 행동이 스스로의 원칙에도 어긋나는 행동임을 알고 놀랍니다. 이렇게 토마시의 삶에 우연이 끼어들면서 토마시를 변화하게 만듭니다. 토마시의 가벼움이 무거움으로 옮겨가는 지점입니다.

몸이 회복된 테레자가 그녀가 살던 도시로 되돌아가자 토마시는 테레자를 그리워합니다. 그러면서도 한편으로는 삶이 무거워지는 것은 싫기 때문에 토마시는 고민에 빠집니다.

"그녀에게 프라하로 와서 살림을 차리자고 제안해야 할까? 그는 뒷감당이 두려웠다. 지금 그녀를 자기 집에 불러들인다면 그녀는 자신의 온 생애를 그에게 바치려 들 것이다. 테레자와 함께 사는 것이 나을까, 아니면 혼자 사는 것이 나을까?"

결국 토마시는 무거움을 선택하고 테레자와 함께 살기로 결정합니다. 그러면서도 토마시는 끊임없이 다른 여성들과 가벼운 만남을 이어갑니다. 테레자는 그런 토마시의 바람기 때문에 엄청난 고통을 겪습니다. 테레자는 토마시에게 당신이 바람피우는 장면을 꿈에서 봤는데 그것은 "바늘로 손톱 밑을 찌르는 고통"이었다고 말합니다. 토마시는 전심전력으로 테레자를 달래기 위해 노력은 하지만 그렇다고 다른 여자들과의 만남을 그만두지는 않습니다. 토마시는 자신에겐 "다른 여자에 대한 탐욕을 자제할 힘이 없고, 또 자제할 필요"도 없다고 생각합니다. 그러면서도 토마시는 자신에게 일어나는 변화를 느낍니다. 그는 다른 여자를 만날 때마다 "눈앞에서 어른거리는 테레자의 모습을 떨쳐 버리기 위해 빨리 술에 취해야만 했으며, 술의 도움 없이는 다른 여자들과 사랑을 나눌 수 없게 된 자신"을 발견하게 된 것입니다. 이렇게 토마시는 테레자를 사랑하면서도 다른 여자들에 대한 외도를 멈추지도 못한 채로 살아갑니다.

그렇다면, 토마시가 사랑하는 테레자는 어떤 인물일까요? 소설에서 그녀는 '무거움'을 상징하는 인물입니다. 토마시가 육체주의자라면 테레자는 영혼주의자입니다. 토마시는 육체와 영혼은 별개라고 생각하지만 테레자에게 육체는 영혼으로 이어져 있습니다. 그래서 테레자에게 사랑 없는 섹스는 상상할 수 없는 일입니다. 이렇게 테레자는 토마시의 정반대 편에 서 있는 인물입니다. 소설에서 테레자가 거울을 보는 장면이 자주 등장하는데 이는 그녀가 거울에 비친 자신의 모습을 관찰하면서 영혼을 보려고 하는 시도로 읽을 수 있습니다.

　　"그녀는 육체를 통해 자기를 보려고 노력했다. 그래서 자주 거울을 보았다. 그녀를 거울로 이끌었던 것은 허영심이 아니라 거울 속에서 자신의 자아를 발견하는 경이감이었다. 그녀는 눈앞에 있는 것이 육체적 메커니즘의 계기판이라는 것을 잊었다. 그녀는 얼굴 구석구석에 드러나는 자신의 영혼을 본다고 믿었다. 코란 허파에 공기를 대 주는 파이프의 말단부라는 것을 잊었다. 그녀는 그것을 자신의 품성을 성실하게 표현하는 부위라고 믿었다."

　　어릴 때부터 집안일을 도맡아 하고 동생들을 돌봐야 했던 테레자는 삶의 의미도 행복도 찾지 못하고 성장했습니다. 그녀의 엄마는 원하지 않는 테레자를 임신하면서 불행이 시작되었다고 믿는 사람입니다. 엄마에게 그녀는 "순전히 낙태해 줄 의사를 찾지 못했기에 테레자가 태어난 것"이지 어떤 존재의 의미를 안고 그녀가 태어난 것은 아닙니다. 테레자의 탄생은 그저 "가장 남성적인 남자의 정자 하나와 가장 아름다운 여자의 난자 하나가 이룬 가장 부조리한 만남"에서 시작된 것일 뿐입니다. 그냥 가벼운 것이 전부인 우연한 탄생입니다. 그래서인지 그녀의 엄마는 테레자를 무시하고 업신여깁니다.

하지만 테레자는 자신의 삶이 엄마의 삶처럼 여전히 가볍게 흘러가는 것을 용납할 수 없습니다. 테레자가 어떻게든 가벼움에서 벗어나고 싶은 것은 당연한 일입니다. 테레자는 진지하고 무거운 삶이 의미가 있다고 생각합니다. 하지만 테레자가 처한 고단한 삶은 그녀를 끝없는 가벼움으로 몰아넣을 뿐입니다. 그녀는 시궁창 같은 이 삶에서 벗어나고 싶습니다. 그래서 테레자는 현실에서 불가능한 자신의 욕망을 꿈속에서, 상상 속에서나마 실현하고자 합니다. 테레자는 늘 상상에 사로잡혀 살아갑니다. 테레자가 늘 꿈에 도취되어 있는 이유도 여기에 있습니다.

"테레자는 쉴 새 없이 자신의 꿈으로 되돌아가며 꿈을 머릿속에서 되풀이하고 전설로 만들었다. 토마시는 테레자의 꿈이 지닌 처절한 아름다움의 최면적 매력 속에서 살았다."

테레자가 항상 책을 끼고 다니며 읽는다는 것은 이러한 그녀의 정신세계를 그대로 보여줍니다. 테레자는 책을 읽으며 머릿속에서 자신이 도달하고 싶은 세계를 그려봅니다. 그러면서 자신과 다른 사람을 구분 짓고 싶어 합니다. 누구에게나 똑같은 의미로서의 가벼운 사람은 되고 싶지 않습니다. 그녀는 특별한 '단 한 사람'이 되고 싶습니다. 그래서 그녀는 책을 읽습니다. 그녀에게 책이란 가벼운 육체에서 벗어나 무겁고 진지한 영혼으로 들어가는 통행증과 같습니다. 그러기 위해서 테레자는 밑바닥 인생에서 위로 상승해야 하는데, 그녀가 토마시를 찾아간 이유도 신분 상승의 욕구에서 비롯된 것이라 할 수 있습니다. 토마시는 자신을 구원해 줄 사람이라고 테레자는 생각합니다. 테레자가 토마시를 만날 때 소설 〈안나카레리나〉를 끼고 갔던 이유도 책이 자신과 토마시를 연결해주는 다리라고 생각했기 때문입니다.

"테레자에게 책이란 은밀한 동지애를 확인하는 암호였다. 그녀를 둘러싼 저속한 세계에 대항하는 그녀의 유일한 무기는 시립 도서관에서 빌려오는 책뿐이었다. 특히 소설들. 그녀는 필딩에서 토마스만까지 무더기로 소설을 읽었다. 책은 그녀에게 아무런 만족도 주지 못하는 삶으로부터 벗어나는 상상의 도피 기회를 제공했지만, 그 자체로도 의미가 있었다. 그녀는 겨드랑이에 책을 끼고 거리를 산책하는 것을 즐겼다. 책은 그녀에게 19세기 멋쟁이들이 들고 다녔던 우아한 지팡이와도 같았다. 책을 통해 그녀는 남과 자기를 구분지었다."

그녀는 토마시에게 자신의 '다름'을 인정받고 싶어 합니다. 누구와도 대체할 수 없는 존재가 되고 싶은 욕망입니다. 그런데, 토마시는 테레자를 다른 여자들과 똑같이 대합니다. 테레자는 토마시에게 다른 여자들과 같이 평등해지는 사실이 견디기 어렵습니다. 둘이 계속해서 어긋날 수밖에 없는 이유입니다.

"그녀는 모든 육체가 평등했던 어머니의 세계로부터 벗어나기 위해 그와 함께 살러 온 것이다. 자신의 육체를 유일하고 대체 불가능한 것으로 만들기 위해 그와 함께 산 것이다. 그런데 이제 토마시 역시 그녀와 다른 여자들 사이에 평등의 선을 그었다. 그는 같은 방식으로 모든 여자에게 키스했고 같은 식으로 애무했으며 테레자의 육체와 어떤 구별도 하지 않았던 것이다. 그는 그녀가 벗어났다고 믿었던 세계로 그녀를 되돌려 보낸 셈이다. 그는 다른 벌거벗은 여자들과 함께 행진하라고 그녀를 내몰았던 것이다."

이후, 그 둘은 '프라하의 봄' 사건으로 프라하를 떠나 스위스에서 새로운 삶을 시작합니다. 그러나 얼마 못 가 테레자는 토마시의 바람기를 더 이상 참지 못하고 다시 프라하로 돌아옵니다. 혼자 남겨진 토마시에게 가벼움이 찾아오고 그는 다시 자유로움을 만끽합니다. 토마시에게 "테레자와의 사랑은 분명 아름다웠지만 피곤하기도 했습니다. 뭔가 숨기고, 감추고, 위장하고, 보완하고, 그녀에게 용기를 주고, 위로하고, 그녀를 사랑한다는 사실을 끊임없이 증명하고, 질투심과 고통과 꿈에서 비롯된 비난을 감수하고, 죄의식을 느끼고, 자신을 정당화하고, 용서를 구해야만 했던" 시간은 사라지고 아름다움만 남았다고 토마시는 생각합니다. 하지만 곧 테레자가 그리워진 토마시는 또다시 자신의 원칙에 어긋나는 선택을 합니다. 다시 그녀가 있는 프라하로 돌아간 것입니다. 이렇게 토마시는 계속해서 테레자의 무거움의 세계로 건너갑니다.

한편 테레자는 토마시와의 '사랑'을 다시 숙고해 봅니다. 토마시에게 그녀 자신이 운명적인 사랑이라면 토마시가 여러 여자를 옮겨다니며 바람을 피우지 않았을 것이라는 생각을 하게 되고, 자신의 육체도 토마시가 상대하는 다른 여자들과 다를 바 없이 가벼운 육체라는 것을 인식합니다. 그래서 자신 또한 육체적 사랑의 가벼움에 몸을 내 맞기고 싶은 충동을 느낍니다. 우발적 충동입니다. 그리하여 카페에서 만난 낯선 남자의 초청에 응하고 그의 집을 찾아가 그야말로 가벼운 사랑을 나눕니다. 평소의 테레자라면 상상하지 못했을 일입니다.

테레자는 낯선 남자와의 관계에서 "안 돼"라고 울부짖으며 육체의 가벼움에서 빠져나오려고 안간힘을 쓰지만 그녀의 육체는 이미 욕정의 포로가 되어버린 뒤였습니다. 테레자가 굳건하게 믿고 있던 운명적인 사랑, 그 무거움은 그 가벼움 앞에서 쉽사리 무너져 버립니다. 이로써 영혼이 없는 육체적 관계, 그 '가벼움'이 가능하다는 것을 테레자는 알게 됩니다. 수많은 여자를 향하던 토마시의 가벼움은 한 여자에 대한 사랑이 싹트면서 무거워졌고, 한 남자만을 향하던 테제자의 무거움은 육체가 지닌 속성을 실험해 보면서 가벼워졌습니다. 토마시의 삶에는 우연이 끼어들었고, 테레자의 삶에는 충동

밀란 쿤데라

이 끼어들었습니다. 우연과 충동은 우리 삶에 예고 없이 출현합니다. 그리고 우리의 삶의 원칙을 흔들어 놓기도 하고, 인생 전체의 행로를 바꾸어 놓기도 하죠.

▞ 도저히 수락할 수 없는 것들

소설에서 또 다른 한 축을 자리하고 있는 인물은 사비나와 프란츠입니다. 여류화가인 사비나는 토마시의 애인이기도 했고, 프란츠의 애인이기도 합니다. 사비나는 삶의 가벼움을 추구하는 인물이고 프란츠는 무거움을 추구하는 인물입니다.

소설은 1968년 '프라하의 봄'을 배경으로 하고 있습니다. 공산주의 체제에서 형편이 어려워진 시민들은 개혁을 원했습니다. 하지만 이를 받든 둡체크를 중심으로 한 개혁은 실패로 돌아가고 소련군은 다시 프라하를 점령하기에 이릅니다. 보헤미아는 정복자의 앞에 머리를 조아리는 수모를 겪습니다. 이러한 일련의 역사적 사건들을 보면서 사비나는 공산주의 키치에 대한 혐오감을 느낍니다. 키치란 원래 '싸구려 예술'이라는 의미를 지닙니다. 쿤데라는 이 의미를 확장해서 사용합니다. 즉 쿤데라가 말하는 키치란 "인간 존재가 지닌 것 중에서 본질적으로 수락할 수 없는 것들"을 말합니다. 똥 같은 것들을 배제하는 행동을 의미합니다. 여기서 주의해야 할 것은 키치란 똥 그 자체가 아니라, 똥을 배제하거나 부정하는 행동을 가리킨다는 점입니다. 시대에 따라 등장하는 이데올로기들도 키치입니다. 공산주의 키치란 공산주의 자체가 아니라 공산주의에서 뻗어 나온 위선적인 행동들을 가리킵니다. 한마디로 키치란 아름다움을 뒤집어쓴 가면 즉, 허위로 가득 찬 가식적인 것들입니다.

쿤데라는 에세이 『커튼』에서 키치는 "최고의 미학적 해악"이라고 말하면서 그것은 우리 세계에 널리 퍼져있는 '천박함'이라고 표현합니다. 예컨대 그는 "민중의 환심을 사는 사람은 천박하다"라고 했는데요. 이는 5월 1일 노동절에 '공산주의 만세!'라는 구호 아래 벌이는 가두행진 같은 것입니다. 이 대열은 공산주의 사상에 철저히 무관심한 사람들조차도 공산주의 행렬로 내몰기에 충분했기 때문입니다. 이럴 때, 사람들에게 "공산주의 만세!"는 "인생 만세!"로 둔갑하여 전달됩니다. "어린 시절부터 사비나는 모든 행진을 끔직하게 혐오"했습니다. "행진"은 뭔가 대단한 것을 추구하는 단결된 행동으로 보이게 하고 그것에 동참하지 않으면 소외감을 느끼게 만들 수 있기 때문입니다. 그 "행진" 속에서 추악한 것은 이런 식으로 은폐되기 마련입니다.

"행진 대열이 연단에 가까이 가면 가장 우울한 표정을 짓던 얼굴조차도 미소로 환해졌는데, 마치 자신들이 즐기는 것이 당연하다는 것을 증명하는 것처럼 보였다. 행진 대열이 내건 묵시적 슬로건은 "공산주의 만세!"가 아니라 "인생 만세!"였다. 공산주의 정치의 힘과 모략은 이 슬로건을 독점하는 데 있었다. 공산주의 사상에 철저히 무관심한 사람들조차도 공산주의 행렬로 내모는 것은 바로 이 멍청한 동어반복(인생만세!)이었다."

사비나는 개인의 자유를 위협하는 키치적 행위에 대해 반대합니다. 왜냐하면 공산주의 키치에서 키치는 어떠한 질문도 허용하지 않기 때문입니다. "질문이란 그 이면에 숨겨져 있는 것을 볼 수 있도록 무대장치의 화폭을 찢는 칼과 같은 것"이기 때문에 질문을 하는 자는 체제의 반동분자로 여기고 추방을 당합니다.

"그녀에게 혐오감을 일으켰던 것은 공산주의 세계의 추함보다는 공산주의가 뒤집어쓰고 있는 아름다움의 가면, 달리 말하면 공산주의라는 키치였다."

사비나가 보기에 인간은 어떤 감정을 유발하는 행진 "대열"에서 빠져나와 자신만의 내면적 세계를 구축해야만 합니다. 그러한 내밀성의 중요성을 인식하지 못 하는 자, 내밀성을 만들기 위한 실천을 하지 않는 자는 자신도 모르게 "대열" 속에 들어가 타인에게 위해를 가할 수도 있습니다. 키치의 무거움은 결코 가벼움을 수용하지 못하고, 이는 가벼움에 대한 무거움의 폭력으로 작용합니다. 그래서 사비나는 끊임없이 공산주의 키치로부터 탈출하려고 합니다.

"사비나에게 있어 진리 속에서 산다거나 자기 자신이나 타인에게 거짓말을 하지 않는다는 것은 군중 없이 산다는 조건에서만 가능한 일이다. 행위의 목격자가 있는 그 순간부터 우리는 좋건 싫건 우리를 관찰하는 눈에 자신을 맞추며, 우리가 하는 그 무엇도 더 이상 진실이 아니다. 군중이 있다는 것, 군중을 염두에 둔다는 것은 거짓 속에 사는 것이다. 사비나는 작가가 자신의 모든 은밀한 삶, 또한 친구들의 은밀한 삶까지 까발리는 문학을 경멸했다. 자신의 내밀성을 상실한 자는 모든 것을 잃은 사람이라고 사비나는 생각했다. 또한 그것을 기꺼이 포기하는 자도 괴물인 것이다."

그런데 흥미로운 점은, 이 거대한 행진 "대열"이 프란츠에게는 감동을 선사한다는 점입니다. 프란츠는 혁명을 동경하는 몽상가입니다. 키치적 인물이죠. 대학교수로 재직하며 그 능력을 인정받고 있는 프란츠는 광장을 가득 메운 사람들의 행진에 매료됩니다. 프란츠에게 "구호를 외치며 행진하는 군중은 유럽과 역사의 이미지로 보입니다." 그것은 "혁명에서 혁명으로, 전투에서 전투로 이어지며 항상 앞으로 나아가는 장정"입니다. 프란츠는 책 속에 파묻힌 그의 삶이 비현실적이라고 생각했고 거리로 뛰쳐나와 행진의 "대열"에 합류하는 것이 현실적인 삶이라고 생각했습니다. 프란츠는 행동에 대한 무거운 책임감을 느낍니다. 프란츠의 삶이 무거울 수밖에 없는 이유입니다. 프란츠는 공산정권에 의해 탄압받는 캄보디아의 국민의 실상을 국제사회에 알리는 행진대열에 합류합니다. 이것이 사비나가 프란츠를 떠날 수밖에 없는 이유입니다.

"프란츠는 모든 거짓의 원천이 개인적인 삶과 공적인 삶의 분리에 있다고 생각했다. 그에게 있어서 진리 속에서 살기란 사적인 것과 공적인 것 사이에 있는 장벽을 제거하는 것을 뜻했다. 그는 아무것도 비밀이 아니며 모든 시선에 열린 '유리 집' 속에서 살고 싶다고 말했던 앙드레 브르통의 구절을 즐겨 인용했다."

쿤데라는 '키치는 공산주의에만 있는 것은 아니다'라고 말합니다. 세상에는 다양한 키치들이 상존합니다. "카톨릭 키치, 공산주의 키치, 민주주의 키치, 유럽 키치, 미국 키치, 민족주의 키치" 등 수없이 많은 키치들이 생성되고 사멸합니다. 이러한 키치들은 겉으로는 그럴듯해 보이지만 그 안에 있는 어떤 폭력과 같은 추악함을 은폐합니다. 키치들은 자신들이 가진 "Es muss sein"(그래야만 한다)라는 논리로 상대편을 선동하고 억압하면서 목적하는 바를 이루려고 합니다.

키치는 어디에나 존재하므로 우리는 키치에서 벗어나서 살 수는 없습니다. 사비나는 이러한 키치들을 배반하고 탈출하고자 합니다. 여기서 소설은 새로운 질문을 던집니다. "그 배반과 탈출의 끝은 무엇인가?"라는 질문입니다. '그 모든 키치를 배반하고 도망칠 수는 있지만, 그 대상이 더 이상 존재하지 않는다고 한다면, 그때는 무엇을 배반하고 도망칠 것인가?' 배반할 사랑도, 조국도, 남편도 더 이상 존재하지 않는다면? 이에 대해 사비나는 자신을 둘러싼 엄청난 "공허"를 느낍니다. 사비나가 벌인 이 모든 배반과 탈출의 끝에는 공허감이 있다는 결과에 다다르게 된 것입니다. 공허감이 목표가 되는 그야말로 "참을 수 없는 존재의 가벼움"입니다.

▪ 가장 신비롭고 미묘한 모순

소설 중반 부분에 토마시와 테레자는 시골로 내려와 전원 속에서 더없이 행복한 생활을 하다가 어이없는 교통사고를 당하여 죽습니다. 그런데 소설은 그들을 그다음 장에 다시 등장시켜, 죽기 전의 삶을 보여줍니다. 대개는 소설에서 인물이 죽으면 소설의 내용도 끝나면서 독서에서 받은 느낌을 정리하기 마련인데, 여기서는 인물들이 다시 등장하니 토마시와 테레자의 죽음이 충격적으로 다가오지 않습니다. 인물들의 죽음이 큰 의미로 작용하지 않는다는 의미입니다. 토마시와 테레자의 죽음을 크게 부각시키지 않으면서, 삶의 무거움과 가벼움을 성찰하게 만드는 쿤데라의 의도적인 서술방식이라 생각됩니다. 소설은 인간의 삶을 죽음에 무게를 두는 것이 아니라 어떻게 사는가에 무게 중심을 두고 있다는 의미입니다.

1968년 토마시는 오이디푸스 신화를 인용한 글 한 편을 신문에 기고하는데 이것이 문제가 되어 의사직을 잃는 상황에 처하게 됩니다. 토마시는 오이디푸스가 자신의 아버지를 죽이고 어머니와 동침한 사실을 알고 자신의 잘못을 반성하고자 스스로 눈을 뽑아버리고 평생 시각장애인으로 살아갔다는 내용을 빌려와 반성하지 공산주의자들을 비판합니다. 당시 체코슬로바키아 시민들은 나라를 가난에 빠뜨리고 독립을 힘들게 한 공산주의자들을 향한 거센 비난이 일어났습니다. 그런데 공산주의자들은 그저 "우린 몰랐어! 우리도 속은 거야! 우리도 결백한 거야!"라고 말합니다. 토마시는 이렇게 잘못을 저지르고도 '자신들은 몰랐다'라고만 주장하는 공산주의자들의 행동에 대해 일침을 가한 것입니다. 그런데, 공산주의자들은 이를 왜곡하여 '공산주의자들은 스스로 자신의 눈을 뽑아버려라!'라는 의미로 받아들입니다. 이 때문에 토마시는 궁지에 몰려 병원에서 쫓겨날 위기에 처합니다. 병원장은 그 기사만 철회한다는 문서에 싸인만 한다면 아무 일도 일어나지 않을 것이라고 말하지만 토마시는 이를 거절합니다. 결국 토마시는 지방 병원을 전전하다가 유리창 닦는 노동자로 전락하게 됩니다. 토마시가 왜 그러한 결정을 내렸는지는 자신도 잘 알지 못합니다. 이에 대해 소설 속 화자는 말합니다.

"토마시가 한 결심의 돌발성은 아무래도 내게는 이상하게 보인다. 혹시 그 결정 뒤에는 보다 심오한 무엇, 자기 자신의 이성적 사고로도 감지되지 않는 그 무엇이 숨어 있던 것이 아니었을까?"

돌발성은 토마시의 삶에도 끼어들었고, 토마시의 신념은 그 돌발성에 의해 지켜진 셈입니다.

소설의 마지막은 전원에서 살아가는 토마시와 테레자를 조명합니다. 토마시는 유리창 닦이 노동자로 일하면서 이전에는 알지 못했던 것을 새롭게 깨닫습니다. 그것은 자신이 겪어보지 못한 다른 영역에서 느낄 수 있는 삶의 신비로움과 아름다움입니다. 유리창 닦이 노동자가 느낄 수 있는 삶의 생동감이죠.

"토마시는 자신이 어떤 중요성도 부여하지 않는 일을 했고 그것이 아름답다 생각했다. 그는 내면적 "es muss sein!"(그래야만 하는 것)에 의해 인도되지 않은 직업에 종사하며 일단 일을 끝내면 모든 것을 잊을 수 있는 사람들의 행복을 이해했다. 그는 한 번도 이런 행복한 무관심을 체험하지 못했다. 예전에 그는 그가 생각한 대로 수술을 성공하지 못하면 절망에 빠져 잠을 이루지 못했다. 심지어 는 여자에 대한 입맛을 잃기까지 했다. 그의 직업이 지닌 "es muss sein!"(그래야만 하는 것)은 그의 피를 빨아먹는 흡혈귀와도 같았 다. 이제 그는 유리창을 닦는 긴 막대기를 들고 프라하를 누비고 다 녔으며 십 년은 젊게 느껴지는 자신을 발견하고 놀랐다."

의사에서 유리창 닦이 노동자가 된 지금 토마시는 다시금 생각 해 봅니다. 그의 삶은 전복되었고, 가진 것이 모두 털렸지만, 그가 생 각했던 만큼 완전히 털린 것은 아니었고 더 불행해진 것도 아니었습 니다. 오히려 토마시는 유리창 닦이 노동자가 된 지금 더할 나위 없 이 행복함을 느낍니다.

테레자는 죽어가는 개 카레닌을 보며 "이해관계가 없는 사랑" 이 주는 삶의 아름다움과 신비함을 깨닫습니다. 그녀는 개와의 사랑 은 인간과의 사랑에서 얻을 수 없는 지고의 사랑이라고 생각합니다.

밀란 쿤데라

"테레자는 카레닌에게 아무것도 원하지 않고, 사랑조차 강요하지 않습니다." 이는 카레닌 또한 마찬가지입니다. 그것이 가능한 존재는 "영원과 육체의 이원성에 대해 아무것도 모르고 혐오감이 무엇인지도 모르는" 존재입니다. 그 존재는 육체와 영혼 중에서 무엇이 우월한지를 따지지 않습니다. 그래서 "테레자는 카레닌의 곁에 있으면 기분이 좋고 편안했던" 것입니다.

> "인간의 참된 선의는 아무런 힘도 지니지 않은 사람들에 대해서만 순수하고 자유롭게 베풀어질 수 있다. 인류의 진정한 도덕적 실험, 가장 근본적 실험, 그것은 우리에게 운명을 통째로 내맡긴 대상과의 관계에 있다. 동물들이다. 바로 이 부분에서 인간의 근본적 실패가 발생하며, 이 실패는 너무도 근본적이라 다른 모든 실패도 이로부터 비롯된다."

그러한 사랑이 가능한 곳은 자연의 세계라고 쿤데라는 말합니다. 그 세계에서는 누구도 추방하지 않고, 사람들은 아무것도 두려워하지 않습니다. 그곳에서는 미래의 결과를 예상하거나 추측하여 행동하지 않으면서 지금의 삶을 온전히 누릴 뿐입니다. 그곳은 예측하고 계산하려는 의지가 배제된 상태에서 그 아름다움을 보는 것을 우리에게 허락할 것입니다. 그것은 삶의 무거움과 가벼움 사이에서 일어나는 미묘하고도 신비로운 모순을 보는 일입니다. 토마시와 테레자는 농촌에서 자연과 더불어 살면서 무한한 행복을 느끼지만 그 행복은 그들의 죽음으로 끝나게 됩니다.

"토마시와 테레자의 사랑은 그와 다른 여자와의 사랑이 끝났던 시점에서 정확하게 시작되었다. 그 사랑은 그를 여자 사냥에 나서게 했던 필연성과는 다른 차원에서 이루어졌다. 그는 테레자의 그 어느 것도 들춰내려 하지 않았다. 그는 이미 완전히 드러난 상태인 그녀를 만난 것이다. 그는 세계의 육체를 열기 위해 사용하는, 그의 상상력의 메스를 채 손에 쥐기도 전에 그녀와 정사를 했던 것이다. 그녀가 정사 중에 어떠할 거라고 궁금해 할 시간도 갖지 못 채 이미 그녀를 사랑해 버린 것이다."

'똑같은 것이 영원히 반복된다.'라는 '영원회귀사상'은 해와 달이 뜨고 지고, 바람이 불고 눈이 내리는 것과 같이 자연의 세계에서 영원한 반복과 회귀가 가능합니다. 그러나 현실에 발 딛고 사는 우리는 '삶이 계속 반복된다.'라는 사상에 동의하기는 어렵습니다. 한 인간에게 삶은 '일회적'이며 '최종적'일 수밖에 없기 때문입니다. 다시 살아볼 기회는 우리에게 주어지지 않습니다.

이와 같은 유한한 인간의 삶에서 우리는 '삶의 무거움과 가벼움' 대한 질문을 다시 마주하게 됩니다. 그 질문 앞에서 우리는 토마시와 테레자가 전원의 목가적 삶에서 온전한 행복감을 느꼈듯이, 토마시의 가벼운 사랑이 테레자의 무거움으로 옮겨와서 얼마간의 균형을 찾았듯이, 사비나가 최종적으로 삶에서 공허감을 느낀 것과 마찬가지로 우리는 그들의 삶에서 지금껏 알지 못했던 삶의 모순들을 찾아낼 수 있었습니다. 그러한 모순들은 진정 신비롭고 아름답습니다. 그러므로 삶이 빚어내는 모순들의 미세한 결들을 찾아내려는 노력을 멈추지 않는다면 삶은, 인생은 조금 더 온전해지지 않을까라는 메시지를 이 소설은 던져주고 있습니다.

깊이 읽기 위한 질문
『참을 수 없는 존재의 가벼움』

1. 쿤데라는 결국 "인간의 삶이란 오직 한 번뿐이며, 모든 상황에서 우리는 딱 한 번만 결정을 내릴 수 있기 때문에 과연 어떤 것이 좋은 결정이고 어떤 것이 나쁜 결정인지 결코 확인할 수 없을 것이다"라고 말합니다. 여러분의 인생에서 무거운 것과 가벼운 것은 무엇인지 이야기해 봅시다.

2. 테레자는 어머니가 학교를 그만두게 하자 일을 하고 돈을 벌며 집안 살림을 도맡아 합니다. "열다섯 살부터 웨이트리스로 일하며 버는 돈을 몽땅 어머니에게 바쳤고, 어머니의 사랑에 보답하기 위해 무슨 일이든 기꺼이 할 수 있었습니다. 동생들도 보살폈으며 일요일에는 하루 종일 쓸고 닦았습니다." 테레자는 빨래를 하면서도 욕조 곁에 책을 두었을 정도로 늘 책을 가까이 했습니다. 고된 삶을 살아가는 그녀에게 책은 어떤 의미였을까요?

3. 소설은 "삶에서 일어나는 '우연한 사건'이 인생에서 하나의 테마로 변형되며, 인간은 그것을 반복하고, 변화시키고, 발전시키면서 우리

의 삶이 구성된다."고 말합니다. 테레자가 "집을 뛰쳐나와 운명을 바꿀 용기를 주었던 것은 우연(책 베토벤, 6이라는 숫자, 광자의 노란 벤치)의 부름이었습니다. 이렇게 우리의 삶에는 우연이 빗발치듯 쏟아지는데, 우리는 대개 완전히 무심결에 이런 우연의 일치를 지나쳐 버리는 경우가 있습니다. 소설은 우연을 어떻게 받아들이고 자신의 인생의 악보에 각인시킬 것인가에 따라 삶은 달라질 수 있다고 말하는데요. 여러분의 인생에서 의미를 부여할 만한 '우연'이 있다면 이야기를 나눠 봅시다.

4. 사비나는 진리 속에서 살기 위해서는 개인마다 남이 모르는 '은밀한 내밀성'을 갖고 살아야 한다고 말합니다. 또한 '진리 속에 살기'위해서는 "군중 없이 산다는 조건에서만 가능한 일"이라고 생각합니다. "행위의 목격자가 있는 그 순간부터 우리는 좋건 싫건 간에 우리를 관찰하는 눈에 자신을 맞추기 때문"입니다. 그것은 더 이상 진실이 아니라고 사비나는 말합니다. 여러분은 '개인의 내밀성을 만들어가는 세계'가 삶에서 어느 정도 중요하다고 보십니까? 생각을 나누어 봅시다.

정체성

"현실을 주의 깊게, 집요하게 들여다볼수록 실제 현실과 모든 사람이 현실에 대해 품고 있는 생각이 맞아 떨어지지 않는다는 것을 깨닫게 된다. 오랜 응시 속에서 현실은 점점 비상식적이고, 따라서 비이성적이고, 따라서 비개연적인 모습을 드러낸다. 현실에 대한 이 길고 게걸스러운 시선이 소설가들을 개연성의 국경 너머로 이끄는 것이다."

– 밀란 쿤데라

선택의 자유가 있다는 것, 그걸 아셔야지!
_『정체성』읽기

　　많은 경우가 그렇지만 쿤데라의 작품도 대개 소설의 제목이 주제와 연결됩니다. 그의 초기작인『농담』을 비롯해서 중후반 작품인『참을 수 없는 존재의 가벼움』,『불멸』,『느림』,『향수』,『무의미의 축제』의 주된 내용이 그 소설 제목 아래에 놓여있습니다. 물론 소설『정체성』도 예외가 아닙니다. 이 소설은 그 제목이 말해주듯 '정체성'에 관한 이야기입니다. 쿤데라는 '정체성'이라는 개념으로 인생의 의미가 무엇인지 집요하게 파고 들어갑니다. 여기서 쿤데라 소설이 가지는 독특한 점이 드러나는데요. 쿤데라는 소설에서 질문을 설정하고 그에 대한 작가 나름의 대답을 제시하는 노력을 시도한다는 점입니다. 소설을 읽다가 보면 누구보다도 작가가 소설의 문제들을 파헤치고 적극적으로 해결하기 위해 고심한다는 느낌을 받는 이유가 여기에 있습니다. 그는 인터뷰 대담에서 자신의 작품 의도를 묻는 질문에 "제 작품 속에 모든 대답이 들어 있습니다!"라고 말한 바 있는데요. 이는 쿤데라 소설이 바로 작가의 치열한 사유의 결과물이라는 것을 짐작하게 합니다.

▐▛ 현대인의 '정체성'

소설 『정체성』을 읽기 위해서는 정체성의 뜻이 무엇인지 먼저 이해하는 것이 나을 듯합니다. 기존의 개념과 쿤데라가 설정하는 개념의 비교를 통해 우리는 더 나은 이해에 도달할 수 있을 테니까요. 흔히 정체성이라 하면 자신이 태어난 뿌리라는 정도의 의미로 이해하는 것이 통상적입니다. "나는 한국인이다. 나의 부모는 누구이다." 처럼 말입니다. 사전적 정의도 크게 다르지 않은데, 사전에서 정체성이란 "변하지 않는 존재의 성질"이라고 되어 있습니다. 쿤데라가 소설에서 사용하는 '정체성'의 개념은 좀 다른 의미가 있습니다. 이 소설에서 '정체성'이란 의미는 '변할 수 있는 정체성'입니다. 즉, 인간 개인이 가지고 있는 각기 다른 성질로 즉 '자아정체성'이라고 할수 있습니다. 이 '정체성'은 상황에 따라 시간에 따라 변할 수 있는 가능성이 있습니다.

그 '정체성'은 두 개의 구조를 갖습니다. 먼저, '정체성'을 이루기 위해서는 '자아상'이 필요합니다. '자아상'이란 나에 대한 나의 생각입니다. '내가 나를 어떻게 생각하는가?'에 따라 '정체성'은 달라질 수 있습니다. 예컨대, 만약에 "나는 착한 사람이다"라고 스스로 생각한다면, "착하다"라는 것은 나의 정체성으로 자리 잡을 수 있습니다. 물론 이 "착하다"라는 '정체성'도 상황에 따라 바뀔 수 있습니다. '나는 이런 사람이야'라는 스스로의 생각이 나를 높은 곳에 세우기도 하고 나락으로 떨어뜨리기도 합니다.

'자아상' 다음으로 필요한 것은 바로 내가 가진 '자아상'을 인정해줄 타인입니다. "나는 착한 사람이다"라는 자의식에, 더해서 "맞아, 너는 착한 사람이야"라고 고개를 끄덕여줄 사람이 필요한 것입니다. 시인의 입을 빌려 말한다면, 들판의 이름 모를 풀꽃도 누군가가 그 꽃의 이름을 불러 주어야 비로소 꽃이 될 수 있습니다. '자아상'과 '타인의 인정', 두 개가 한 세트입니다. '정체성'을 형성하기 위해서는 둘 중 하나만 있으면 안 됩니다. 이것이 소설『정체성』에서 보여주는 '정체성'의 구조입니다.

오늘날 현대인들은 '정체성'의 기반 아래 '삶의 의미'를 찾습니다. '정체성'이 어떠한 모습을 띠는지에 따라 인간은 '삶의 의미'를 찾기도 하고, 그렇지 않기도 합니다. 그런데 쿤데라가 이 소설에서 보여주는 '정체성'과 관련한 '삶의 의미'는 그리 간단하지 않습니다. 단순히 "'정체성'을 올바르게 정립하여 '삶의 의미'를 찾아야 한다"라는 식의 메시지가 아닙니다. 그보다는 먼저 '정체성'의 구조에서 나타나는 왜곡을 포착하고 보여줍니다. 그리고 우리가 찾아 헤매는 '삶의 의미'가 과연 무엇인지 밝히고자 합니다. 말하자면, '삶의 의미'에 대한 근본적인 질문을 던지는 것입니다.

오늘날과 달리 과거에는 사람들이 '삶의 의미'를 찾는 것이 그렇게 문제가 되지 않았습니다. 직업은 그 사람의 '삶의 의미'로 바로 연결됐으니까요. 쿤데라는 이에 대해 다음과 같이 말합니다.

"과거의 직업은, 적어도 대부분의 직업은 정열적 집착 없이는 생각할 수조차 없었지. 그들의 땅과 사랑에 빠진 농부, 아름다운 탁자를 만들어 내는 마술사인 내 할아버지, 모든 사람들의 발 크기를 외우던 구두 수선공, 그리고 산지기, 정원사도 마찬가지였어. 당시에는 군인도 아마 정열적으로 살인을 했을 거야. 삶의 의미는 문제 되지 않았지. 삶의 의미가 그들의 공장, 그들의 밭에 그들과 아주 자연스럽게 공존했던 거야. 각각의 직업은 그 고유한 직업 의식, 존재 방식을 낳았지. 의사는 농부와는 다른 식으로 생각했고, 군인은 초등학교 교사와는 다른 행동 양식을 가졌지."

쿤데라의 말에 따르면, 과거와 달리 지금 시대는 직업이 돈을 벌기 위한 수단 그 이상의 그 의미를 얻기 어렵기 때문에 현대인들은 자신의 직업에 대한 열정을 갖기 힘듭니다. 직업이 돈을 벌기 위한, 먹고 살기 위한 수단으로 전락했다는 겁니다. 그래서 현대인들은 자신의 직업에 '무관심'할 수밖에 없고, 당연히 그 직업에서 '삶의 의미'를 찾기는 힘들다고 말합니다. 쿤데라는 오늘날은 "누구나 직업에 무관심하다는 공통점으로 균일화된 거지. 이러한 무관심이 열정이 된 거야."라고 말합니다. 현대인들은 직업에서 더 이상 '삶의 의미'를 찾기 힘든 구조에 놓여 있다는 것이 쿤데라의 문제의식입니다. 물론 직업적인 측면에서 그렇다는 것입니다. 그러나 일생에서 단 한 번도 직업을 갖지 않고 사는 사람은 거의 없으므로, 이는 현대인이라면 누구나 해당하는 말이기도 합니다. 그런데 쿤데라는 여기서 현대인의 직업과 '삶의 의미'의 문제를 연관 지어서 더 확장하지는 않습니다. 그보다는 '삶의 의미'를 개인의 '정체성'과 연결시킵니다. 현대인에게 '정체성'은 중요한 문제입니다. 현대인 중에서 '삶의 의미'를 추구하지 않고 사는 사람은 많지 않을 겁니다. 누구든지 의미 있는 삶을 살고 싶어 합니다. 이때 현대인들에게 필요한 것이 '정체성' 확립입니다.

'삶의 의미'를 추구하는 현대인들은 어떤 존재들인가요. 그들은 굉장히 개인의 자의식이 강한 존재들입니다. 그 어느 때보다 '자아상'이 드높은 존재들이죠. 현대인들은 있으나 마나 한 사람이 아니라, 존재감이 있는 사람이 되고 싶은 욕망이 있습니다. 타인에게 개별적인 존재로 인정받고 싶어 하죠. 현대인들에게 '정체성'이란 존재 이유이기도 합니다. '정체성'이 없거나 부족해도 사는 데 아무런 지장이 없는 삶은 과거에는 가능했을지도 모릅니다. 그러니까 '개인'이라는 개념이 나오기 이전 시대, 근대 이전의 세계에서 인간은 자신을 개별적인 '주체'로서 스스로를 생각하지 못했습니다. '개인'이라는 개념이 출현하면서 인간은 비로소 자신을 주체적인 존재로서 생각하고 행동하고 목소리를 낼 수 있게 되었습니다.

■■ 사실, 아무것도 아닙니다. 당신도, 나도

이제, 소설 『정체성』으로 들어가 봅시다. 앞서, '정체성'은 자신이 갖는 '자아상'으로 구성되고 이는 타인의 인정을 받아야 한다고 했습니다. 그래야 자신의 개별성이 확보되는 동시에 존재의 증명이 이루어집니다. 주목할 점은 현대인들에게 '정체성'은 타인의 인정에 과도한 영향을 받는다는 사실입니다. 그래서 문제가 됩니다. 타인의 시선에 자신을 맞추느라 건강한 '자아상'을 만들 기회를 잃거나 아예 망각하고 마는 것이죠. 타인의 시선으로 자신을 판단하는 우를 범하게 되는 경우입니다. 예컨대, 누군가 나에게 계속해서 시선을 보낸다면, 그것은 내가 매력적인 사람이라는 증거이며, 그 반대의 경우라면 나는 형편없는 사람이라고 이해하는 식입니다. 당연히 왜곡된 '정체성'입니다. 쿤데라는 소설 속 인물을 통해 이렇게 왜곡된 '정체성'에 의해 인간이 어떻게 구부러지고 휘어지는지 관찰합니다.

그 첫 번째 인물은 샹탈입니다. 이혼 후 4살 연하의 남자 장마르크와 살고 있는 샹탈은 '정체성'의 위기에 빠져 우울합니다. 샹탈은 산책 후 돌아와서 장마르크에게 "남자들이 더 이상 나를 돌아보지 않더라."라고 말합니다. 다른 남자들이 자신을 더 이상 매력적인 여성으로서 거들떠도 안 본다는 것은 그만큼 자신이 별 볼일 없는 여자라는 것을 증명한다고 샹탈은 생각합니다. 자신은 늙고 매력이 없기 때문에 남자들이 자신에게 시선을 주지 않았다고 판단하는데요. 이렇게 타인에 의해 크게 좌우되는 샹탈의 '정체성'은 왜곡될 수밖에 없습니다. 샹탈의 우울의 원인은 바깥 남자들의 무관심이라기보다는 자신이 '늙었다'라는 인식에 있습니다. 샹탈에게 필요한 것은 무엇보다 '나는 누구도 부인할 수 없을 만큼 젊고 아름다워! 내 미모를 봐!'라는 인식입니다. 그러므로, 곁에 있는 장마르크가 '당신은 여전히 아름다워!'라는 말을 반복적으로 해주어도 그녀의 기분을 바꿔 줄 수는 없습니다.

이처럼 '늙고 매력이 없어서 우울한' 샹탈의 '자아상'은 건강하다고 보기는 어렵습니다. 인간에게 노화는 피할 수 없는 문제입니다. 늙으면 늙을수록 괴로워한다면 삶은 하루하루가 지옥일 겁니다. 샹탈에게 필요한 '자아상'은 '늙어가지만 그래도 나만의 아름다움이 있어'라는 샹탈 내면으로부터 만들어지는 자의식입니다. 이것이 샹탈을 통해 보여주는 '정체성'에 대한 쿤데라의 성찰입니다.

그러나 '자아상' 갖기에 실패하는 샹탈은 이를 잘 알지 못합니다. 그래서 타인의 인정으로 자신의 '정체성'을 회복하려고 합니다. '낯선 남자'가 자신에게 관심을 보낸다면 샹탈은 다시 젊고 매력적인 여성으로 타인에게 보일 수 있다는 착각입니다. 그런데 여기에는 조건이 붙습니다. 자신을 인정해 주는 타인은 '낯선 사람'이어야 합니다. 그 타인은 자신에게 사랑의 눈이 멀어 있는 장마르크가 아니라 자신을 잘 모르는 사람이어야만 하는 것입니다. 샹탈은 장마르크 뿐만 아니라 누구에게나 젊고 아름다운 여자로 비춰지고 인정받고 싶어 합니다. 누구에게나 인정받아야 자신의 아름다움에 대한 확실성과 객관성을 확보할 수 있으니까요. 장마르크가 하는 주관성이 담긴 '위로'는 샹탈에게 아무런 도움이 되지 못합니다. '정체성'의 위기에 빠진 샹탈에게 필요한 것은 '낯선 타인'이 하는 객관성을 지닌 '사실'인 것입니다.

여기서 쿤데라는 삶에서 이러한 '타인의 인정'도 결국은 빈껍데기일 뿐이라고 말합니다. 이를 장마르크의 경험을 통해 보여주는데요. 장마르크는 '남자들이 더 이상 자신을 바라보지 않아'라는 샹탈의 말에 서운한 마음이 듭니다. 장마르크가 어떤 사람입니까. 그는 지금까지 누구보다 샹탈을 진심으로 사랑해왔습니다. 그의 머릿속에서는 온통 샹탈에 대한 생각뿐입니다. 그런데 샹탈은 장마르크의 마음은 아랑곳없이 마치 아무에게도 사랑받지 않는 것처럼 말하고 있는 것입니다. 장마르크가 서운한 것은 당연합니다. 장마르크에게 샹탈은 그 어떤 여자하고도 구별되는 독보적인 존재입니다. 멀리서도 그녀를 한 번에 알아볼 수 있다고 자부합니다. 이에 장마르크는 샹탈에게 원망의 말을 쏟아놓습니다(마음속으로 말합니다).

'남자들이 더 이상 돌아보지 않아서 슬프다고? 그렇다면 난 뭐야? 당신을 찾아 해변을 수 킬로미터씩 헤맸고, 울면서 당신 이름을 부르며 달려갔고, 당신을 따라 지구 끝까지라도 뛰어갈 수 있는 나는 뭐지?'

여기에서 소설은 장마르크의 내밀한 마음 풍경 하나를 포착합니다. 샹탈에 대한 장마르크의 사랑이 어떤 것인지를 흥미롭게 그려 보이는데요. 해변가에서 장마르크는 이상한 경험을 하게 됩니다. 장마르크는 샹탈을 만나기로 한 호텔에 도착하여 그녀가 호텔에 없다는 것을 확인하고 샹탈을 찾아 밖으로 나갑니다. 그는 해변에서 그녀를 발견하고 이름을 부릅니다. 그러나 샹탈 가까이 다가갔을 때

"그녀가 고개를 돌린 그 순간 장마르크는 앞에는 다른 얼굴, 낯설고 불쾌한 다른 얼굴"을 보고 놀랍니다. 자신이 그토록 사랑하는 샹탈과 다른 여자를 혼동하는 일이 생긴 것입니다. 그런데 장마르크가 다른 여자와 샹탈을 혼동하는 일은 이번이 처음이 아닙니다. 장마르크는 샹탈과 다른 여자들 사이에는 차이가 없다는 것을 곧 알게 됩니다.

"사랑하는 여자와 다른 여자의 육체적 외모를 혼동하는 것. 그는 얼마나 여러 번 그런 일을 겪었던가! 그리고 항상 똑같은 놀람. 그녀와 다른 여자들의 차이가 그렇게 미미한 것일까? 이 세상 무엇에도 비교할 수 없고 그가 가장 사랑하는 존재의 실루엣을 어떻게 알아볼 수 없단 말인가."

장마르크가 샹탈과 다른 여자를 구별해 내지 못하고 혼돈했다는 사실은 무엇을 말해 줄까요? 이는 장마르크가 사랑하는 샹탈이 어떤 존재인지를 말해줍니다. 장마르크는 '내가 어떻게 샹탈을 알아볼 수 없단 말인가!'라는 생각에 스스로도 당황하지만 사실 샹탈은 온 우주를 통틀어 하나밖에 없는 매력을 지닌 여자가 아니라 해변에 나가면 어디서든 볼 수 있는 평범한 여자라는 사실입니다. 샹탈은 장마르크에게나 누구에게나 여러 여자 중의 한 명의 여자일 뿐입니다. 장마르크가 샹탈을 사랑하지 않는다는 의미가 아닙니다. 장마르크가 샹탈을 알아보지 못한 것은 그녀를 사랑하지 않아서가 아니라, 샹탈이 다른 여자들과 구별되지 않는 평범함을 지녔기 때문입니다. 그가 샹탈을 사랑하는 이유는 그녀가 독보적인 매력을 소유해서가 아니라 그저 샹탈이기 때문입니다. 늙었거나 젊었거나, 장마르크는 그녀를 샹탈이어서 사랑합니다. 그러나 샹탈은 특별한 존재로서 남자들에게 관심을 받고 사랑받기를 원하는 사람입니다. 그래야 자신의 '자아상'을 드높이고 존재를 증명할 수 있다고 생각합니다.

> "어느 날 그가 더 이상 그녀를 알아보지 못하게 되는 것, 어느 날 샹탈은 그가 함께 살았던 샹탈이 아니라 그가 샹탈이라고 착각했던 해변의 그 여자라는 사실을 깨닫는 것, 어느 날 샹탈이 보여 주었던 확실성이 환상이라는 것이 밝혀지고 그녀 역시 모든 다른 사람들과 마찬가지로 무심하게 변하는 것."

샹탈은 언제나 특별한 존재로 타인에게 주목받고 싶은 현대인의 내밀한 욕망을 그려내는 인물입니다. 쿤데라는 이러한 욕망은 착각일 뿐이며, 결코 충족될 수 없다는 진실을 말합니다. 왜 그럴까요? 인간은 늙었건, 젊었건 간에, 매력이 있건, 없건 간에 결국 누구에게나 타인일 뿐입니다. 일시적일 수는 있어도 언제까지나 인간이라는 존재가 타인에게 특별한 존재로 매력적으로 비춰지는 일은 불가능한 것입니다. 그런데 사람들은 자신이 다른 사람과 별반 차이 없는 그저 평범한 존재라는 사실을 인정하기 싫어합니다. 그래서 그 익명의 바다에서 인간은 인어처럼 튀어 오르고 싶은 욕망을 가졌는지도 모릅니다. 인간이 타인에게 지니는 '그 의미 없음'에 대해 쿤데라는 냉담하게 말합니다. 직설적으로 말하자면, '당신은 타인에게 아무것도 아닌 존재입니다. 누구나 마찬가지입니다. 인간이라는 존재는 서로에게 아무런 의미를 갖지 못합니다.'라고요. 쿤데라는 늘 타인의 관심을 받고, 사람들의 주목을 받고, 그래서 의미 있는 존재가 되고 싶은 현대인들이 쓴 가면을 벗겨내고 있습니다.

■ 너의 시선이 나를 만들지

사실 샹탈에게는 아픔이 있습니다. 그녀는 장마르크와 만나기 얼마 전에 5살 된 아이를 땅속에 묻었습니다. 살아야 하는 이유를 찾을 수 없을 만큼 샹탈은 슬픔에 잠겼습니다. 남편을 포함한 그녀의 가족들은 시름에 빠진 그녀에게 말했습니다. "다시 아이를 하나 더 가져야만 해요. 그래야만 잊을 수 있을 거예요." 샹탈은 이 세상에 나와 흔적도 없이 지워져 버린 아기를 생각했고 그 덧없는 삶에 참담한 기분이 들었습니다. 샹탈은 "그 무엇으로도 대신 할 수 없는 아기의 개별성"을 옹호하고 싶었습니다. 잃은 아이를 대체할 존재는 아무것도 없습니다. 샹탈이 인간의 개별성을 볼 줄 모르는 남편과는 더 이상 살 수 없었습니다. 그리고 곧 이혼을 합니다.

새롭게 만난 남자 장마르크는 물론 남편과 다른 사람이었습니다. 그는 오직 샹탈만을 지긋한 시선으로 바라봤습니다. "샹탈, 내 사랑하는 샹탈, 그는 이런 말을 되풀이 함으로써 그녀의 변형된 얼굴에 잃어버린 옛 모습, 그녀의 잃어버린 정체성을 불어넣어 주려는 듯했습니다." 하지만 샹탈을 처음 만났을 때에 장마르크는 그녀에게서 어떤 특별함을 발견하지는 못했다는 사실을 기억합니다.

"경미한 노화의 흔적, 그것은 그들이 처음 만난 날 그녀 얼굴에서 이미 보았던 것이다. 당시 그녀 미모에 놀랐지만 그렇다고 해서 그 미모 때문에 나이보다 젊어 보이진 않았다. '남자들이 더 이상 나를 돌아보지 않아요.'라는 말은 육체의 점진적 소멸이 시작되었음을 알리는 적신호다. 그녀를 사랑하고 아름답다고 생각한다는 말을 아무리 해주어도 소용없고 사랑에 가득한 시선도 그녀에게 위로가 될 수 없을 것이다."

샹탈이 "남자들이 더 이상 나를 돌아보지 않아"라고 말했을 때, 장마르크는 자신이 샹탈에 대해 아름답다고 하는 말들은 아무런 소용이 없다는 것을 알게 됩니다. 그녀에게 필요한 것은 익명이 보내는 시선 그러니까, "사랑의 시선이 아니라 천박하고 음탕한 익명의 시선, 호감이나 취사선택에 의한 것이 아니고 사랑도 예의도 없이 필연적으로 숙명적으로 그녀 육체로 쏟아지는 시선"입니다. "이런 시선들이 그녀를 인간 사회에 머무르게 한"다는 것도 알게 됩니다. 어쨌거나 장마르크는 이런 그녀의 욕망을 채워주고 싶습니다. 그래서 익명의 이름으로 그녀에게 편지를 보내기 시작합니다.

"나는 당신을 스파이처럼 따라다닙니다. 당신은 너무, 너무 아름답습니다."

자신이 알지 못하는 누군가가 보낸 편지를 읽으면서 샹탈은 변하기 시작합니다. 편지에서 "당신에게는 빨간색이 잘 어울려요."하자 샹탈은 빨간색 옷을 입습니다. 장마르크는 이런 샹탈의 모습에 질투심을 느낍니다.

"며칠 후 그녀는 빨간 잠옷을 샀다. 집으로 돌아와 자신의 모습을 거울에 비춰 보았다. 이리저리 비춰 보며 잠옷 자락을 천천히 끌어 올렸고 자신이 이토록 늘씬한 적이 없었고 피부도 이토록 하얀 적이 없었다고 느꼈다."

하지만 얼마 못 가 장마르크의 '편지보내기'는 눈치 빠른 샹탈에게 들통이 나고 맙니다. 자신에게 온 편지가 누구에게서 왔는지 알게 된 샹탈은 분노에 휩싸여 장마르크의 필체와 편지의 필체를 감정해보고 이내 그 사실을 확인합니다. 샹탈은 장마르크가 자신을 인형처럼 가지고 놀았다는 생각에 화가 치밀어 오릅니다. 이렇게 장마르크와 샹탈은 서로 아무것도 이해하지 못합니다. "그들의 생각은 전혀 반대되는 방향을 취했고 그 두 방향은 더 이상 만날 길이 없는 것처럼 보였습니다."

▪▪ 인생은 예쁘게 화장한 참혹

샹탈은 장마르크에게 이별을 예고하는 말을 던지고 런던으로 무작정 떠납니다. 그 뒤를 장마르크가 몰래 따라갑니다. 샹탈은 런던행 기차에서 동료들과 우연히 만나 그들의 여행에 동행하게 됩니다. 샹탈은 그들과 '삶의 의미'에 대해서 대화를 나누는데, 그 대화 중에서 를르와의 말은 샹탈에게 의미심장하게 다가옵니다. 대화를 나누던 부인이 "삶의 의미"에 관해서 묻자 를르와는 대답합니다.

> "무엇을 위해 사느냐고? 신에게 인간의 삶을 제공하기 위해서지. 왜냐하면 성경은 우리에게 삶의 의미를 찾으라고 요구하지 않았어. 우리에게 번성하라고 요구했지. 너희들은 사랑하고 번성할지어다. 이걸 잘 아셔야지. 이 '사랑하라'의 의미는 '번성하라'는 말에 의해 결정되거든. 이 '사랑하라'라는 말은 박애적, 동정적인 사랑이나 영혼이나 정열의 사랑을 의미하는 것이 결코 아니고 아주 간단하게 말해 성교하라, 교미하라, 섹스하라는 뜻이야. 바로 여기에, 오로지 여기에 인간 삶의 의미가 있는 거야. 나머지 모든 것은 허섭스레기지."

샹탈은 삶에는 "대단한 의미"가 있는 것이 아니고, 그저 "번성하는 데에 의미가 있다"라는 를르와의 말에 동의하면서, 장마르크와의 사랑을 다시 생각해 봅니다. 그에 대한 배신감으로 일어났던 불같은 화는 이내 가라앉았고 곧 그녀의 마음에 미묘한 균열이 발생합니다. 사랑이라는 것, 진정한 사랑에 대해서 다시 생각해 보게 되는데요.

"두 객체를 고양하는 사랑, 정조를 지키는 사랑, 오로지 한 사람에게 정열적으로 집착하는 사랑, 아니다. 이런 사랑은 존재하지 않는다. 설령 존재한다 해도 단지 자기 징계, 의도적 맹목, 수도원으로의 도피에 불과하다. 그리고 그녀는 그런 사랑이 존재한다 해도 있어서는 안 될 것이라고 생각했고 이 생각에 씁쓸해지기는커녕 온몸 안에 퍼지는 축복처럼 느껴졌다."

샹탈은 자신이 그동안 하려 했던 "모든 남자들 사이를 누비고 다니는 사랑은 사랑의 이름을 한 감옥에 갇힌 삶"이라는 것을 깨달았습니다. 그러니까 한 사람에게만 집착하는 사랑도 여러 남자에게 얻으려는 사랑도 '진정한 사랑'은 아니라는 것이죠.

를르와는 계속해서 말합니다.

"인생의 본질은 삶이 지속되게 하는 거야. 그건 출산이고 그에 선행하는 성교, 또 그보다 앞서는 유혹, 그러니까 키스, 바람에 날리는 머리카락, 팬티, 멋지게 재단된 브래지어, 그리고 사람에게 성교를 가능하게 하는 모든 것, 다시 말해 먹거리지. 요새는 아무도 좋아하지 않는 불필요한 성찬이 아니라 누구나 쉽게 살 수 있는 먹거리, 그리고 먹었으니 배설도 중요하지. 우리 업계에서 생리대와 기저귀에 대한 찬사가 얼마나 큰 자리를 차지하는지 아셔야지. 생리대, 귀저귀, 세제, 먹거리. 이것이 인간의 신성한 순환 계통이고 우리 임무는 이를 발견하고 포착하고 정의할 뿐 아니라 그걸 미화해서 노래로 바꾸는 거야."

쿤데라는 를르와의 입을 통해 인생은 고작 먹고, 배설하고 처리하는 것들의 순환이라고 말합니다. 인간은 그저 먹고, 배설하고 처리하기 위해 존재합니다. 인간의 임무가 있다면 그 순환계통의 일을 "미화해서 노래로 부르는 것"입니다. 이렇게 쿤데라는 잘난 인간이건, 못난 인간이건 간에 모든 인간이 지니는 존재의 의미를 단박에 평준화시켜 버립니다. 인간들은 저마다 삶의 의미를 찾기 위해 노력하지만, 누구에게나 인생은 먹고, 싸고 처리하는 의미 그 이상을 지니지 못한다고 냉담하게 말합니다. 그렇게 따진다면 누구의 삶이라도 대단할 것은 하나도 없습니다. 쿤데라는 이렇게 상탈의 삶을 통해 인간 삶의 무의미성의 속살을 적나라하게 드러내고 있습니다. 여기서 '삶에 의미가 있다'라고 생각하는 독자라면 쿤데라의 직설에 반박하고 싶은 마음이 들 겁니다. 이를 대신해 주는 인물이 소설에 있습니다. 쿤데라의 말에 참다못한 부인은 다음과 같이 외칩니다.

"참혹해! 참혹하단 말이에요!"

그리고 부인은 이어서 항의하는 투로 질문을 합니다.

"그렇다면 삶의 위대함은 어디에 있단 말이에요? 우리 운명이 먹는 것, 성교, 생리대에 달렸다면 우리는 누구일까요? 그리고 우리가 고작 이런 것만 할 수 있다면 흔히 말하듯 우리가 자유로운 존재라는 사실에 어떤 자부심을 느낄 수 있을까요?"

이에 대해 를르와는 마치 그런 질문을 기다렸다는 듯이 대답합니다. 를르와로 분한 쿤데라가 어떤 대답을 할지 기대가 되는 부분이기도 한데요. 들어보시죠.

"자유라? 당신의 참혹한 현실을 겪으면서 당신은 불행할 수도 있고, 혹은 행복할 수도 있지. 당신의 자유란 바로 그 선택에 있는 거야. 다수의 용광로 속에 당신의 개별성을 용해하면서 패배감을 맛보느냐, 아니면 황홀경에 빠지느냐는 당신 자유야. 우리 선택은 바로 황홀경이지, 부인"

그러니까, "우리의 유일한 자유는 회한과 쾌감 중 하나를 선택하는 데 있다고. 모든 것이 무의미한 것이 우리 운명이니 그것을 결점처럼 끌어안고 살지 말고 즐기는 법을 알아야만 한다"라는 것이 쿤데라의 전언입니다. '삶에 의미도 없고, 인간의 존재 의미도 없으니, 그렇게 아무런 의미 없이 살다가 죽으면 그만이다'라는 게 아니라, '인간과 삶에 의미는 없다'라는 것은 인간이 피할 수 없는 운명임을 인정하고, 그럼에도 불구하고 그 '무의미의 삶'에서 '어떤 삶을 살지 선택할 자유는 개인에게 있다.'라는 것을 인식해야만 합니다. 그것이 이 의미 없는 삶에서 진정한 의미를 찾는 일일지도 모릅니다. 뭔가 대단한 대답을 기대한 독자라면 살짝 맥이 빠질지도 모릅니다. 하지만 선택이 자유라는 것을 망각하고 사는 현대인들에게 쿤데라의 이런 대답은 따끔하게 다가옵니다. 선택할 수 있다는 것은 인간에게 주어진 엄청난 축복입니다. 선택에 의한 자유가 우리의 삶을 결정합니다. 우리의 선택에 따라 인생이 정말로 무의미해질 수 있고, 그러한 무의미 속에서 의미 있는 것을 건져 올릴 수도 있기에 그렇습니다.

이러한 메시지를 쿤데라는 소설의 마지막 부분에서 샹탈이 꾸는 꿈과 연결시킵니다. 샹탈이 꿈속에서 만난 노인은 샹탈에게 "안"이라고 부르고, 샹탈은 "안"은 자신의 이름이 아니라고 말합니다. 하지만 노인은 "나는 예전부터 항상 당신을 안이라고 알고 있었어!"라고 말합니다. 하지만 샹탈은 자신의 이름이 전혀 기억나지 않는다는 사실을 곧 알아챕니다. 문밖에서는 계속해서 못을 두드리는 소리가 들려옵니다. 자신의 이름을 기억해 내야만 갇힌 방에서 나갈 수 있다고 생각합니다. 극도의 불안 속에서 샹탈은 기억을 되살리려고 하지만 기억나지 않습니다. 그러던 중에 샹탈은 자신을 사랑하는 남자에 대한 기억이 되살아났고, 그가 여기 있다면 자신의 이름을 불러줄 것이라고 생각합니다. 그 남자가 자신의 이름을 불러준다면 샹탈은 자신의 이름을 찾을 수 있을 것입니다. "그 남자를 통해 자기 이름을 되찾는 것"입니다. 그녀는 온 힘을 모아 그 남자의 얼굴을 기억하려고 애 써보지만 "어떤 단어도 찾지 못하고 아아아 라는 길고 매듭 없는 소리만 그녀의 입에서 튀어나옵니다." 그 순간 장마르크는 "샹탈! 샹탈! 샹탈!"하며 요동치는 샹탈의 몸을 품에 꺼안으며, "잠을 깨! 현실이 아니야!"라고 말해줍니다. 꿈에서 깨어난 샹탈은 깨닫습니다. "이 세상에 그 어디에서도 그녀를 도울 사람은, 자신의 이름을 불러줄 사람은 오직 장마르크 뿐"임을. 샹탈은 장마르크에게 말합니다.

> "나는 더 이상 당신으로부터 눈길을 떼지 않을 거야. 쉴 새 없이 당신을 바라보겠어. 밤새도록 스탠드를 켜 놓을 거야. 매일 밤마다"

'아무것도 아닌 인간과 의미 없는 삶'을 부정할 수는 없지만, '나의 이름을 불러주는 단 한 사람'만 있다면, 삶은 미약하나마 깊은 의미를 지닐 수 있다고. 쿤데라는 조심스럽게 건넵니다. 내가 나의 이름을 기억하지 못하더라도, 나를 사랑하는 그가 나의 이름을 기억해주면 된다고. 그러기 위해서는 그를 언제까지나 "쉴 새 없이 바라봐야" 한다고. 그런데 나의 이름이 불리기 위해서는 내가 먼저 사랑하는 사람의 이름을 기억하고 있어야 한다는 사실을 말하고 있습니다.

소설 『정체성』은 인간이 갖는 '정체성'으로 출발하여 삶의 위대함이 무엇인지 찾는 일까지의 여정을 그리고 있습니다. 쿤데라의 인간 실존 탐사기는 아직 끝나지 않았습니다. 이 여행은 소설 『무의미의 축제』로 계속됩니다.

깊이 읽기 위한 질문
『정체성』

1. 샹탈은 남자들의 관심을 받고 싶어 합니다. 장마르크는 이런 샹탈을 보며 "모든 여자는 노화의 정도를 남자들이 그들에게 표출하는 관심, 혹은 무관심을 척도로 가늠한다는 생각"을 하는데요. 남녀 관계뿐만 아니라, 일상생활에서 당신은 타인의 삶에 어느 정도 관심을 두고 살아가는 편인가요? 이유와 함께 말해봅시다.

2. 샹탈은 바닷가에서 산책을 하면서 "불쑥 그녀의 죽은 아기를 떠올리면서 행복의 파도가 그녀를 감싸는 것을 느끼고 이러한 감정을 느끼는 자신에게 경악합니다." 그러나 "감정은 누구도 어찌할 수 없으며 그냥 그렇게 생겨나고 모든 검열에서 벗어나며, 인간은 감정에 대해 속수무책 이다"라고 생각합니다. 샹탈은 이러한 "비윤리적인 행복감"으로 인한 "다른 사람들의 증오에 찬 분노를 불러일으키지 않으려면 장마르크에 대한 그녀의 과장된 사랑을 비밀로 간직해야만 한다고 생각합니다." 여러분은 샹탈이 느끼는 이러한 감정과 행동을 어떻게 보십니까? 생각을 나눠 봅시다.

3. 장마르크는 지금 시대 사람들은 "자신의 직업에 무관심"하다고 말합니다. 과거에는 달랐는데요. "땅과 사랑에 빠진 농부, 탁자를 만들어 내는 마술사, 모든 마을 사람들의 발 크기를 외우던 구두 수선공" 등과 같이 과거의 직업은 정열적 집착 없이는 할 수 없는 일들이었습니다. "그들에게 삶의 의미는 문제 되지 않았고, 삶의 의미가 그들의 공장, 그들의 밭에 그들과 자연스럽게 공존했으며, 각각의 직업은 그 고유한 직업의식, 존재 방식을 낳았다"고 말합니다. 그러나 오늘날은 직업에서 삶의 의미가 삶에서 공존하는 모습을 찾기 어렵다고 말합니다. "누구나 자신의 직업에 무관심하다는 공통점으로 균일화된 오늘날은 이러한 무관심이 열정이 되고, 이는 우리 시대의 유일한 집단적 열정"이라고 말합니다. 이는 우리 시대 사람들이 바쁜 일상을 살면서도 권태롭다고 느끼는 이유이기도 합니다. 여러분은 삶에서 권태롭다고 느낀 적이 있으십니까? '권태'에 대한 다양한 생각을 나눠 봅시다.

무의미의 축제

"나는 서글픈 마음에 사로 잡혀 이런 상상을 해 본다. 예술이 절대로 말해진 적 없는 것을 찾기를 그만두고 다시 유순해지는 날이 오겠지. 그날이 오면 예술은 반복을 아름답게 만들고 개인이 기쁜 마음으로 순순히 획일적인 존재가 되도록 돕기를 요구하는 집단의 삶에 봉사할 테지. 왜냐하면 예술의 역사는 덧없기 때문이야. 하지만 예술의 지저귐은 영원하지."

– 밀란 쿤데라

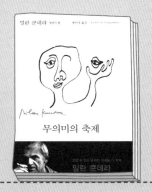

소소하고 보잘 것 없는 것들의 의미
_『무의미의 축제』읽기

　　　　　　　　　　　　　쿤데라 소설의 종착점인 소설
『무의미의 축제』에 왔습니다. 이 소설은 생존하고 있는 쿤데라가 써
낸 최근작입니다. 여든이 넘는 고령이라는 나이를 생각하면 소설
『무의미의 축제』는 어쩌면 쿤데라의 마지막 소설이 될지도 모른다
는 생각이 드는데요. 그래서일까요. 소설을 읽다 보면, 쿤데라는 이
소설에서 그가 작품에서 다루었던 문제들에 대한 최종적인 대답은
아니더라도 그것에 가까운 대답을 담았다는 느낌을 받게 됩니다. 쿤
데라는 1967년 첫 소설 『농담』이 나온 이후부터 여든이 넘은 지금까
지 50년이 넘는 시간 동안 쉬지 않고 작품을 써오고 있습니다. 인생
의 마지막 지점에서 쿤데라는 무엇을 쓰고 싶었을까. 그것은 아마도
그의 소설 세계를 나타내는 가장 중요한 '한 마디'가 아닐까 하는 짐
작을 해봅니다.

　　인간 존재에 대한 이해와 인생의 의미를 끊임없이 물었던 쿤데
라의 작품을 아주 범박하게 요약하자면 이렇습니다. 쿤데라가 보기

에 인생은 무의미합니다. '무의미'가 진실입니다. 인생도 무의미하고 인간이라는 존재 자체도 아무런 의미를 지니지 못합니다. 모든 것이 지나고 나면 다 무의미해집니다. 이것이 냉정한 진실입니다. 하지만 인간들은 이런 진실을 알지 못하거나, 긍정하려 하지 않습니다. 인생에는 분명히 의미가 있다고 생각하며, 자신은 의미 있는 존재라고 생각하며 삽니다. 그래서 삶에서 무의미하다고 말해지는 것들은 하찮게 여기고 보잘것없다고 치부하며 의미 있는 것들만을 쫓아갑니다. 이렇게 인간들은 인생의 중요한 진실을 놓치고 삽니다. 쿤데라는 먼저 인생의 무의미를 인정하자고 말합니다. 그리고 정말로 소소하고 하찮게 여기는 것들의 의미에 대해서 다시 생각해보자고 합니다.

　쿤데라가 보기에 인생은 무의미하지만, 하찮고 보잘것없는 것들을 자세히 들여다보고 긍정할 때 오히려 인생의 숨겨진 의미를 찾을 수 있습니다. 인생은 무의미하지만 그렇다고 한 번밖에 없는 인생을 아무런 의미 없이 살다가 가고 싶은 사람은 없습니다. 가만히 있으면 무의미하게 살다 가는 죽음을 면치 못합니다. 그저 숨만 쉬다가 죽는 삶입니다. 그래서 인간은 하찮고 보잘것없는 것들을 사랑하는 법을 배워야만 합니다. 무의미한 삶이라고 해서 무의미하게 살다가 죽는 것이 아니라, 무의미를 긍정하고 그 무의미한 것들을 사랑할 줄 알아야 합니다. 이는 거꾸로 의미 있는 삶이 됩니다. 의미 있는 것들만, 의미가 있기 때문에 사랑하는 것이 아니라, 어떤 의미를 지니지 못하고, 하찮고 보잘것없는 것의 의미를 발견하고 사랑할 때 인생은 고귀해집니다. 인생의 의미는 거기서 생겨납니다. 이것이 쿤데라가 평생을 거쳐서 하고 싶은 말이라 생각합니다.

소설 『무의미의 축제』는 쿤데라의 촌철살인과 같은 '한마디'를 쏟아놓는 무대입니다. 소설에서는 '무의미한 것들'이 서로 자기가 더 무의미하다고 자랑합니다. 소설은 '무의미한 것들'이 벌이는 축제의 장입니다. 등장인물 알랭, 칼리방, 샤를, 라몽의 네 남자는 아무런 의미도 없는 대화를 나눕니다. 어떻게 보면 일부러 의미 찾기를 거부하는 것처럼 보입니다. '의미 없는 말하기 대회'에 나온 사람들 같습니다. 자, 그렇다면 이제 소설로 들어가 봅시다.

▓▪ 무의미한 이야기 하나 : 배꼽에 대한 명상

라몽은 파리의 거리를 거닐며 아가씨들이 아주 짧은 티셔츠 차림에 배꼽이 훤히 드러내 놓고 걷는 모습을 봅니다. 그는 거기에서 그 아가씨들에게 홀려서 "남자를 유혹하는 힘이 이제는 엉덩이도 가슴도 아닌, 몸 한가운데의 둥글고 작은 구멍에 총집중돼 있다는" 생각을 곰곰이 하게 됩니다. 우리가 이야기에서 어떤 의미를 찾기란 무의미한 일인지도 모릅니다. 그러니 일단 이 이야기에서는 하나의 단어만 기억해 두기로 하죠. 그것은 바로 "유혹"입니다.

▪ 무의미한 이야기 둘 : 설명할 수 없는 거짓말

라몽은 직장동료였던 다르델로와 우연히 마주치는데, 그 자리에서 다르델로는 라몽에게 "내 생일에 작은 파티를 열까합니다"라고 말합니다. 이에 "즐겁게 사시는 것 같네요"라고 라몽이 말합니다. 다르델로는 라몽의 이 말이 이상하게도 마음에 들지 않습니다. 그래서 다르델로는 자신이 암에 걸렸다고 라몽에게 거짓말을 해버리죠. 그리고 스스로 당황해합니다. 다르델로가 의아했던 것은 "그 거짓말을 왜 했는지 자기 자신도 모른다는 점"이었습니다. 그러면서 "그는 자기 거짓말에 아무런 의미가 없다는 생각을 하다 보니 이상하게 웃음을 참을 수가 없었습니다." 이해가 불가능한 웃음이었죠. "그저 무엇 때문인지는 몰라도 상상의 암이 그를 즐겁게 했습니다. 그는 계속 웃었고, 좋은 기분을 만끽했습니다." 이 이야기에서도 하나 기억해 두기로 하죠. 그것은 "좋은 기분"입니다.

▪ 무의미한 이야기 셋 : 소소한 농담을 즐겼던 스탈린

샤를은 칼리방에게 스탈린에 관한 일화를 들려줍니다. 스탈린은 동지들에게 농담하나를 합니다. 사냥에 나선 스탈린은 자고새 스물네 마리를 발견하고는 총을 쏩니다. 그런데 탄창이 열두 개밖에 없었던 스탈린은 다시 13킬로미터를 가서 탄창 열두 개를 더 챙겨서 다시 그 자리로 와서 여전히 같은 나무에 앉아 있는 자고새들을 모두 죽입니다. 그런데 이 이야기를 들은 동지들은 아무도 웃지 않습니다. "모두 스탈린이 한 이야기가 말도 안 된다고 생각했고 그 거짓말에 역겨웠지만 동지들은 입을 꾹 다물고 오로지 흐루쇼프만 스탈린에게 대답했습니다." "뭐라고요? 정말 나뭇가지에 자고새들이 그대로 앉아 있더란 말이에요?" 이에 스탈린은 "물론이지"라고 답합니다. "이 이야기에서 딱 하나 믿기지 않는 건 스탈린 말이 농담이라는 걸 아무도 몰랐다 겁니다." 이 이야기에서도 하나의 단어만 기억해 두죠. 바로 "농담"입니다.

▞ 무의미한 이야기 넷 : 사과 쟁이

길을 가던 알랭은 마주 오는 여자와 어깨를 부딪치고는 자동적으로 "죄송합니다"라고 사과합니다. 그 여자는 "멍청이"라고 대답합니다. 알랭은 자신이 쓸데없이 "왜 그렇게 바보같이 반사적으로 노상 미안하다고 하는지" 자신에게 화가 납니다. 자신은 "왜 틈만 나면 죄책감을 느끼는지" 이해할 수가 없습니다. 이 말을 듣고 친구는 "사과를 하는 건 자기 잘못이라고 밝히는 거라고. 그건 상대방이 너한테 계속 욕을 퍼붓고 네가 죽을 때까지 만천하에 너를 고발하라고 부추기는 거야. 이게 바로 먼저 사과하는 것의 치명적인 결과야"라고 말합니다. 그리고 한 번 더 아래와 같이 강조합니다.

"맞아. 사과하지 말아야 해. 하지만 그래도 나는 사람들이 모두 빠짐없이, 쓸데없이, 지나치게, 괜히, 서로 사과하는 세상, 사과로 서로를 뒤덮어 버리는 세상이 더 좋을 것 같아."

이 사과 쟁이 이야기에서 기억해 둘 말은, "사과"입니다.

▛ 그래서 어쩌라고 : 무의미의 '의미'

인생은 일종의 "유혹"이고 "좋은 기분"이며, "농담"이면서 "사과하는 행위"로 채워집니다. 일상은 이런 아무 의미 없는 것들의 나열과 반복과 겹침의 연속입니다. 인생이 무의미하든지 말든지, 시간은 흐르죠. 시간은 의미와는 아무런 관련 없이 흐릅니다. 그럼에도 시간은 인생에서 말해지는 '의미 있는 모든 것들'을 삼켜 버립니다. 이 진실을 알지 못하는 "사람들은 서로 만나고, 이야기를 나누고, 토론하고, 다투고는 합니다. 서로 다른 시간의 지점에 놓인 전망대에서 저 멀리 서로에게 말을 건네고 있다는 건 알지 못한 채 말입니다."

"시간은 흘러가. 시간 덕분에 우선 우리는 살아 있지. 비난받고, 심판받고 한다는 말이야. 그 다음 우리는 죽고, 우리를 알았던 이들과 더불어 몇 해 더 머물지만 얼마 지나지 않아 새로운 변화가 일어나. 죽은 사람들은 죽은 지 오래된 자들이 돼서 아무도 그들을 기억하지 못하게 되고 완전한 무(無)로 사라져 버리는 거야. 아주 드물게 몇 사람만이 이름을 남겨 기억되지만 진정한 증인도 없고 실제 기억도 없어서 인형이 되어버려."

하지만 중요한 것은 이렇게 무의미한 것들이 결국 의미를 만들어 낸다는 진실입니다. "유혹"과 "좋은 기분", "농담"과 "사과하는 행위"가 소소한 일처럼 보이지만, 이러한 소소함을 잃어버리면 인생의 위대함을 생각할 수 없어요. 그래서 우리는 무의미의 의미를 알아야만 합니다. 왜냐하면 이런 하찮고 보잘것없는 것들이 삶에서 벌어진 틈을 메워주기 때문입니다.

삶에서 "유혹"에 의미를 두지 않는다면 "유혹"은 삶에서 지워집니다. 홀리는 기분도 느끼지 못할 겁니다. 홀리지 않고 하는 키스와 사랑, 어떨까요. 너무 삭막하지 않나요. "좋은 기분"을 찾아 나서지 않는다면, 삶이 얼마나 권태로울까요. 쿤데라는 헤겔의 입을 빌려 말합니다. "무한히 좋은 기분이라는 저 높은 곳에서만 너는 사람들의 영원한 어리석음을 내려다보고 웃을 수 있는 거라고." "농담"을 하지 못하고, 알아들을 수도 없다면, 우리는 스탈린이 지배하는 세계에서 살게 될지도 모릅니다. 소설에서 스탈린의 농담을 알아듣지 못한 사람들처럼 말이죠. 아무도 "사과"하려 들지 않는다면, 우리는 공격과 분노의 세계에서 불안에 떨며 살지도 모릅니다. 그러므로 "하찮고 의미 없는 것들"은 반드시 옹호 받아야 할 이유가 있습니다. 무의미하다고 말해지는 것들은 분명 의미가 있습니다. 그것을 발견하는 것은 인간의 몫이기도 합니다.

"하찮고 의미 없다는 것은 존재의 본질이에요. 언제 어디에서나 우리와 함께 있어요. 심지어 아무도 그걸 보려 하지 않는 곳에도, 그러니까 공포 속에도, 참혹한 전투 속에도, 최악의 불행 속에도 말이에요. 그렇게 극적인 상황에서 그걸 인정하려면, 그리고 그걸 무의미라는 이름 그대로 부르려면 대체로 용기가 필요하죠. 하지만 단지 그것을 인정하는 것만이 문제가 아니고, 사랑해야 해요. 사랑하는 법을 배워야 해요."

사소하고 하찮은 것들이 지닌 의미를 발견할 수 있는 눈을 가진 인간만이 자신의 삶을 빛나게 합니다. 그러기 위해서는 우리는 사물과 현상을 자세히, 깊숙이, 천천히 들여다 볼 줄 알아야 하겠습니다.

밀란 쿤데라

깊이 읽기 위한 질문
『무의미의 축제』

1. 밀란 쿤데라는 소설 『무의미의 축제』를 통해 "무의미의 의미"에 대해서 말합니다. 하찮고 보잘 것 없는 것들의 의미를 설명하면서 역설적으로 그것들의 가치를 드러내서 보여주는데요. 우리 시대 여러분은 무엇이 유의미하고, 무엇이 무의미하다고 생각하십니까. 자유롭게 생각을 나눠 봅시다.

2. 쿤데라는 무엇보다 '무의미'를 긍정하자고 말합니다. 그래야 인생의 의미를 제대로 볼 수 있다고 강조하는데요. 쿤데라가 전생에 걸쳐 이렇게 '사소한 것'들의 중요성을 힘주어 말하는 이유는 무엇일까요?

3. 쿤데라는 "우리는 이제 이 세상을 뒤엎을 수도 없고, 개조할 수도 없고, 한심하게 굴러가는 걸 막을 도리도 없다는 걸 오래전에 깨달았다"고 냉소적으로 말합니다. 그러면서 "저항할 수 있는 길은 딱 하나, 세상을 진지하게 대하지 않는 것뿐"이라고 하는데요. "세상을 진지하게 대하지 않는다"라는 의미는 인생을 되는대로 가볍게 살자는

의미는 아닙니다. 그렇다면, "세상을 진지하게 대하지 않는다."의 의미는 무엇을 나타낼까요? 각자의 생각을 나눠봅시다.

도서출판 이비컴의 실용서 브랜드 **이비락**幾은 더불어 사는 삶에 긍정적인 변화를
가져다 줄 유익한 책을 만들기 위해 끊임없이 노력합니다.

원고 및 기획안 문의 : bookbee@naver.com